われら

エヴゲーニイ・ザミャーチン
小笠原豊樹 訳

集英社文庫

目次

われら

手記1

〔要約〕布告。最も知的な線。詩。

今日の『国営新聞』の記事を一言一句そのまま書き写そう。

《百二十日後に〈積分〉号の建造が完了する。〈積分〉号が初めて宇宙空間に突入する偉大な歴史的瞬間は間近に迫っている。今を去ること一千年の昔、諸君の勇敢な遠つ祖《おや》は〈単一国〉の権力の前に全地球を屈伏せしめた。諸君を待つものはさらに栄《はえ》ある偉業である。即《すなわ》ち、火を吐くガラスと電気の〈積分〉号によって宇宙の無限の方程式を積分すること。諸君の手によって理性の恵み深い軛《くびき》を掛けられるであろう他の惑星の住民たちは、いまだ自由と呼ばれる未開状態にあるかもしれない。われらのもたらす数学的に誤りのない幸福が、もしも先方に理解されぬ場合、彼らに幸福を強制することはわれらの義務である。だが武器を執《と》る前に、ひとまず言葉によって訴えよう。〈慈愛の人〉の名において〈単一国〉の全国家要員に布告する。

自らに能力ありと思う者は挙《こぞ》って、〈単一国〉の美と威厳に関する論文、詩、檄文《げきぶん》、讃歌《さんか》、その他の作品を制作すること。

それらは〈積分〉号が運ぶ最初の積荷となるだろう。

〈単一国〉ばんざい、全国家要員ばんざい、〈慈愛の人〉ばんざい！》

書き写しながら頬が火照《ほて》るのを感じる。そう、壮大な宇宙の方程式を積分すること。そう、粗野な曲線をまっすぐに伸ばし、切線へ、漸近線《ぜんきん》へ、直線へ近づけること。なぜならば「単一国」の線とは即ち直線なのだから。偉大な、神聖な、正確な、知的な直線こそは、さまざまな線形の中で最も知的な線形である……

積分号の建造技師であり、Ｄ五〇三号と呼ばれる私は、「単一国」の一介の数学者にすぎない。数字に馴《な》れた私のペンには、母音反復《アソナンス》や脚韻《きやくいん》の音楽を生み出す能力はない。私はただ自分の目に見え、心に思うことを書きとめるべく努力しよう。いや正確には、われらが思うことを（正しくわれらに相違ない。この《われら》を私の手記全体の標題にしよう）。しかしこれは取りも直さず、われらの生活から、つまり数学的に完璧《かんぺき》な「単一国」の生活から導き出された導関数であり、だとすれば、この手記は私の意志とはかかわりなく自ら一篇《いっぺん》の詩になるのではないだろうか。なるに違いないと私は信じるのだ。

こう書きながら頬が火照るのを感じる。これはおそらく、女性が己れの胎内に宿った一人の新しい人間——まだちっぽけな盲目の人間の鼓動を、初めて聴きとったときの気持に似ているのだろう。それは私であって、同時に私ではない。その人間を何カ月間も自分の体液と自分の血で養い育て、やがては苦痛を味わいつつ己れの肉体から捥《も》ぎとり、「単一国」に献上しなければならない。

だが私はすべての者と同じく覚悟ができている。と言って悪ければ、圧倒的多数と同じく、覚悟はできている。

手記2

〔要約〕バレエ。方形の調和。X《エックス》。

春である。「緑の壁」の遥《はる》か彼方《かなた》の見えない原野から、風が蜜を含んだ黄色い花粉を運んでくる。この甘い花粉のために、唇が乾くので、人はひっきりなしに唇を舐《な》める。だから行き交う女たちの唇は（もちろん男たちの唇も）さぞかし甘いことだろう。これは論理的思考をいくらか妨げる。

しかし、それに引き替え、この空はどうだろう！　ひとひらの雲にも汚されていない青空（古代人の趣味はどこまで粗野だったことか。あの愚かしく押し合いへし合いする無意味かつ無秩序な水蒸気の塊が、彼らの詩人たちに霊感を与えたというのだから）。私が愛するのは――われらが愛するのはと言い換えても間違いではないと思う――このような非の打ちどころのない、滅菌された空だけなのである。こんな日には全世界が「緑の壁」やわれらのすべての建造物と同じく、ゆるぎない不朽のガラスでできている。こんな日にはさまざまな事物の青みがかった底の底まで見え、それらの事物に関する驚くべき未知の方程式が見える。それもごく当り前の日常的なものの中に見えてくるのである。

例えばこういうことだ。今朝、私は積分号を建造中の造船台へ行った。そして突然、いろいろな工作機械の様子が私の目を奪った。調速機の球《ボール》は目を閉じ、無念無想の状態で回転していた。クランクはきらきら光りながら左右に屈伸した。釣合梁《つりあいばり》は傲慢《ごうまん》に肩をゆすった。柄穴《ほぞ》盤の鑿《ビット》は無音の音楽に合せて膝を屈《かが》めていた。淡く碧《あお》い日の光を浴びたこの壮大な機械たちのバレエの美しさに、私は突然気づいたのだった。

それから自問自答した。なぜ美しいのだろう。この踊りがなぜ美しいのか。答。それが非自由の運動であり、そもそも踊りに秘められた深い意味とは、美学的な面での絶対服従と完璧な非自由にほかならないのであるから。そしてもしもわれらの祖先が生涯の最も昂揚《こうよう》した瞬間（宗教的な神秘劇や軍事パレードなど）に踊りに没入したというのが本当なら、その意味はただ一つ、即ち、非自由の本能は古《いにしえ》から人間に本質的にそなわったものであるということだ。現在の生活において、われらはただ意識的に……

結びはあとにしよう。番号表示器がパチンと鳴った。目を上げると、思った通り、O《オー》九〇号だ。三十秒後に彼女が散歩に誘いに現れる。

かわいいO！　以前から思っていたことだが、彼女の場合、名は体をあらわしている。「母性基準」より十センチばかり背が低いので、全身は轆轤《ろくろ》にかけられたように丸々としていて、薔薇《ばら》色のO、つまり口は、私の言葉の一つ一つに反応して半ば開かれる。そしてまた子供によく見られるように、丸いぽってりした手首にはくびれがある。

彼女が入って来たとき、私の中の論理の弾《はず》み車はまだ盛んに唸《うな》りを発していたから、その惰性で、私は今しがた自分が考え出した公理、われらすべてを、機械を、踊りを包括する公理について喋《しゃべ》り出した。

「すばらしいだろう」と私は尋ねた。

「そうね、すばらしいわ。春ですもの」とO九〇号は薔薇色の微笑《ほほえ》みを見せた。

これはまた、どうだろう、春ですもの、とは……彼女は春のことしか考えていないのだ。女というものは……私は沈黙した。

外へ出る。大通りは人でいっぱいだ。こんな天気の日にはわれらは通常、昼食後の個人時間を余分の散歩に費やすのである。いつもの通り音楽工場はその音管を総動員して「単一国行進曲」を奏でていた。四列に並んで足並みをそろえ、陶酔したように拍子を取りながら国家要員たちが行進していた。数百数千の国家要員たちは淡青色のユニファ*を着て、胸の金色のバッジには彼または彼女の要員番号が明記されている。私も、いや、われら四人も、この力強い流れのなかの数知れぬ波の一つである。私の左には〇九〇号がいる（もしも千年昔の毛むくじゃらの先祖の誰かがこの文章を書くとすれば、あの滑《こっ》稽《けい》な「恋人」という言葉で彼女を呼ぶことだろう）。右側には二人の見知らぬ国家要員がいる。一人は女。一人は男。

　幸福そうな空の青、一つ一つのバッジに光る玩具のように微小な太陽、下らぬ思想によって曇らされていない顔々……漲《みなぎ》る光……お分りだろうか、何もかもが単一の、発光性の、晴れやかな物質でできているのだ。そして銅《あかがね》の太鼓は「トラ・タ・タ・タム、トラ・タ・タ・タム」と拍子を取り、日の光にきらめくそれらの銅の段々の一段ごとに、われらは次第に高みへと導かれる。目くるめく青の中へ……

　そのとき突然、今朝の造船台の場合と同じように、またもや私は目を奪われた。まるで生れて初めて見るようにすべてを見た。飽くまでもまっすぐな街路、日の光をはねかえすガラスの舗装、みごとに平行六面体を積み重ねた素通しの住宅、淡青色の隊列がもたらす方形の調和。そして私は、古代の神や古代の生活に打ち勝ったのは先行する数世代ではなくて、私、まさしくこの私であり、余人ならぬ私がこれらすべての事物を創り出したかのように感じた。私は一つの塔であり、少しでも肘を動かせば壁や丸天井や機械のたぐいは粉々に砕け散るかもしれない……

次の瞬間、プラスからマイナスへの、数世紀を越える飛躍があった。私が突然思い出したのは（明らかに対比による連想というやつだろう）博物館で見た一枚の絵である。二十世紀当時の大通りの光景。人間、車、動物、広告、樹木、色彩、小鳥が、耳を聾《ろう》せんばかりに縺《もつ》れあい絡みあった恐るべき雑沓《ざっとう》……しかもこれは事実であり、実際にそんな状態だったというではないか。それはいかにもでたらめで無意味なことのような気がしたので、私は思わず大声で笑い出した。

とたんにこだまが、笑いが右側から返って来た。振り向くと、白い、異様に白くて鋭い歯と、見知らぬ女の顔が目に映った。

「ごめんなさい」と女は言った。「でも、とても感動的にあたりを睥睨《へいげい》してらしたわ。まるで神話に出てくる天地創造七日目の神様みたい。ひょっとすると、この私まで御自分の創造物だと思ってらっしゃるんじゃないかしら。光栄ね……」

こう言う間、女はにこりともせず、その口調には何か敬意らしきものさえ感じられた（おそらく私が積分号の建造技師であることを知っているのだろう）。しかし女の目あるいは眉には人を苛立《いらだ》たせる奇妙なXがあり、それを捉《とら》えて数式にまとめることが私にはどうしてもできない。

なぜかどぎまぎし、少し口籠《くちごも》りながら、私は自分の笑いの動機を論理的に説明し始めた。言わずもがなの明らかなことだけれども、現在と過去の間のこの対比、この越えられぬ深淵《しんえん》は……

「でも、なぜ越えられないのかしら（なんという白い歯だろう！）。深淵には橋を掛ければいいわ。だって考えてごらんなさい、こういう太鼓や、組織や、隊列は、昔からあったものでしょう。だとすれば……」

「そう、明らかにそうです！」と私は叫んだ（これは驚くべき思想の交点だった。女は私とほとんど同じ言葉で、散歩の前に私が書いたのと同じことを喋っている）。「そればかりか、思想もですね。何人《なんぴと》といえども〈一人〉ではなくて〈の中の一人〉なのですから。われわれはそれほどお互いに似ていて……」

女が言った。

「本当にそう思ってらっしゃる？」

Xという字の鋭い角《つの》のように鋭角をなして顳顬《こめかみ》に釣り上った眉を見ると、私はまたなぜかまごついて左右を窺《うかが》った。すると……

右側にはその女、細くて、凜《りん》として、鞭《むち》のように強くしなやかなI三三〇号（今その番号が見える)。左側はがらりと変り、身体のどの線も円周の一部で、手首に子供のようなくびれがあるO。私たち四人の一番端は私の知らない男性要員で、その体つきはSという字のように二度折れ曲っている。私たちはお互いに少しも似ていなかった……私の狼狽《ろうばい》した視線に気づいたとみえて、右側のI三三〇号は溜息《ためいき》をついた。

「そう……困ったことね！」

理論的に言うならば、この「困った」というのはこの場にまことにふさわしい言葉だった。しかし今度もまた女の表情や声には何かしら気がかりな……

珍しく強《きつ》い口調で私は言った。

「別に困ることはないでしょう。科学は進歩しますから、今は駄目としても五十年後、百年後には明らかに……」

「でも例えば鼻だって人によって……」

「そう、鼻もです」私はもうほとんどどなっていた。「どんな下らないことであれ、嫉妬の理由というものが存在する限り……例えば私の鼻がボタンみたいで、別の男の鼻が……」

「あら、あなたの鼻は昔風にいうとむしろ〈古典的〉じゃないかしら。それから手は……だめよ、隠しちゃ、手を見せて！」

私は人に手を見られることが我慢できないのである。毛むくじゃらで、なんとも無意味な隔世遺伝といおうか。私は手を差し出し、できるだけさりげない声で言った。

「猿の手です」

女は私の手を眺め、それから顔を眺めた。

「そう、きわめて興味深い暗合ね」秤《はかり》にかけるように私を眺める女の眉の端が、ふたたび角のかたちに釣り上った。

「この人は私と予約しているのよ」と、〇九〇号が嬉《うれ》しそうに薔薇色の唇を開いた。

余計なことを言うくらいなら黙っていたほうがいいのに。大体このかわいい〇は……何と言ったらいいだろう……舌の速度の計算を間違えている。舌の秒速は思考の秒速よりも常に少しだけ遅くなければならないのであって、その逆は絶対にいけない。

大通りの外れの蓄電塔の鐘が音高く十七時を打った。個人時間は終った。I三三〇号はあのS字形の男性要員と一緒に立ち去ろうとしていた。男にはどこかしら人に尊敬されるような雰囲気があり、今あらためて見ると、知った顔のようにも思われた。どこかで逢《あ》っているのだろうが、今は思い出せない。

別れしなにIは――依然としてXめいて――私に笑顔を見せた。

「あさって、百十二集会所をのぞいてみて」

私は肩をすくめた。

「もし指令があればね、あなたの言うその集会所へ出頭せよという……」

何やら謎めいた確信をこめて女は言った。

「きっとあるわ」

この女は、まるで方程式の中にひょっくり闖入《ちんにゅう》した無理数を含む分解不可能な項のように、不愉快な印象を私に与えた。だからわずかの間でもかわいいOと二人だけになったことが私は嬉しかった。

私たちは手をつないで大通りを四ブロックだけ歩いた。その角で彼女は右へ、私は左へ行かなければならない。

「今日はあなたの所へ行って、ブラインドを下ろしたいわ。今日、今すぐ……」クリスタルのように青くて丸い目でOはおずおずと私を見上げた。

おかしな女だ。私にどんな返事ができただろう。彼女はきのう私の部屋へ来たばかりだし、私たちの次の「性の日」があさってだということも私同様知っているはずである。これは要するに、この女のいわば「早め思考」にすぎないので、よくある（時には有害な）エンジンの「早め点火」と同じことだ。

別れるとき、ひとひらの雲にも汚されていない奇蹟《きせき》のような青い目に、私は二度……いや、正確に書こう、三度、接吻《せっぷん》した。

手記3

〔要約〕背広。壁。時間律令《りつりよう》板。

きのう書いた文章を読み返してみると、私の書きぶりは充分に明晰ではなかったように思う。いや、われらの一人一人にとっては何もかもが明々白々なのだ。しかし、積分号が運んで行くこの手記の読者となるであろう未知のあなた方は、文明という偉大な書物を、九百年余り前のわれらの先祖が読んだのと同じページまでしか読み進んでいないかもしれぬ。あなた方はおそらく「時間律令板」「個人時間」「母性基準」「緑の壁」「慈愛の人」といった初歩的なことすら知らないのだろう。それは滑稽なことだが、同時に、これらすべてについて語ることは非常に困難である。これは過去の、例えば二十世紀の作家が自分の小説の中で「背広」とは、「アパート」とは、「妻」とは何かを説明しなければならぬ羽目に陥った場合と同じことである。かといって彼の小説が未開人のために翻訳される場合、「背広」について註釈《ちゆうしやく》なしですますことなど考えられるだろうか。

未開人は「背広」を眺めて、『さて、これが何の役に立つ？　邪魔なだけだ』と思ったに違いない。「二百年戦争」以来われらの中の誰一人として「緑の壁」の向うへ行った者はないと私が言えば、あなた方も同じような目つきをするだろうと思う。

しかし、親愛なる読者よ、少しでも頭を使えば理解は容易になるだろう。私たちの知っている限りでは、そもそも人類の歴史とは遊牧形態から定住形態への絶えざる移行の歴史にほかならないということ、これは明らかではないか。従って、最も定住的な（われらの）生活様式は取りも直さず最も洗練された（われらの）生活様式である、と言えないだろうか。人間が地球の隅々まで走りまわっていたのは、国家、戦争、貿易、新大陸の発見、等々があった有史前にのみ見られる現象である。現在、何のために、誰のためにそんなことが必要だろう。

　この定住の習慣が一挙に、少しの無理もなく生れたわけではないということは、認めなければなるまい。「二百年戦争」の間にすべての道路は破壊され、雑草に覆《おお》われた。緑の密林によって互いの連絡を断たれた都市での生活は、最初は非常に不便に感じられたに違いない。しかし、そんなことに何ほどの意味があろう。尻尾《しっぽ》を失くした当座の人間も、初めはおそらく、尻尾の助けを借りずに蠅《はえ》を追い払うことをすぐには覚えなかっただろうと思う。きっと最初は尻尾の不在を淋《さび》しがったに相違あるまい。だが今、あなた方は尻尾のある自分を想像できるか。あるいは「背広」なしで、裸で街を歩く自分を想像できるか（あなた方がまだ「背広」を着て歩きまわっていると仮定しての話である）。この場合も同じことで、「緑の壁」を纏《まと》っていない都市や、「時間律令板」の数字の聖衣に包まれていない生活というものを、私はとうてい思い浮べることができない。「時間律令板」……その金色の地にしるされた緋色《ひいろ》の数字が、今、部屋の壁から、きびしく、やさしく、私の目をのぞきこんでいる。ゆくりなくも思い出されるのは古代人が「聖像《イコーナ》」と呼んでいたもののことであり、私はつくづく詩あるいは祈禱文《きとう》（同じことだが）を作りたくなる。ああ、私はなぜ詩人ではないのだろう。なぜお前を本格的に讃《たた》えることができないのだろう、おお「時間律令板」よ、おお、「単一国」の心臓よ、脈搏よ。

われらはみな子供の頃（あなた方も多分そうだろう）小学校で、今日にまで伝わる古代文学最高の記念碑的作品――「鉄道時刻表」を読んだものである。だがこの作品といえども「時間律令板」の横に持って来れば、まるで石墨《せきぼく》とダイヤモンドが並んでいるように見える。どちらも同じC（炭素）なのに、ダイヤモンドはなんと硬く透明で、なんと輝いていることだろう。「時刻表」のページを列車さながらに駆けめぐって息苦しさを感じなかった人がいるだろうか。ところが「時間律令板」はわれらの一人一人を現《うつつ》のうちに、大叙事詩の英雄に、六輪の兵車に乗った不死身の人間に変えてしまう。朝な朝な、六輪兵車のように整然と、同一時刻、同一瞬間に、われら数百万人はあたかも一人のごとく起床する。同一時刻に数百万が一斉《いっせい》に仕事を始め、数百万が一斉に仕事を終える。そして数百万の手を持つ単一の肉体と化したわれらは、「時間律令板」に定められた同一瞬間にスプーンを口へ運び、同一瞬間に散歩に出かけ、集会所へ行き、テーラー・システム演習場へ行き、眠りに落ちる……

ありのままをお話しするなら、幸福という問題は、私たちの場合、まだ絶対正確に解決されているとは言えない。日に二度、十六時から十七時までと、二十一時から二十二時まで、単一の強力な有機体は個々の細胞に分解してしまう。これが「時間律令板」に定められた「個人時間」である。この時間には、ごらんの通り、或《あ》る者は貞潔な気持で部屋のブラインドを下ろし、或る者は「単一国行進曲」の銅《あかがね》のリズムに合せて大通りを散歩し、また或る者は今の私のように書物机にむかう。しかし私は、たとえ理想家、空想家と呼ばれようとも固く信じているのだが、遅かれ早かれ、いずれは、これらの時間にも一般律令の中の場が与えられ、いずれは八万六千四百秒全部が「時間律令板」に記載されるだろう。

人々がまだ自由に、即ち未組織の未開状態で生活していた時代について、私は多くの信じ難いことを読みかつ聞いた。だが最も信じ難いとつねづね思っているのは、人々がわれらの「時間律令板」のようなものをまったく持たず、散歩の義務もなく、食事時間の厳密な規制もなく、勝手気ままな時刻に起きたり寝たりすることを、たとえ萌芽《ほうが》的とはいえ当時のいやしくも国家権力たるものが許していたという事実である。一部の歴史学者によれば、当時の街路には一晩中あかりがともされ、人や車が夜っぴて通りを行き来していたとさえいう。

これは私にはどうしても納得できない。いかに彼らの知能が低かったとはいえ、そんな生活がまさしく殺人——ただし緩慢な、毎日少しずつ進行する大量殺人にほかならないことは、分らなかったはずがない。国家は（その人道主義的立場は）一人の人間を死に至らしめることを禁じていながら、数百万人を半殺しの目にあわせることを禁じなかった。一人を殺す、即ち人間の生命の総量を五十年分だけ減らすことは犯罪であり、生命の総量を五千万年分も減らすのは犯罪ではないという。なんとも滑稽ではないか。現在ならば、十歳の国家要員でも三十秒でこの数学的倫理問題を解くだろう。だが彼らの場合、カントのような哲学者たちが総がかりでも解けなかったのである（それは哲学者たちのうち一人として科学的倫理学、即ち加減乗除にもとづいた倫理学の体系を構築することに、思い至る者がなかったためだ）。

そしてこのような国家（国家と自称する厚かましさ！）が、いかなる管理もせずに性生活を放任していたというのは、不合理の極みではないだろうか。誰でも、いつでも、好きなだけ……まるで動物のような非科学的な話である。しかも動物のように盲滅法に子供を生んだという。じつに滑稽なことだが、彼らは植物を栽培し、鶏を飼い、魚を養殖する方法を知りながら（彼らが知っていたという確実な資料が残っている）この論理的段階の最終段階、つまり「児童の飼育」にまでは到達できなかったのである。われらの「母性基準」や「父性基準」にも考えが及ぶことはついになかった。

あまりにも滑稽な、あまりにも絵空事めいた話なので、書きながら心配になってくる。ひょっとすると、未知の読者よ、あなた方は私のことを、あくどい冗談の好きな男だと見なすのではなかろうか。私はただあなた方を愚弄《ぐろう》したい一心から、まじめな顔をして世にも無意味な戯言《たわごと》を喋っているのだと、俄然《がぜん》、誤解するのではないだろうか。

しかし、第一に、私は冗談が言えないたちである。どんな冗談でも、その内側の隠れた関数となっているのは嘘《うそ》そのものなのだ。そして第二に、古代の生活が前述の通りであることを「単一国科学」は証明しているのであって、「単一国科学」が誤りを犯すということはあり得ない。それに、人々が自由な状態、即ち猛獣や猿や家畜の状態で生活していた時代に、どんな国家的論理の発生する余地があっただろう。現代ですら、どこか深い毛むくじゃらの奥底から、まだ稀《まれ》には野生の猿どもの叫びがこだまのように聞えてくるとすれば、とても古代人たちに何かを要求できる筋合ではあるまい。

幸い、こだまはごく稀である。幸い、それは細部の小さな故障にすぎないから、全「国家機構」の偉大な永遠の歩みを止めることなく、修理が可能である。一本の曲ったボルトを取り除くためにも、われらには「慈愛の人」の老練かつ厳格な手があり、「守護官」たちの経験豊かな目がある……

そういえば今思い出した。きのうの男、あのS字形に二度折れ曲ったような体つきの男が、「守護局」から出て来るところを、私は何度か見たような気がする。あの男に本能的な敬意を抱いたわけが、それで分った。あの奇妙なIという女が彼と並んでいるのを見たとき、何かしら気まずさを感じた理由も……正直に言うなら、あのIは……

就寝のベルが鳴っている。二十二時半。またあした。

手記4

〔要約〕未開人と晴雨計。癲癇《てんかん》。もしも。

これまで私にとって人生のすべては明らかだった（この「明らか」という言葉への或る種の偏愛も、私の場合、いわれのないことではないと思う）。だが、今日は……どうもわけが分らない。

第一に、あの女が言った通り、私は本当に百十二集会所へ出頭せよという指令を受けたのである。確率は、

$$\frac{1{,}500}{10{,}000{,}000} = \frac{3}{20{,}000}$$（1,500は集会所の数、10,000,000は国家要員の数）

だというのに。そして第二に……いや、順を追って話そう。

集会所。いちめん日の光につらぬかれた山のように巨大なガラスの半球。きれいに品よく刈りこんだ丸い頭また頭の環状の列。少しどきどきしながら、私はあたりを見まわした。たぶん私は探していたのだと思う。青いユニファの連なる波の上のどこかで、薔薇色の鎌が、つまりかわいいOの唇が閃《ひらめ》かないだろうか。おや、誰かの異様に白い、鋭い歯が、まるで……いや違った。今夜の二十一時にOは私の所へ来るのだから、ここで彼女を見たいという願いはごく自然なことだった。

ベルが鳴った。われらは起立し「単一国国歌」を斉唱《せいしょう》した。演壇では、金色のスピーカーをきらめかせて機知たっぷりに「講師の声」が喋り出した。

「《御来場の国家要員諸君！　つい最近のこと、考古学者たちは二十世紀の一冊の本を発掘しました。その本の中で、皮肉な著者は未開人と晴雨計のエピソードを語っています。晴雨計が〈雨〉を指すたびに本当に雨が降る、ということに未開人は気がついた。そこで雨を降らせたいと思った未開人は、水銀柱が〈雨〉のところまで下るように、晴雨計から水銀をほじくり出したのです（スクリーンでは羽毛を飾り立てた未開人が水銀をほじくり出している――笑い）。諸君は笑っていますが、しかしもっと盛大に笑われて然《しか》るべき者は当時のヨーロッパ人です。そう思いませんか。ヨーロッパ人も未開人と同じように〈雨〉を、大文字で書かれた雨、代数学的な雨を降らせたいと思った。しかしヨーロッパ人は腑抜《ふぬ》けのように茫然《ぼうぜん》と晴雨計の前に立ちつくすのみでした。未開人には少なくとも勇気とエネルギーがあり、幼稚ではあっても論理があった。つまり原因と結果の間のつながりを、未開人は未開人なりに確かめたのです。水銀をほじくり出すことによって、彼は偉大な道へ一歩踏み出すことができました。その道こそは……》」

ここで（繰り返すが私は一切をありのままに書いている）私はしばらくの間、スピーカーから押し寄せて来る言葉の活潑《かっぱつ》な流れに対して、いわば防水性の存在になった。私が突然思ったのは、ここへ来たのは無駄だったということである（指令を受けたからには、「無駄」ということがあるだろうか。来ないわけにはいかなかったではないか）。すべては空虚で上っ面だけという気がした。やっとのことで注意力のスイッチを入れたとき、「講師の声」はもう本論に移っていた。われらの音楽のこと、数学的作曲（数学が原因で音楽は結果だ）のこと、最近発明された「音楽計」の詳細。

「《……このハンドルを回すだけの手間で、諸君の中の誰でも一時間に三曲までソナタを制作できます。これが諸君の先祖たちにしてみれば、並大抵の苦労ではなかった。彼らが創作できたのは、「霊感」という正体不明の癲癇に身をゆだねた時だけだったのです。さて今からお聞かせするのは、彼らが創作した音楽の非常に面白い実例で、作曲者は二十世紀のスクリャービン。この黒い箱形の物は（演壇の幕を開くと古代人の楽器が現れる）当時「ピアノ」あるいは「楽器の王」と呼ばれていました。この名称一つ取ってみても、彼らの音楽というものがどれほど……》」

この先を私がまたしても思い出せないのは、おそらくは……いや、正直に書こう。その「ピアノ」という箱にむかって、あの女――Ｉ三三〇号が歩み寄ったからなのである。不意に女が演壇に現れたので、意表をつかれたというだけのことだったかもしれない。

女は古代の奇怪な衣裳《いしょう》を着ていた。体にぴったりと纏いついた黒い服で、むき出しの白い肩と胸がいやが上にも際立ち、呼吸につれて震える胸元の暖かい影……目を射るように白い、ほとんど動物的といえるような歯……

咬《か》むような微笑が聴衆席に向けられた。女は腰を下ろし、弾き始めた。当時の古代人の生活そのもののような、野蛮で、痙攣《けいれん》的で、雑然たる音楽だ。合理的な機械性は全然ない。だから私の周囲の人々の反応はもちろん正しい。みんな笑っている。ただ少数の者だけが……しかし、なぜだろう、私も……

そう、癲癇は精神病だ、苦痛だ……緩慢な甘い痛み、咬まれる痛みが、ますます深まり、ますます強まる。ほら、ゆっくりと太陽が昇ってくる。われらの太陽ではない。ガラス煉瓦《れんが》を通りぬけて来た、薄青色のクリスタルの、均質化された日の光ではない。野生の、疾走《しっそう》する、焼けつくような太陽だ。すべてを投げ捨て、すべてをずたずたに引き裂く太陽だ。

隣に坐《すわ》っていた男が横目で左を、つまり私を見て、ひひひと笑った。なぜか非常に鮮明に覚えているのだが、その男の唇に顕微鏡的な唾《つば》の泡が現れ、すぐに弾《はじ》けるのが見えた。その泡が私の酔いを醒《さ》ました。私はふたたび私に還《かえ》った。

みんなと同じように、私が聴いていたのは無意味で煩《わずら》わしいだけの打弦音のお喋りにすぎなかったのである。私は笑った。気持が軽くなり、のびやかになった。有能な「講師の声」があまりにもまざまざと未開時代を描写したせいだ。それだけのことにすぎない。

そのあとで聴いた現代の音楽はなんと楽しかったことだろう(比較のために最後に演奏されたのである)。水晶のような半音階は寄せては返す無限級数の波で、締めくくりの和声はテーラーやマクローリンの定理だ。何トンもありそうな角張って重い歩調はピタゴラスの定理だ。そして減衰振動の悲しげなメロディ。あるいはまた、休止符のフラウンホーファー線によって絶えず変化する鮮明なリズム。まるで惑星のスペクトル分析だ……なんという威厳! 確固たる合法則性! これに比べて、粗野な幻想以外には何のよりどころも持たぬ古代人の気儘《きまま》な音楽は、なんと惨めなのだろう……

いつものように整然と四列に並んで、一同は集会所の幅広いドアから外へ出た。あの二度折れ曲った体つきの男が、一瞬、すぐ前を通りすぎた。私は敬意をこめて会釈をした。

一時間後にはかわいいOが来るはずである。私は快い興奮を感じ、気分は上々だった。帰り着くと、すぐに事務所に行き、当直者に私の薔薇色の切符を差し出して「ブラインド権」の証明書をもらった。この権利は「性の日」にのみ与えられる。普段は、光り輝く空気で織り成されたような素通しの壁に囲まれて、われらはつねに見守られ、とこしえに光を浴びて生活するのである。われらにはお互いに隠すことは何一つない。それに、このような生活は「守護官」たちの辛《つら》い尊い仕事をいくらかでも楽にするのだ。でないと、どんな事態が生じるか知れたものではない。考えてみれば、古代人の惨めな細胞的心理を産み出したものは、ほかならぬ彼らの不透明な、奇妙な住居だったのではあるまいか。《私の家（原文のまま！）は私のお城》——なんという浅はかな考えだったことか！

二十二時に私がブラインドを下げると同時に、少し息を切らしながらOが入って来た。彼女は薔薇色の小さな唇と、薔薇色の小さな切符を私に突き出した。私はクーポン券を切り離したが、時間いっぱい、二十二時十五分まで、薔薇色の唇から自分を切り離すことはできなかった。

そのあとでこの手記を見せ、方形と立方体と直線の美しさについて語った。私はかなり巧みに話したと思う。彼女は薔薇のようにうっとりと耳を傾けていたが、突然、青い目から涙が一滴、二滴、三滴、開かれていたページ（第七ページ）にまっすぐ落ちた。インクがにじんだ。ここは書き直さなければならない。

「Dさん、あなたがもし……もしも……」

ああ、《もしも》何なのだ。《もしも》何だというのだ。またいつもの繰り言か、子供のことか。それとも何か別のことで、ひょっとしたら……あの女のことだろうか。しかし、それはまるで……いや、それではあまりにも無意味だと思う。

手記5

〔要約〕正方形。世界の支配者。快い健康的な機能。

どうもよろしくない。未知の読者よ、あなた方に対する私の語り口はまたもや……そう、例えば私の旧友のR一三号に話すときの調子そっくりになってしまった。彼は詩人で、唇は黒人風で――いや、彼のことは誰でも知っている。一方あなた方は月の住人なのか、あるいは金星、火星、水星の住人なのか、どこに住むどんな人たちやらさっぱり分らない。

つまり、こうだ。正方形を、それも生きている、美しい正方形を想像してほしい。この正方形は自分のことを、自分の生活のことを語らなければならない。その場合、自分の四つの角が相等しいということを語ろうなどと、正方形は思いもしないに違いあるまい。そんなことは正方形自身には見えないのである。それほど当り前の、日常的なことなのである。現在の私はまさしく正方形と同じ立場に立っているのだ。例えば薔薇色のクーポン券とそれに関連したさまざまなことは、私にしてみれば四つの角が相等しいようなものだが、あなた方には二項定理よりもいくらか高級に見えるのではないだろうか。

　要点を言おう。古代の或る賢人が、もちろんまぐれ当りだろうが、うまいことを言った。「愛と飢えが世界を支配する」というのである。従って、世界をわがものにしたいならば、人間はその両支配者を支配しなければならない。われらの祖先は高い代償を払ってついに「飢え」を征服した。これが即ち「二百年戦争」、都市と農村との戦争である。おそらく宗教的偏見からだろうと思うが、未開キリスト教徒たちはかたくなに自分たちの「パン*」に執着した。しかし単一国紀元前三五年に現在の石油食品が発明されたのだった。結局生き残ったのが地球人口のわずか〇・二パーセントにすぎなかったことは事実である。だがその代りに、数千年の汚れを清められた地表は、なんと光り輝き始めたことだろう。その代りに、それら〇・二パーセントの人々が「単一国」の宮殿で、どれほどの満足を得ていることだろう。

　しかし満足と嫉妬が、幸福という名の分数の分子と分母であることは、明らかではないだろうか。そしてわれらの生活に依然として嫉妬の理由が残っているとしたら、「二百年戦争」の無数の犠牲者たちに一体どんな意味があっただろう。ところが嫉妬の理由となるものは残っていた。例えば「ボタンのような鼻」や「古典的な鼻」は残っていたし（あの散歩のときの話題だ）、大勢に言い寄られる者と誰にも相手にされない者がいることもまた事実だった。

当然のことながら「飢え」（代数学的には、イコール外面的幸福の総和）を屈伏させたのちに、「単一国」は世界のもう一つの支配者「愛」に対して攻撃を開始した。やがて、この自然力もまた征服された。つまり組織化され、数式化され、こうして今から三百年ほど前にわれらの歴史的な「性管理法」が公布された。「すべての国家要員は性的所産としての任意の国家要員に対する権利を有する」

あとはもう技術の問題である。われらは「性管理局」の実験室で綿密に検査され、血液中の性ホルモンの含有量を正確に測定されてから、相応する「性の日」の予定表が作成される。それから自分の「性の日」には特定の国家要員（たち）の利用を希望するという申請書を提出し、適当なクーポン券の綴《つづ》り（薔薇色の）を受け取る。それだけの手続きである。

明らかに、いかなる嫉妬の理由ももはや存在せず、従って幸福という名の分数の分母がゼロになれば、分数は壮麗な無限大へと飛躍する。こうして古代人にとって数知れぬ愚かしい悲劇の根源であったものが、われらの時代には睡眠や、肉体労働や、食物の摂取や、排泄《はいせつ》などと同じように、有機体の調和の機能、快い健康的な機能へと姿を変えたのである。これを見てもお分りだろう、論理の偉大な力はそれが触れるすべてのものを浄化するのだ。おお、未知の読者よ、あなた方もこの神聖な力を知り、飽くまでもその力に従うことを学びますように。

……どうも変だ。今日の私は人類史の最高地点について書き、この上なく清らかな山の空気に似た思想を絶えず呼吸しているというのに、心の中はなぜか雲に覆われ、蜘蛛《くも》の巣がかかり、Xの四つの足が十字架のように立ちはだかっている。それとも、これは私の手足なのだろうか。自分の毛むくじゃらの手を長いこと眺めていたせいなのか。私は自分の手について語りたくないし、自分の手そのものも嫌いである。これは未開時代の痕跡《こんせき》なのだ。ひょっとすると私の内部にはほんとうに――

この部分は要約の範囲を逸脱しているから消してしまおうかと思った。だが考え直して消さないことにする。ちょうど最も精密な地震計のように、私の手記は頭脳のきわめてわずかな動揺をも曲線に示せばよい。時にはそんな動揺も何かの前兆としては役に立つかもしれないし――

いや、これはまさしく非合理主義であって、これこそ本当に抹消しなければいけない。われらはすべての自然力を秩序の軌道に乗せたのだから、どんな破局も起ろうはずがないのである。

ようやく何もかも明らかになってきた。私の内部の奇妙な感じは、やはり最初に書いた正方形的立場のせいに違いない。私が恐れるのは私の中のXではなくて（そんなものはあり得ない）、未知の読者よ、あなた方の中に何らかのXが残るのではないかということである。しかし私をあまり厳しく裁かないでほしい。私が今、全人類史上のいかなる文筆家も知らぬ苦しみを味わいつつ書いていることは、あなた方にも分ってもらえると思う。或る者は同時代人のために書き、また或る者は後世のために書いたが、先祖のために、あるいは未開の遠い先祖に似た人々のために書いたという例は、いまだかつてどこにもなかった……

手記6

〔要約〕突発事件。いやな「明らか」。二十四時間。

繰り返して言うが、私は何一つ包み隠さずに書くという義務を自分に負わせた。従ってどんなに悲しいことであろうと、ここで言っておかなければならないのは、われらの間でも生活の凝固や結晶化はまだどうも完了していないようであり、理想までにはあと数段階が残されているという事実である。理想（それは明らかである）はもはや何事も突発的には起らないところにこそ存在するのだが、われらの周囲には……そう例えばこんな事実はどうだろう。今日の『国営新聞』によれば、二日後、「立方体広場」で「裁判祭」が執り行われる。してみれば、また国家要員の誰かが偉大な国家機構の運行を妨げたのであり、また何か不測の事態が、あらかじめ計算できないことが起ったのである。のみならず、私の身にも突発事件が起った。もちろんそれは「個人時間」つまり不測の事態のために特に設けられた時間に起ったことだが、それにしても……

十六時頃（正確には十六時十分前）私は部屋にいた。突然、電話が鳴った。

「D五〇三号？」と女の声。

「そうです」

「今おひま？」

「ええ」

「私、I三三〇号です。これからそちらへ飛んで行きますから、一緒に〈古代館〉へ行きましょう。賛成して下さる？」

I三三〇号が……このIという女は私の反感をそそり、私を苛立たせ、ほとんど怯《おび》えさせる。しかし、だからこそ「ええ」と、私は答えた。

五分後、私たちはもうアエロに乗っていた。青いマヨリカ焼のような五月の空。軽快な太陽も金色のアエロに乗って、私たちに追いつきもせず後れもせず、ぶんぶん唸りながらついて来る。だが前方には白内障《はくないしょう》のような一片の雲が浮び、昔の「キューピッド」のほっぺたのようにぶくぶくした無意味なその雲が、なぜか気にかかる。機首の小窓が開いているので風が吹きこみ、唇が乾く。やむを得ずひっきりなしに唇を舐め、その間、唇のことしか考えられない。

遠くにもう濁った緑色の斑点が幾つか見える。そこは「緑の壁」の外側だ。まもなくわずかではあるが不随意的に胸がどきどきする。嶮《けわ》しい山を滑り落ちるような、急激な降下。そして「古代館」に着いた。

その脆《もろ》い異様な盲《めしい》の建物は、全体がガラスの殻にすっぽり覆われている。さもなければとうの昔に倒潰《とうかい》していたに違いない。ガラスの殻の入口に一人の老婆。顔は皺《しわ》だらけで、特に口のあたりは皺と襞《ひだ》ばかりだ。唇がすっかり中へひっこみ、何かの癒着《ゆちゃく》した傷跡のような口は、とても言葉を喋りそうには見えなかったが、それでも老婆は喋り出した。

「おや、あんた方、私の家を見に来たのかね」

老婆の皺が輝いた（つまり放射状に刻まれた皺なので、「輝く」という印象を与えるのだろう）。

「そうよ、おばあさん、また見たくなって」と、Iが老婆に言った。

皺が輝いた。

「いいお天気だね。え、何だって？　ああ、悪い子、悪い子だよ！　よし、よし！　いいから二人だけで入りなさい。私ゃ日向《ひなた》ぼっこのほうがいい……」

ふむ……女はここの常連らしい。どうも何かが気になる。さっぱりと払い落してしまいたい。それは多分あの執拗《しつよう》なイメージなのだろう。マヨリカ焼の青空にかかる一片の雲。

幅の広い薄暗い階段をのぼって行きながら、Ｉが言った。

「私、大好きなの、あのおばあさん」

「なぜ」

「分らない。あの口のせいかしら。理由なんてないかもしれない。ただなんとなく好きなのよ」

私は肩をすくめた。女は微《かす》かに笑顔を見せながら、いや、まったく笑っていなかったのかもしれないが、言葉を続けた。

「とても悪い女になったような気分ね。だって〈ただなんとなくの愛〉ではなくて、〈なぜならばの愛〉でなくちゃいけないことは明らかでしょう。あらゆる自然力はすべからく……」

「そう、明らかに……」と私は言いかけ、すぐこの言葉が気になって女を盗み見た。相手はこの言葉癖に気づいただろうか。

女はどこか下の方を眺《なが》めていた。瞼《まぶた》はブラインドのように下げられていた。

私はふと思い出した。夜の二十二時頃、大通りを歩くと、明るく照明された素通しの細胞群の所々にブラインドを下ろした暗い細胞があって、それらのブラインドの蔭《かげ》では――ところでこの女の瞼のブラインドの奥には何があるのだろう。女は今日なぜ電話して来たのか。何のために私たちはここへ来たのだろう。

重い、不透明な、軋《きし》むドアを開くと、その奥は薄暗い無秩序な空間だった（これを古代人は「アパート」と呼んでいたらしい）。あの奇怪な「楽器の王」とやらが鎮座《ちんざ》し、あたりは当時の音楽そのままに、粗野で、非組織的で、狂気じみた色と形の氾濫《はんらん》である。頭の上には白い平面。暗青色の壁。古代の書物の赤や緑や橙色の装幀《だいだい》。黄色いブロンズのシャンデリヤ。仏像。癲癇のように歪《ゆが》んだ、どんな方程式にも納まらない家具の線。

私はやっとの思いでこの混沌《こんとん》に耐えた。だが私の連れは、どうやらもっと強い有機体のもちぬしであるらしかった。

「ここは私の大好きな……」言いかけて急に気づいたらしく咬むような微笑を見せ、白い鋭い歯が現れた。「正確に言えば、彼らの〈アパート〉の中でもとりわけ無意味な一例ね」

「もっと正確に言うなら、アパートではなくて国家です」と、私は訂正してやった。

「顕微鏡的な、永久に戦い合う数千数万の国家群です。その残忍さといったら……」

「そう、明らかにそうね……」一見たいそう真面目《まじめ》にＩは言った。

子供用の小さなベッドがある部屋を、私たちは通り抜けた（当時は子供たちも私有財産だったのである）。それから幾つかの部屋があった。きらきら光る鏡、陰気な衣裳戸棚、耐えがたいほど雑多な色のソファ、巨大な「暖炉」、大きなマホガニーのベッド。われらの現在の美しく透明な永遠のガラスは、惨めな毀《こわ》れやすい窓の四角形の中にしか見あたらなかった。

「ふしぎね、昔の人はこんな所で〈ただなんとなく愛し〉たり、身を焦《こ》がして苦しんだりして……（また瞼のブラインドが下がった）。人間エネルギーの無意味で無計画な浪費。そうでしょう？」

女はなんだか私に乗り移ったように、私の考えそのままを話していた。だが女の微笑みには依然としてあの苛立たしいＸがひそんでいた。瞼のブラインドの蔭では何だか分らないが何事かが行われていて、それが私の堪忍袋《かんにんぶくろ》を今にも破裂させそうだった。私はこの女と議論し、この女をどなりつけたい（文字通りに）のだが、相手の言葉にいちいち同意しなければならない。同意しないわけにはいかないのである。

私たちは鏡の前で立ちどまった。その瞬間私に見えるのは女の二つの目だけだった。ふと私は思った。人間の構造はこの無意味な「アパート」とやらと同じ程度に野蛮なのではあるまいか。人間の頭は素通しではなく、内部をのぞくには目という小さな二つの窓があるだけなのだ。この私の考えを見抜きでもしたように、女は振り向いた。《さあ、これが私の目よ。いかが？》（もちろん女は沈黙していたのだが）

私の前には無気味に暗い二つの窓があり、その奥には馴染《なじ》みのない他者の生活があった。見えるのは炎だけで、燃えているのは誰やら他人の「暖炉」なのだ。そして誰やらの姿があり、その姿は……

もちろん、これは自然なことだった。私は鏡に映った自分を見ていたのである。だがその姿は不自然で、私に似ていなかった（明らかにこの部屋の造作に悪影響を受けたのだろう）。私ははっきりと恐怖を感じ、自分が捕えられこの未開の檻《おり》の中に閉じこめられたように、古代生活の野蛮な渦巻に巻きこまれたように感じた。

「あの」とIが言った。「ちょっと隣の部屋に行っていて下さらない」女の声は奥の方から、暖炉の燃えている暗い目の窓の中から聞えてきた。

私は隣の部屋へ行って、腰を下ろした。壁の飾り棚から、まっすぐに私を見つめ微かに笑っているのは、獅子鼻《ししばな》の古代詩人の左右非対称の顔だった（確かプーシキンとかいった）。なぜ私はこんな所に坐って、おとなしくこの微笑に耐えているのだろう。一体これは何のためなのか。私がここへ来たこと、この無意味な状況はどういうわけなのだろう。人を苛立たせ、反感をそそるあの女は、この奇妙な遊びは……

隣の部屋では衣裳箪笥の戸がことりと音を立て、衣擦《きぬず》れの微かな音がきこえた。私はその部屋へ入って行きたい衝動を辛うじて抑えた。入って行って何をする気だったのか、あまりよく覚えていないが、たぶん何か厳しい言葉を投げつけたかったのだと思う。

だが女はもう出て来た。古代の明るい黄色の短いドレスに黒の帽子、黒い靴下というでたちだった。ドレスは薄い絹で、靴下は非常に長く、膝のずっと上まであるのがよく見えた。頸《くび》はむきだしで、胸元の影が……

「ちょっと待って下さい、あなたは明らかに奇を衒《てら》うつもりだが、しかし一体……」

「奇を衒うのは」とIは私の言葉をさえぎった。「明らかに、何とかして他人よりも目立とうということね。とすると、奇を衒うことは平等の破壊で……逆に、古代人の馬鹿みたいな言葉を使えば、〈平々凡々〉であることは今では単に自分の義務を果すことにすぎない。だって……」

「そう、そう、その通り！」と私はたまりかねて言った。「それなら、あなたは何もそんな……」

女は獅子鼻の詩人の像に近づき、自分の目の奥に燃える未開の炎をブラインドで覆うと、今度はまったく真面目な口調で（おそらく私をなだめるためだろう）たいそう条理にかなったことを言った。

「昔の人がこんな連中の存在を許していたなんて、不思議だとお思いにならない？　存在を許していたどころか、崇拝していたんですって。ひどい奴隷《どれい》根性！　そうでしょう？」

「そう、明らかに……いや、私が言いたいのは……（いやな「明らか」だ！）」

「ええ、分るわ。でも実はこういう連中は時の権力者よりも強い支配者だったんでしょう。じゃ、なぜ隔離もされなければ絶滅もされなかったのかしら。今なら……」

「そう、今なら……」と私は言いかけた。すると唐突に女は笑い出した。それはまことに視覚的な笑い声だった。甲高く、急激で、鞭のようにしなやかな笑いの曲線を、私は茫然と見つめた。

そのとき私の全身は震えていたと思う。衝動的に女をひっつかまえて何かを仕出かしそうな……いや、何でもいい、何かをしなければいけない。私は機械的に自分の金色のバッジの蓋《ふた》をあけて、時計を見た。十七時十分前。

「もうそろそろ時間だと思いませんか」と、できるだけ丁寧に私は言った。

「ここに残って下さいってお願いしたら？」

「待って下さい、あなたは……よくそんなことが言えますね。私は十分後には集会所に行かなければ……」

「……すべての国家要員は芸術と科学の所定の課程を学習する義務を負う……」と、Iは私の声を真似て言った。それからブラインドを引き上げて目を上げた。暗い二つの窓の奥で暖炉が燃えていた。「〈医薬局〉に知り合いの医者がいます。私と予約しているひとですけど。私から頼めば、あなたが病気だったという証明書を書いてくれるわ。いかが？」

　これで分った。この遊びの行き着く先がようやく分った。

「そういうわけだったのか！　いいですか、私は誠実な国家要員の一人として、本当は今すぐ〈守護局〉へ行って……」

「本当はね」（咬むような鋭い微笑）。「興味津々《しんしん》だわ、あなたが〈守護局〉へ行くかどうか」

「残るんですね、あなたは」私はドアの取手をつかんだ。取手は銅製で、私の声も銅のように冷たかった。

「ちょっと……失礼」

　女は電話に近づき、誰か男性要員を呼び出した。私は興奮していたせいだろうか、その名前を覚えていない。女は叫んだ。

「〈古代館〉でお待ちするわ。ええ、ええ、私一人よ……」

　私は銅の冷たい取手を回した。

「アエロを使ってもかまいませんか」

「ええ、もちろん！　お使いになって……」

　戸口の日だまりでは、老婆が植物のようにまどろんでいた。癒着したような口が開き、喋り出すのは、今回もまた驚くべき光景だった。

「お連れは一人で残ったのかね」

「ええ、一人で」

老婆の口はふたたび癒着した。老婆は頭《かぶり》を振った。その耄碌《もうろく》した頭脳にも、あの女の行動の無意味さと危険は理解できたのだろう。

十七時ちょうどに私は講義に出た。そのとき、なぜか突然、老婆に嘘をついてしまったことに気づいた。今Iはあそこで一人ではない。そのことが——無意識に老婆を欺《あざむ》いたことが私を苦しめ、講義を聴くことを妨げた。そう、あの女は一人ではない。それが問題なのである。

二十一時三十分からあとは自由時間だった。今日のうちに「守護局」へ行き、この一件を届け出ることもできただろう。だが、あの愚かしい出来事のあと、私はとても疲れていた。それに届け出の法的期限は二昼夜である。あすでも間に合う。まだたっぷり二十四時間ある。

手記7

〔要約〕一本の睫毛《まつげ》。テーラー。菲沃斯《ヒヨス》と鈴蘭《すずらん》。

深夜。緑、橙、赤い「楽器の王」。蜜柑《みかん》のように黄色いドレス。それから銅《あかがね》の仏像。突然、銅の瞼が開き、仏像から汁が流れ出る。すると、黄色いドレスからも汁が流れ、鏡にそのしずくがしたたり、大きなベッドも、子供用のベッドも汁を流し、もう私自身も……そして何やらひどく甘美な恐怖……

目が醒めた。程よい、青みがかった光。ガラスの壁、ガラスの椅子と机が輝いている。その輝きのおかげで気が鎮《しず》まり、心臓の激しい鼓動も収まった。汁、仏像……なんという不条理だろう。明らかに病気なのだ。以前の私は夢など一度も見たことがなかった。古代人の場合、夢を見ることはごく普通の正常な現象だったという。それもそのはず、彼らの現実生活そのものが、さっきの緑・橙・仏像・汁のように目まぐるしく変る恐ろしい回転木馬だった。だがわれらは、夢が深刻な精神病にほかならないことを知っている。そして従来の私の頭脳が、クロノメーターで測定された、塵《ちり》一つない光り輝くメカニズムであったこともまた間違いないのだが、今では……そう、今は率直に言うなら何か異物が頭脳に入りこんだ感じで、いわば微細な一本の睫毛が目の中に入った状態に似ている。健康は上々なのだが、目の中の一本の睫毛がどうしても気になって……

クリスタルの快活な鐘が枕元で鳴った。七時、起床時刻。左右のガラスの壁に、自分自身、自分の部屋、自分の衣服、自分の動作が千回も繰り返されているのが見える。己れが巨大なもの、強いもの、単一のものの部分であることを見るのは、実に心強い限りである。それに何という正確な美だろう。一つとして余分な身振りも、屈折も、偏向もない。

まったく、あのテーラーという男は疑いもなく古代人の中で最高の天才だった。もちろん彼は自分の方法を全生涯に、あるいは一歩一歩の歩みに、あるいは一昼夜全体に適用するところまでは思い至らなかった。自分のシステムを〇時から二十四時まで積分することはついにできなかったのである。しかしそれにしても、カントとやらについては図書館に入りきらぬほどの本が書かれたというのに、テーラーが、千年後を予見できたこの予言者が、ほとんど認められなかったのはどうしたわけだろう。

朝食が終った。「単一国国歌」が整然と斉唱された。整然と、四列に並んで、われらはエレベーターに向った。モーターが微かに唸る音。急速に下へ、下へ、下へ。わずかに胸がどきどきする……

そのとき突然、なぜかふたたびあの無意味な夢を思い出した。夢というより、あの夢に導かれる何やら不明瞭《ふめいりよう》な関数だ。ああ、そうか、きのうアエロに乗ったときも同じだった。あの降下のとき。しかし何もかもすんだことである。切りをつけなければ。あの女に断乎《だんこ》たる態度をとったのは大変よいことだった。

地下鉄で私が急行した先の造船台では、まだ動かず、まだ炎の霊感を与えられていない積分号の優美な船体が、日の光を浴びてきらめいていた。私は目を閉じて、いくつかの数式を思い浮べた。積分号を地表から脱出させるためにはどれほどの初速が必要であるかを、もう一度、心の中で計算したのである。一秒の何百分の一という短い時間に、積分号の質量は微妙に変化する（爆発性燃料が消費されるので）。数式は超越数を含む非常に複雑なものとなった。

夢の中のようなこの硬質の数字の世界で、誰かが私の隣にすわり、その肘が軽く私に触れ、「失礼」と声が聞えた。

薄目をあけると、まず（積分号からの連想だろう）空間をまっしぐらに飛んで行くものが見えた。一個の頭が、両側の薔薇色の耳を翼のように拡《ひろ》げて飛んで行く。それから垂れた項《うなじ》の曲線、猫背、二度折れ曲ったSの字……

そして私の代数の世界のガラス壁を通してふたたび一本の睫毛が見えた。今日何かをしなければならないという不愉快な記憶……

「いえ、なんでもありません」私は隣の男に笑顔を見せ、会釈をした。男のバッジには

S四七一一という数字が光っていた（初めて逢ったときからこの男がSの字とつながりがあるような気がしていた、その理由がはっきりした。意識には記録されない視覚的印象だったのである）。と、男の両眼《りょうめ》が光った。それは二本の鋭いドリルで、急速に回転しながら奥へ奥へと侵入し、今にも私の一番奥にまで届くかと思われた。今にも見抜かれるかもしれない、私が自分自身にすら隠している、奥底の……

にわかに一本の睫毛がくっきりと見え始めた。この男は「守護官」の一人なのだ。一番簡単なのは、先へ延ばさずに、今すぐ何もかも話してしまうことだ。

「じつは、私きのう〈古代館〉へ参りまして……」私の声は押し潰《つぶ》されたように平板で異様だった。私はあわてて咳《せき》払いをした。

「結構じゃありませんか。非常に教訓的な結論を出すための材料を提供するところです、あそこは」

「でも、じつは一人ではなくて、I三三〇号に連れられて行ったのでして、むこうで……」

「I三三〇号？　それはよかった。非常に才能豊かな面白い女性です。ファンが多い」

……しかしこの男も先日の散歩のとき……ひょっとしたら、この男も彼女に予約しているのだろうか。いや、まさかそんなことを訊《き》くわけにはいかない。それは明らかだ。

「ええ、ええ！　本当です！　まったく！」私の笑みは顔中に無意味にひろがり、その笑顔のせいで自分がいかにも貧弱に愚かに思われてならなかった……

　二本のドリルは私の奥底にまで達すると、急速に回転しながら元の目の中へ戻った。Sは複雑な笑顔を見せ、会釈してから、静かに出口へ向った。

　私は新聞で顔を隠したが（みんなに見られているような気がしたので）、まもなく一本の睫毛のこともドリルのこともきれいに忘れてしまった。それほど新聞記事に心を奪われたのである。それは短い記事だった。《信ずべき筋によれば、〈単一国〉の恵み深い軛からの解放を目的とする組織が、確かに存在していることを示す証拠のかずかずがふたたび発見された。この組織はまだ捕捉《ほそく》されていない》

「解放」だと？　驚くべきことだ。人間という種の中にはまだどれほど犯罪本能が生き残っているのだろう。私は意識的に「犯罪」と言う。自由と犯罪がわかちがたく結びついていることは、あたかも……アエロの運動とその速度のごとくだ。速度がゼロならばアエロは動かない。自由がゼロならば人間は犯罪をおかさない。それは明らかだ。人間を犯罪から救う唯一の方法は、人間を自由から救うことである。それなのに私たちがやっと自由から解放されたばかりの今（宇宙的尺度で測れば数世紀ももちろん「ばかり」である）突如としてどこかの哀れな知恵遅れどもが……

　そう、きのう私はなぜ直ちに「守護局」へ行かなかったのだろう。どうしても分らない。今日は十六時以後に必ず行こう……

十六時十分、外へ出ると、とたんに街角でOと出っくわした。この偶然の出逢いに、彼女の全身は喜びの薔薇色に染まった（この女なら単純円満な知能のもちぬしだ。ちょうどいい。この女なら私を理解し支持してくれるだろう）……いや、支持してもらう必要もない。私は固く決心しているのだから。

「音楽工場」の音管が整然と行進曲を響かせていた。今日もまたいつもの「単一国行進曲」である。この毎日ということ、反覆ということ、鏡に似ているということには、どれほどの言うに言われぬ魅力が含まれているだろう！

Oは私の手を握った。

「散歩なさる？」丸い青い目が私にむかって大きく見開かれた。内部に開かれた二つの青い窓。全然ひっかかりなしに中へ入りこめる。内部には何もない。つまり異質のもの、不要のものは何一つない。

「いや、散歩はしない。ぼくが行かなきゃならないのは……」どこへ行かなければならないかを私は話した。すると驚いたことには、薔薇色の唇の円形が半月形に変化し、酸っぱいものでも食べたように唇の両隅が垂れた。私はかっとなった。

「きみたち女性要員はもうどうしようもなく偏見にむしばまれているらしいな。抽象的思考能力ゼロだ。失礼だが、それじゃ愚鈍としか言いようがない」

「だって、スパイに報告に行くなんて……いやだわ！　それなのに私ったら、あなたに鈴蘭をあげようと思って〈植物館〉へ行ったりして……」

「〈それなのに〉とはどういうことだ、〈私ったら〉とは。まったく女にしか通用しない論理だ」私は怒りをむき出しにして（恥ずかしい話である）彼女から鈴蘭をひったくった。「これがきみの鈴蘭か。嗅《か》いでごらん。いい匂いだろう。じゃ少しでも論理的に考えてみてくれないか。鈴蘭はいい匂いだ。これは間違いないね。しかし匂いについて、〈匂い〉という概念そのものについて、果していいとか悪いとか言えるだろうか。言えないだろう、え？　鈴蘭の匂いがあり、菲沃斯《ヒヨス》の悪臭がある。どちらも匂いであることに変りはない。古代の国家にはスパイがいた。現在この国にもスパイがいる……そう、スパイがね。そんな言葉はちっともこわくない。しかし、古代国家のスパイが菲沃斯で、現在のスパイが鈴蘭であることは明らかじゃないか。そう、鈴蘭だよ、そうとも！」

薔薇色の半月形が震えていた。今思えばそれは錯覚だったのだが、このときの私は、彼女が笑い出すのだと思った。そこでさらに大きな声で叫んだ。

「そう、鈴蘭だ。笑うことはない、何が滑稽なんだ」

私たちの脇を流れていた丸い滑らかな頭たちが振り返った。Oはやさしく私の手を取った。

「あなた、今日はなんだか……病気じゃないの？」

夢、黄色いドレス、仏像……私ははたと思い当った。明らかに「医薬局」へ行く必要がある。

「そう、そうかもしれない、病気なんだ」と私は妙に嬉しくなって言った（これは全然説明のつかない矛盾《むじゅん》である。嬉しがる理由は何もないのだから）。

「じゃ、すぐお医者様にみてもらわないと。だってあなたは健康を保つという義務を負っているでしょう。あなたにこんなことをお説教するのはおかしいけど」

「そうでもないさ。もちろん、きみの言う通りだ。まったくその通りだ！」

私は「守護局」へは行かなかった。「医薬局」へ行かなければならなかったのだから止《や》むを得ない。そこでは十七時まで時間がかかった。

そのあとは（いや、いずれにせよ「守護局」はもう閉まっている）夜になってOが私の部屋へ来た。ブラインドは下げなかった。私たちは古代の数学問題集の問題を解いた。これは気持を休め、清めてくれる。O九〇号は頭を左肩に傾けてノートに向い、緊張のためだろうか、ときどき左頰を突っ張るように舌を動かした。それは子供っぽい魅力的な光景だった。私の内部も快適そのもので、正確で、素直だった……

彼女は帰った。私は一人になった。二度、深呼吸をした（これは睡眠の前には非常に有効である）。すると突然、何やら思いもよらぬ匂いを嗅いだ。何かしら非常に不愉快な……匂いの源はすぐ分った。私のベッドに一本の鈴蘭が隠されていたのである。途端に何もかもが心の奥底から渦を巻いて涌《わ》き上った。いや、私の部屋にこの鈴蘭を置いて行ったのは、彼女にしてみればただの失策なのだろう。いかにも私は「守護局」へ行かなかった。そう。しかし病気になったのは私のせいではないのだから。

手記8

〔要約〕虚数。R一三号。三角形。

ずいぶん昔、学校時代のことだ。私に$\sqrt{-1}$が現れたのは。心に刻みこまれたように明瞭に覚えている。球形の明るい教室、数百人の少年たちの丸刈りの頭。そして私たちの数学教師ガーピー。私たちが彼にガーピーという綽名《あだな》をつけたのは、この教師がもうだいぶ使い古され、ガタが来ていて、当番の生徒がお尻にプラグを差しこむと、いつもスピーカーからまず「ガーガーピーピー」という音が出て、それから講義が始まるからなのだった。ある日、ガーピーは虚数の話をした。今でも覚えているが、私は机を拳《こぶし》で叩《たた》き、「ルート・マイナス1なんていやだ！　ルート・マイナス1なんて、ぼくから引っこ抜いて！」と泣きわめいた。この虚数というやつは以後、何かしらよそよそしい異質の怪物として私の内部で生長し、私を齧《かじ》り始めたのだった。意味を与えることも毒を取り除くことも、こいつについては不可能である。なにしろ理性の及ばぬ存在なのだから。

　そして今またこの$\sqrt{-1}$だ。手記を読み返してみて明らかである。私は自分を欺き、自分に嘘をついてきたが、それというのも$\sqrt{-1}$を見たくない一心からなのだ。病気その他は問題にならない。あそこへ行くことは可能だった。一週間前なら、ためらうことなく行ったと思う。それが今はどうして……なぜなのだろう。

　今日もそうだった。ちょうど十六時十分に、私はまばゆく光るガラスの壁の前に立っていた。頭上では、「守護局」の表示板の中で黄金色の文字が太陽のように清らかに輝いていた。ガラス壁の奥には淡青色のユニファの長い行列が見えた。古代の教会の灯《とう》明《みよう》のように、人々の顔はほのかに光っていた。彼らがここへ来たのは意義ある仕事を果すため、即ち、自分の恋人や友人や、さらには自分自身を「単一国」の供物台に捧《ささ》げるためなのである。その人たちに加わることを、その人たちと一緒にいることを、私の心は渇望した。ところが駄目だ。両足はガラスの舗道に熔接されたようで、動くに動けず、私はその場に立ったままぼんやりと眺めるだけだった……

「よう、数学者先生、夢想に耽《ふけ》ってるのかい！」

　私は身震いした。眼前のガラスに、笑いのラッカーを塗られた黒い目と、黒人風の厚い唇が映っている。旧友の詩人、R一三号だ。薔薇色のOも一緒にいる。

私はぷりぷりしながら振り向いた（この二人に邪魔されなければ、結局のところ、どんなに苦痛であろうと自分の内部から$\sqrt{-1}$を抉《えぐ》り出して、私は「守護局」に入っただろうと思う）。

「夢想に耽ってたんじゃない、言うならば見惚《みほ》れていたのさ」と、かなり突慳貪《つっけんどん》に私は言った。

「そうだろうとも、そうだろうとも！　きみという人は数学者じゃなくて、詩人になりゃよかったんだ。そう、詩人にさ！　本当に俺たちの、詩人《ポエット》の仲間にならないか、え？　よかったら、すぐ手続きを取ってやろうじゃないか」

　Ｒ一三号は何かに噎《む》せたような喋り方で、言葉は厚い唇から飛沫《しぶき》のように跳んで出る。Ｐの音はすべて噴水だ。「詩人」も噴水だ。

「今までも今後も、ぼくは知識に仕える身分だ」と私は顔をしかめて言った。冗談というものは私は嫌いだし理解できない。ところがＲ一三号には冗談を言う悪癖がある。

「何が知識だい！　きみの知識なんてものは臆病と同じことじゃないか。まあ、それもいいさ。よかろう。要するに、きみは壁でもって無限を囲う気だが、壁の向うをのぞくのは恐ろしい。そうだろう。のぞいても目を細めてこわごわだ。そうだろう！」

「壁とはあらゆる人間的なものの根本原理であって……」と私は言いかけた。

　Ｒは噴水を吹き出し、Ｏは薔薇色に丸く笑っていた。私は勝手にしろと手を振った。

好きなだけ笑うがいい。私はそれどころじゃないのだ。このいまいましい$\sqrt{-1}$の味を消すために何かで口直しをしなければならない。

「どうだろう」と私は提案した。「みんなでぼくの部屋に陣取って、数学の問題でも解かないか」（ゆうべの静かな一時が思い出された。今夜も恐らくそうなるだろう）

　OはちらとRを見た。それから丸顔をまともに私に向け、その頰は私たちのクーポン券の淡い期待の色に微かに染まった。

「でも今日は……彼のクーポン券しかないわ」彼女は顎《あご》でRを指した。「今晩は彼が忙しいし……だから……」

　ラッカーを塗ったような湿った唇がぴしゃぴしゃと善良な音を立てた。

「いや、構わんさ。ぼくと彼女は半時間もあれば充分だ。だろう、O？　ただし数学の問題とやらはあまりぞっとしないから、そうだ、ぼくの所へ遊びに来ないか」

　一人になるのは——正確に言えば、奇妙な偶然からD五〇三という私の番号を持つこの新たな異質の人間と二人きりでとり残されることが、私は気味がわるかった。そこでRの部屋へ行くことにした。いかにもこの男は不正確で、非律動的で、何やら裏返しの陽気な論理のもちぬしだが、それでも私たち二人は友人同士なのである。三年前に私とRが期せずして二人ともこのかわいい薔薇色のOを選んだことは、決して偶然ではあるまい。そのことはなぜか学校時代よりももっと強く私たちを結びつけたのだった。

以下は、Rの部屋にて。「時間律令板」といい、すべてガラス製の椅子や机や戸棚やベッドといい、私の部屋にそっくりである。だがRが入って、一、二脚の椅子を動かしただけで、いくつかの平面が移動し、何もかもが規格から外れ、非ユークリッド的になった。まったく相変らずのRだ。こいつはテーラー学や数学ではいつも劣等生だったのである。

なつかしいガーピーの思い出話になった。私たち生徒が寄ってたかって彼のガラスの脚に感謝の言葉を書いた紙切れを貼りつけたこと（私たちはガーピーが大好きだったのである）。*律令教師の思い出話も出た。私たちの律令教師は並外れた大声のもちぬしで、スピーカーから風が吹きつけてくるほどだった。私たち生徒も声を限りにテキストを読み上げたものである。ある日いたずら者のR一三号はスピーカーの喇叭《らっぱ》に嚙《か》み潰した紙《かみ》屑《くず》を詰めこみ、教師が喋るたびに紙屑がぽんぽん飛び出した。Rはもちろん罰を受けたし、彼の行為はまことに下劣だったけれども、今私たち三人は大笑いをするのだった。私も笑ったことを白状しよう。

「でも、古代のように生身の教師だったらどうだったかなあ。ただの仮定だけれども」唾の滲《にじ》み出る厚い唇からBの音が噴水のようにほとばしった……

日の光は天井から、壁から射《さ》しこみ、太陽は上にあり、左右にあり、反射像は下にもある。OはR一三号の膝に腰掛け、陽《ひ》のきらめきの一しずくは彼女の青い目の中にもある。私は何がなし心暖まる思いで、平常の自分に還って行くのがよく分った。〈Ｉ〉は鎮まり、動かなくなった……

「ところで、きみの積分号はどうだい。ほかの惑星の住民とやらを啓蒙しに、じき飛び立つのかい。だったら仕事を急がせたほうがいいぜ！　でないと俺たち詩人が書きすぎて、積荷の重さにきみの積分号は発進できなくなるからな。なにしろ毎日八時から十一時まで……」Ｒは頭《かぶり》を振り、項《うなじ》を掻《か》いた。彼の後頭部はなんだか角張っていて、うしろで紐《ひも》を結んだトランクのように見える（『馬車の中』という古代の絵が思い出される）。

私は勢いこんで言った。

「そうか、きみも積分号のために書いてるのか。どんな詩なのか教えてくれ。例えば、今日はどんなのを書いた？」

「今日は書かなかった。ほかの仕事が忙しくてね……」Ｂのしぶきがまともに飛んできた。

「ほかの仕事というと、どんな」

Ｒは顔をしかめた。

「しつこいな！　聞きたきゃ言うが、死刑宣告だよ。死刑宣告を讃える詩さ。詩人仲間に馬鹿が一人いて……二年間何事もなく一緒に仕事してたんだ。それが出しぬけにとんでもないことを言い出した。『俺は天才だ、天才は法を超越する』なんという失言だろう……言うに事欠いて……まったく！」

厚い唇がだらりと垂れ、目から笑いのラッカーが剝《は》げ落ちた。Rは突然立ち上り、私に背中を向けると、どこか壁の向うを凝視し始めた。ぴったりと閉じられたトランクのような彼の後頭部を眺めながら、私は思った。あのトランクの中で彼は今どんな選び分けの作業をやっているのだろう。

バランスの崩れた気まずい沈黙の一分間。どんな事情なのか私にはよく分らないが、何かわけがありそうである。

「いずれにしろ、シェイクスピアだ、ドストエフスキーだ、誰だ彼だと言っていた古めかしい時代は、幸いにも過ぎ去ったさ」と、私はわざと大きな声で言った。

Rは顔をこちらに向けた。言葉は依然として彼から噴水状にほとばしり出たが、目の陽気なラッカーはもう回復しないように見えた。

「その通りだ、数学者先生、幸いにも過ぎ去った、幸いにも！　われらは幸せこの上ない算術平均で……きみら数学者の言い方を借りると、ゼロから無限大まで、低能からシェイクスピアまで積分せよ、だ……そうとも！」

なぜか分らないが——まったく場違いの話かもしれないが——私はあの女を、あの女の口調を思い出し、あの女とRの間に何やら極めて細い一本の糸が張られた（何の糸なのだろう）。また$\sqrt{-1}$がうごめき始めた。私はバッジの蓋をあけた。十六時二十五分。

OとRの薔薇色のクーポン券の時間はあと四十五分残っている。

「じゃ、ぼくはそろそろ……」私はOに接吻し、Rと握手して、エレベーターへ向った。

大通りへ出て、道を横切ってから、私は振り返った。日の光につらぬかれた明るいガラスの建物のところどころに、ブラインドを下ろした薄青色の不透明な細胞がある。テーラー・システム化された律動的な幸福を内に秘める細胞。七階に私はR一三号の細胞を見つけた。そこには既にブラインドが下りていた。

かわいいO……愉快なR……彼にもやはり（なぜ「やはり」なのか分らないが、そう書いてしまったからそのままにしておこう）彼にもやはり、私にはよく分らない何かが隠されている。それにしても、私と彼とOは三角形をかたちづくっている。二等辺三角形ではないにしても、三角形であることは確かだ。先祖の言葉を借りるなら（他の惑星の読者諸君にはその言葉のほうが分りやすいかもしれない）私たち三人は家族である。単純で頑丈な三角形の中に閉じこもって休息することは、たとえわずかの間であろうと実にすばらしい。三角形の外にはいろいろ煩わしいことが……

手記9

〔要約〕ミサ。抑揚格《ヤンブ》と揚抑格《ホレイ》。鉄の手。

よく晴れた祭典の日である。こんな日には自分の欠点や不正確さや病気のことを忘れてしまう。すべては新しいガラス材のように水晶のゆるぎなさと耐久性をもち……「立方体広場」。観覧席は六十六の巨大な同心円である。六十六列に並んだ顔々の穏やかなランプは、即ち、空の輝きを、あるいは「単一国」の輝きを映す無数の目である。血のように赤い花々は女たちの唇だ。子供たちの顔が織り成す優美な花飾りは、事の行われる場所のすぐ前のかぶりつきを占領している。真剣な、厳しい、ゴシック的な静寂。

現代にまで伝わる記述によって判断するならば、これと似た気分を、古代人たちは「礼拝」のときに味わったもののようである。ただし、彼らは無意味で不可解な「神」に仕えていたが、現在のわれらが仕える対象は意味をもち、細部に至るまでよく知られているのだ。古代人の「神」は永遠の苦しい探究のほかには何一つ与えようとせず、理由の分らぬ自己犠牲よりも賢明なことを何一つ考え出さなかったが、一方われらはわれらの「神」である「単一国」に生贄《いけにえ》を——それも平静で慎重で理性的な生贄を捧げる。

そう、これは「単一国」に捧げる荘厳なミサであり、「二百年戦争」の苦難の日々の思い出であり、個に対する全体の、単位に対する総和の勝利を讃える、壮大な祝典である……

一人の男が、陽のふりそそぐ「立方体」の階《きざはし》に立っている。白い顔……いや、もう白くはない、無色の、ガラスのような顔、ガラスのような唇。そして目だけがすべてを吸いこみ呑《の》みこむ黒い二つの穴だ。あと数分しかこの男には味わえぬ気味の悪い静寂が立ちこめる。番号を記した金色のバッジはもう取り外されている。両手は紫色のリボンで縛られている（これは古代の習慣である。このような式典が「単一国」の名において行われなかった古代では、死刑囚は当然反抗する権利が自分にあると思い、従って両手は通常、鎖につながれていたのだった）。

「立方体」の頂にある「機械」の脇には、まるで金属性の像のように動かない人影が一つ。それこそはわれらが「慈愛の人」と呼ぶ人物である。ここから見上げても顔は判然としない。見えるのはただ厳《いかめ》しく雄々しい角張った輪郭だけである。だがその代りに手は……写真を撮るときによくあることだが、距離が近すぎると前面に置かれた手がいやに大きく目立って、ほかの部分がうしろに隠れてしまう。今はまだ静かに膝の上に置かれているその手は、明らかに石のように重い手であり、膝はその重みに辛うじて耐えていると見えた……

と突然、その巨大な手の片方がゆっくり持ち上げられた。ゆっくりとした、鉄のような動作だ。その持ち上げられた手の指示に従って、一人の国家要員が観覧席から「立方体」に近づいて行った。それは「国選詩人」の一人で、この祭典を自分の詩によって讃えるという幸運な役を振り当てられた男である。まもなく観覧席の上に神々しい銅《あかがね》の抑揚格《ヤンブ》が鳴りわたった。あのガラスの目をもつ狂気の男、いま階に立ち己れの狂気の論理的帰結を待つ男についての詩である。

……火事。建物が抑揚格《ヤンブ》にあわせて揺れ動き、どろどろに熔《と》けた黄金をはね上げて倒潰する。緑の樹木が痙攣し、樹液をしたたらせたと思うと、たちまち真黒な十字架状の残骸《ざんがい》となる。だがそこへプロメテウスの登場（これはもちろん、われらのことだ）――

　かくて炎の馬をくろがねの機械に繋《つな》ぎ
　混沌をば法の鎖にて搦《から》めとりぬ

すべては新たな鋼鉄となる。鋼鉄の太陽、鋼鉄の樹木、鋼鉄の人々。突然どこやらの狂人が現れ、「炎を鎖より解き放ちたり」。すべてはふたたび崩壊の危機にさらされる……

私は残念ながら詩を記憶することが苦手だが、覚えている限りでは、これ以上教訓的で美しいイメージを選ぶことはできなかっただろうと思う。

ふたたびゆっくりとした重々しい手の動きがあり、「立方体」の階に第二の詩人が現れた。私は思わず腰を浮かせた。まさか。いや、黒人風の厚い唇。彼だ……こんな重大な任務を負っていることを、なぜ前もって言ってくれなかったのだろう……蒼ざめた唇が震えている。無理もない。なにしろ「慈愛の人」の面前だし、「守護官」も大勢いるし……それにしても少し興奮しすぎているようだが……

鋭利な斧《おの》のように強烈で急迫した揚抑格《ホレイ》である。未曽有《みぞう》の犯罪についての詩。件《くだん》の犯罪者は冒瀆《ぼうとく》的な作品を書き、その中で「慈愛の人」のことを……いや、その言葉を繰り返す勇気は私にはない。

蒼ざめたR一三号は誰の顔も見ずに（それほど彼が内気だとは知らなかった）階を下り、元の席についた。一秒の何分の一かの微分的瞬間、Rの隣に誰かの顔が——鋭く黒い三角形が見え、たちまち消えた。すでに私の目は、他の数十万の目とともに、高い所の「機械」に向けられていたのである。そこでは三たび、人間のものとも思われぬあの手が鉄のような動きを見せた。すると目に見えぬ風に揺られながら、ゆっくりと、罪人が階を登り始めた。一段また一段。そして彼の生涯の最後の一段を登ると、顔を空に向け、仰向けに最後の臥所《ふしど》に横たわった。

重々しく、運命の神のように無表情に、「慈愛の人」は「機械」のまわりを回り、レバーに巨大な手をかけた……衣擦れの音一つ、呼吸の音一つ聞えなかった。すべての視線はその手に集まっていた。己れが一つの手段と化すこと、数十万ボルトの合力となることは、心ときめかす熱烈な旋風にも似た感動であるに違いない。なんという偉大な運命だろうか！

　測り知れぬ長さの一秒。手が下ろされ、電流が入った。耐えがたいほど眩《まばゆ》い光線の刃がきらめき、「機械」の管がまるで身震いするように微かな爆《は》ぜる音を発した。手足を大きく拡げた肉体は光る薄煙に包まれて、みるみる融け始め、恐るべき速さで熔解して行った。そして完全に消滅した。一分前には心臓の中で荒々しく赤く脈打っていた液体が化学的に純粋なただの水に変り、そこに溜《たま》っているだけである……

　これは何もかも単純で、われらの一人一人がみな知っていることなのだ。曰《いわ》く、物質の解離、曰く、人体の原子核分裂。だが、にもかかわらず、これは毎回、奇蹟のようであり、「慈愛の人」の超人的な力の象徴なのであった。

　高い所では「慈愛の人」の前に十名の女性要員が現れ、その顔々は火照り、唇は興奮に半ば開き、風*が花々をなぶっていた。

　十名の女性は古来の風習に従って、浴びたしぶきのまだ乾いていない「慈愛の人」のユニファを花で飾った。堂々たる高僧の足どりで「慈愛の人」はゆっくりと階を下り、ゆっくりと観覧席の間を通って行く。そのうしろには、優美な白い枝のように高く差し上げた女たちの腕と、満場の歓呼の嵐。それが収まると、私たちと同じ観覧席のどこかに秘かに紛れこんでいる大勢の「守護官」たちに敬意を表して、もういちど歓呼の声があがった。すべての人間に誕生からずっと付き纏うという、やさしくもまた厳しい「守護天使」なるものを創り出した古代人の想像力は、ひょっとすると、ほかならぬこれら現在の「守護官」たちを予見していたのかもしれない。
そう、この祭典全体には何かしら古代の宗教に由来するもの、雷や嵐のように何かしら浄化作用をもつものが潜んでいた。この手記を読むであろう諸君は、このような瞬間を御存知だろうか。もし御存知なければ、お気の毒だと思う……

手記10

〔要約〕手紙。振動膜。毛むくじゃらの私。

きのうという日は私にとって、化学者が溶液を濾《こ》すのに使う紙だった。計量されたすべての粒子、余分なもののすべてはこの紙の上に残る。だから今朝、私はすっかり蒸留され透明になって階下へ出て行ったのだった。

入口のロビーでは、女性の管理人が小さな机にむかって、時計を見ながら、入って来る者の番号を書きとめていた。この女性はＵ……である。しかし何かよくないことを書いてしまう恐れがあるから、番号は伏せておこう。といっても実のところ、この人は非常に立派な年配の婦人である。一つだけこの婦人について私が気に入らないのは、頰の肉がまるで魚の鰓《えら》のように少し垂れていることだ（それがどうしたと言われるかもしれないが）。

婦人はペンを軋らせ、私はページの上に自分の名前が記されているのを見た。Ｄ五〇三。その脇にインクのしみがある。

そのことに婦人の注意を向けさせようとしたとき、婦人は突然顔を上げ、インクのような、なんともいえぬ微笑を私に滴下した。

「お手紙ですよ。そう、あなた宛《あて》の。もう少し待って下さいね」

すでに分っていることだが、この婦人が目を通した手紙は、更に「守護局」を通過せねばならず（この当然の手続きについて説明する必要はないと思う）遅くとも十二時までには私の手許《てもと》に届くだろう。だが私は婦人の微笑にどぎまぎし、一滴のインクは私の透明な溶液を濁らせてしまった。そのために積分号の建造現場では午前中どうしても精神を集中できず、ついに一度など計算を間違えたくらいである。これは私の場合かつてなかったことだが。

十二時にもう一度、薔薇色がかった褐色の鰓と、微笑。そしてやっと手紙を受け取った。なぜか分らないが、その場では読まず、私は手紙をポケットに突っこんで自分の部屋へ急いだ。封を切り、文面に目を走らせ、それから腰を下ろした……それは公式の通知書だった。国家要員I三三〇号が私を予約したので、今夜二十一時に彼女の部屋へ出向くようにという――その下に彼女の住所……

冗談じゃない。あれだけのことがあったというのに。彼女には私の態度を、誤解の余地がないほどはっきりと示しておいたというのに。しかも、私が「守護局」へ行ったかどうかさえ彼女は知らないはずである。誰かが教えでもしない限り、私が病気だったことは、いや、病気でなかったとしても行けなかったことは……それにしても……

私の頭の中で発電機が回転し、唸りを発していた。仏像――黄色いドレス――鈴蘭――薔薇色の半月……そう、それにもう一つ問題がある。今日、Oが私の所に寄りたいと言っていた。このI三三〇号に関する通知書を彼女に見せるべきだろうか。どうしても心許《こころもと》ないのだが、彼女は恐らく信じてくれないだろう（考えてみれば信じてくれるはずもないのだが）。いくら私がこの書類とは全然無関係だと弁明しても……そして確実なのは、重苦しい、無意味な、まったく非論理的な会話が始まることだけで……いやだ、それだけはまっぴらだ。一切を機械的に解決させよう。この通知書のコピーを彼女に送るだけにしよう。

あわただしく通知書をポケットに突っこむ拍子に、私は猿のような恐ろしい自分の手を見た。いつかの散歩のとき、Iが私の手を取り、まじまじと眺めたことが思い出された。一体あの女は本当に……

そしてとうとう二十一時十五分前。白夜である。世界は薄緑色のガラスだ。だがそれはわれらの本物のガラスではなく、どこか違った脆いガラスであり、薄いガラスの殻であって、殻の中では何者かが動きまわり、走り、呻《うめ》いている気配……どんな異変が起っても私は驚かないだろう。今すべての集会所の丸屋根が丸い煙のようにぽっかりと浮び上ったとしても、あるいは盛りをすぎた月が今朝の女性管理人のようにインクの笑みを見せたとしても、あるいはすべての建物のすべてのブラインドが一斉に下げられ、それらのブラインドの蔭で……

奇妙な感覚である。私は肋骨《ろっこつ》の一本一本が何か鉄の棒のようなものになり、心臓の自由を全く奪うのを感じた。窮屈だ、空間が不足だ。金文字でI三三〇と書かれたガラスのドアの前に私は立っていた。Iはこちらに背を向け、机にむかって何か書いていた。

私は中に入り……

「さあ……」と薔薇色のクーポン券を差し出した。「今日、通知書をもらったので来ました」

「ずいぶん時間が正確ね！　ちょっと待っていて下さる？　お掛けになって。すぐ終りますから」

　女はふたたび手紙に視線を落した。あの瞼のブラインドの奥には何があるのだろう。次の瞬間に女は何を言い、私たちは何をするのだろう。それをどう予測し、どう計算すればよいのか。この女がもしも彼方の、未開の、古代の夢の国から来た人物であるならば。

　私は無言で女を見つめていた。肋骨は依然として鉄の棒だ。その窮屈さ……女が喋るとき、その顔は光り輝いて急速に回転する車輪のようで、輻《や》の一本一本は見分けられない。だが今、車輪は静止している。そこで私は奇妙な組み合せに気づいた。こめかみに高く吊《つ》りあがった黒い眉は嘲笑《ちようしよう》的な鋭角三角形をかたちづくり、それと頂点を接して、鼻から口の隅へ向う二本の深い皺がかたちづくる三角形がある。この二つの三角形は何がなし互いに対立しながら、顔全体にあの不愉快で苛立たしいXを十字架のように刻んでいる。十字架のバッテンで抹消された顔。

　車輪が回転し始め、輻の見分けがつかなくなった……

「〈守護局〉にはいらっしゃらなかったのね」

「私は……行けなかった。病気だったから」

「そう。だろうと思った。何かがあなたの邪魔をしたのね。何が邪魔したのか知らないけど（――鋭い歯、微笑）。でも、おかげで今のあなたは私の思うままよ。覚えてらっしゃるでしょう、『四十八時間以内に〈守護局〉に届け出ることを怠った要員は……』」

鉄の棒が撓《たわ》むほど心臓が激しく鼓動した。私は子供のように愚かだった。子供のようにあっさりひっかかってしまった。痴呆《ちほう》したような沈黙を続けながら、私は思った。進退谷《きわ》まった。もう手も足も出ない……

女は立ちあがり、物憂げに伸びをした。それからボタンを押すと、軽く軋《きし》みながら四方のブラインドが下りた。私は世界から切り離され、女と二人だけになった。

Iは私の背後のどこか、衣裳箪笥のあたりにいた。ユニファがさらさらと音を立てて落ちた。私は聴いていた。全身で聴いていた。そのとき思い出した……いや、百分の一秒の間にひらめいた……

最近、私は新型の「街頭振動膜」の曲率の計算をしたことがある（現在この振動膜は優雅に偽装されて方々の大通りに配置され、「守護局」のために街頭の会話を録音している）。そのとき思ったことだが、この内側に屈曲した薔薇色の震える膜は、いわば耳というただ一つの器官から成り立つ奇妙な生物なのではあるまいか。今の私はまさしくそのような振動膜だった。

そら、襟のボタンがぱちんと音を立てて外れ、次は胸、更に下へ行く。ガラス絹がさらさらと肩を滑り、膝を滑り、床に落ちる。私は音を聞いているだけだが、それは見ているよりもよく分るのだった。青みがかった灰色の絹が堆《うずたか》く積み重なった中から、一本の足が踏み出し、つづいてもう一方の足が……

ぴんと張りつめた振動膜が震えて、静寂を記録する。いや、無限の間をおいて心臓のハンマーが烈《はげ》しく鉄の棒を打つ。そして私には聞える、見える。女が私の背後で少し考えこんでいる。

ほら、衣裳箪笥の戸があいた。何かの蓋がコトリと音を立てた。そしてふたたび衣擦れ、衣擦れ……

「さあ、もういいわ」

私は振り向いた。女は黄色いサフラン染めの古代風のふんわりとしたドレスを着ていた。それは一糸纏わぬ姿より千倍も邪悪だった。とがった二つの点が薄い布地を通してほのかな薔薇色に燃え、まるで灰に埋れた二個の石灰のようだ。丸い愛らしい二つの膝頭……

女は低い肘掛椅子に腰を下ろした。その前にある四角の小さなテーブルには、何か毒々しい緑色の液体が入った小壜《こびん》と、脚付きの小さなグラスが二個置いてある。女の唇の隅からは煙が立ち昇っていた。細い紙の管に詰めた古代の薫物《たきもの》だ（何と呼ぶのだったか今思い出せない）。

振動膜はまだ震えていた。私の内部のハンマーは真赤に焼けた鉄の棒を叩いていた。一つ一つの打撃音がはっきりと聞えた……ひょっとするとこの女にも聞えるのではないか。

　だが女は静かに煙を吐き、静かに私を眺めやり、無造作に灰を私の薔薇色のクーポン券の上に落した。

　できるだけ冷静な声で私は尋ねた。

「ちょっと聞いて下さい。こういうことなら一体どうして私を予約したんです。なぜ私をむりやりここへ呼んだんです」

　私の言葉が聞えないかのように、女は小壜の中身をグラスに注ぐと、一口飲んだ。

「すてきなリキュールよ。いかが」

　ここでようやく私は分った。アルコールだ。きのうの光景が稲妻のようにひらめいた。「慈愛の人」の重々しい手、眩い光線の刃。そして「立方体」の上には、手足を拡げ、仰向けに横たわったあの肉体。私は身震いした。

「いいですか」と私は言った。「あなたも御存知でしょう。ニコチンの毒、特にアルコールの毒によって自らを損う者を、〈単一国〉は容赦なく……」

　黒い眉がこめかみに吊り上った。鋭い嘲笑の三角形。

「多数者に自らを滅ぼす可能性、退化の可能性その他その他を与えるよりは、少数者を断乎絶滅するほうが合理的である。まったくその通りだわ、あんまり正しくて猥褻《わいせつ》なくらいよ」

「そう……猥褻なくらい……」

「禿《は》げ頭の、素っ裸の真実よ。そんな連中のちっぽけなセクトを街頭に放したら……そう、想像してごらんなさい……例えば私に惚《ほ》れこんでいるあの忠実この上ない男でもいいわ。彼は御存知でしょ。想像してみて、彼が虚偽という着物をすっかり脱ぎ捨てて、真実そのものの姿で公衆の面前に出たとしたら……いやだわ！」

女は笑い出した。だが私には女の顔の下半分の悲しげな三角形がよく見えた。口の隅から鼻へと走る二本の深い皺。その皺のせいでなぜか私にははっきり分った。あの二度折れ曲った男、猫背で、翼のような耳のもちぬし、あいつはこの女を抱いたのだ。目の前のこの肉体を……あの男が……

しかし現在只今《ただいま》の私は、このときの自分の感情——正常とはいえぬ感情を、なんとか読者に伝えようとしているだけなのである。この文章を書いている今、私ははっきりと認める。これは何もかも当然至極のことであって、あの男は誠実な国家要員の一人として万人と同等の快楽への権利を持ち、それを差別することは不当な……とにかく、それは明らかだ。

Iはしばらくの間、奇妙な笑いを響かせていた。それから喰《く》い入るように私を凝視した。

「でも肝心なのは、あなたには完全に安心していられるということ。あなたはとてもいい方だから……そうよ、それは間違いないわ……だからあなたは〈守護局〉へ行って、私がリキュールを飲み煙草《たばこ》を吸っていることを報告したりはなさらない。行こうとしても病気になったり、忙しかったり、いろいろ理由ができるわけよ。それだけじゃなくて、今あなたはきっと、私と一緒にこの魅力的な毒を飲むと思うわ……」

なんという厚かましい嘲笑の口調だろう。私は今またこの女を憎んでいることを、はっきりと感じた。いや、なぜ「今また」なのだろう。終始一貫憎んでいたはずなのに。

グラス一杯の緑色の毒を呷《あお》ると、女は立ちあがり、サフラン染めの布地を透かして薔薇色の肌を見せながら数歩進み、私の椅子のうしろで立ちどまって……

突然、片方の手が私の頸に巻きつき、唇が私の唇に……いや、どこかもっと深い所、もっと恐ろしい所へ……誓ってもいい、これは私がまったく予期しなかったことで、たぶんそれだからこそ……とにかく、このあとに生じた事態を私自身が望んでいたなどということがあり得るだろうか。今の私には状況がはっきりと把握できるのだが。

耐え難いほど甘い唇（これは「リキュール」なるものの味だと思う）。私の内部に焼けつくような毒が注ぎこまれる、一口また一口……私は地表から離脱し、独立した惑星のように猛烈に回転しながら、ある未計算の軌道を下へ下へと飛んでゆく……

このあとのことは近似的にしか、多かれ少なかれ比喩的な方法によってしか描写できない。

なぜか以前には一度も思い浮ばなかったことだが、紛れもない事実として、地上の私たちは地球の胎内に隠された煮えたぎる赤紫色の火の海の上を、二六時中歩いているわけである。だが普段はこのことを決して意識しない。ところで私たちの足の下の薄い地殻が出しぬけにガラス状になって、その下が見えたとしたら……

私はガラス状になった。私の内側が、内部が見えた。

二人の私がいた。一人は今まで通りのD五〇三号、国家要員五〇三号で、もう一人は……以前のそいつは毛むくじゃらの手足をときどき殻から突き出していただけだが、今や全身殻から這《は》い出て、殻は割れ、今にも粉々に飛び散りそうで……どうなるのだろう、そのあとは。

全力をあげて一本の藁《わら》に、つまり椅子の腕にすがりつき、私は尋ねた。出て来たのは前者の、今まで通りの私の声だった。

「どこで……どこで手に入れたんです、この……この毒を」

「ああ、これ？　医者が一人いて、その人からもらっただけよ。その人も私の……」

「その人も私の？　その人もあなたの――何なんです」

と、もう一人の私が突然飛び出て、わめき始めた。

「許さない！　ぼく以外には誰も許さない。手を出してみろ、誰でも殺してやる……だってぼくはあなたを……あなたを……」

私は見た。もう一人の私が毛むくじゃらの両手で乱暴に女に摑《つか》みかかって、薄い絹を引き裂き、肌に嚙みつくのを。正確に記憶しているが、文字通り嚙みついたのである。

Iは嘘のように私の手から摺《す》り抜けた。そして衣裳箪笥に寄りかかり、あの呪《のろ》わしい不透明なブラインドで目を覆って、私がわめき散らす言葉に耳を傾けた。

私は床にひざまずき、女の脚を抱き、膝に接吻したのを覚えている。そして掻きくどいた。「早く……今……今すぐ……」

鋭い歯と、眉がかたちづくる嘲《あざけ》りの鋭角三角形。女はかがみこみ、無言で私のバッジを外した。

「ああ！　きみが……好きだ」――私はあたふたとユニファを脱ぎすてかけた。だがIは依然として無言で、バッジについている時計を私の目の前に突きつけた。二十二時半まであと五分。

背筋を冷たいものが走った。二十二時半過ぎに街頭に出ることが何を意味するか、それはよく分っている。私の狂気はたちまちきれいさっぱり消え失《う》せた。私は私に還った。ただ一つのことだけが明らかだった。私はこの女を憎む、憎む、憎む！

別れの挨拶をせず、振り返りもせず、私はその部屋から飛び出した。走りながらやっとのことでバッジをつけ、非常階段を数段置きに駆け下りて（エレベーターで誰かと逢うのが恐ろしかったので）がらんとした大通りに走り出た。

すべてはあるべき場所にあった。何もかもが単純で、日常的で、合法則的だった。あかりのともったガラスの建物も、蒼ざめたガラス状の空も、薄緑色の不動の夜も。だがこの静かで冷やかなガラスの下を、狂暴なもの、赤紫色のもの、毛むくじゃらのものが、音を立てずに走っていた。私も喘《あえ》ぎながら、門限に遅れまいとして走った。

不意に感じた。あわててピンをとめたバッジが外れかかっている。と思う間もなく、外れて、ガラスの舗道にがちゃんと落ちた。それを拾おうと身をかがめたとき、一瞬の静寂の中で、誰かの足音が背後に聞えた。振り向くと、何か小さなもの、折れ曲ったものが街角を曲ろうとしていた。少なくとも、そのときの私にはそんなふうに見えた。

耳を切る風がひゅうひゅういうほど、私は全力をあげて走った。入口で立ちどまり、時計を見ると、二十二時半の一分前だった。耳をすましたが、背後には誰もいない。あれは明らかに無意味な錯覚であり、例の毒が作用した結果なのだろう。

苦しい夜だった。体の下のベッドは浮びあがり、深く沈み、ふたたび浮びあがり、正弦曲線を描いて漂った。私は自分に言い聞かせた。『夜間、国家要員は睡眠の義務を負う。これは昼間の労働と同じく義務である。これは昼間の労働のために必要欠くべからざることである。夜間に眠らぬことは犯罪であり……』しかしやはりどうしても眠れなかった。

もう破滅だ。これはもう「単一国」に対する義務を遂行できるような状態ではない……私は……

手記11

〔要約〕……いや、だめだ、このまま要約なしにしておこう。

夜。靄《もや》。空は金色と乳白色の織物に覆われて、その向うの高い所に何があるのか見えない。古代人はそこに自分たちの偉大な退屈した懐疑論者が、つまり神がいるのだと言った。われらはそこにクリスタルのように青い、裸の、淫《みだ》らな「無」があるのだと言う。今の私には何があるのか分らない。私は多くを知りすぎた。己れに誤りがないことを絶対的に確信している知識とは、即ち信仰である。私は自分を固く信じ、自分の内部のすべてを知っていると信じていた。ところが……

私は鏡の前にいる。そして生れて初めて、文字通り生れて初めて、自分の姿をはっきりと、まっすぐに、意識的に、誰か第三者を眺めるように、驚きを味わいつつ眺めている。目の前にいるのが私、つまり第三者だ。定規をあてて引いたような黒い眉。二つの眉の間に傷跡のような垂直の皺がある（前からあったのかどうかは分らない）。不眠の夜に隈取《くまど》られた鋼鉄のような灰色の目。その鋼鉄の奥に……今分ったことだが、その奥に何があるのか私は少しも知らなかったのだった。そして「そこ」から（この「そこ」というのは即ちここであり、同時に無限の彼方なのだが）――「そこ」から私は自分を、この男を眺め、定規で引いたような眉をもつこの男が私とは縁もゆかりもない他人であり、私とは初対面であることを確実に知る。私は、本物の私は、この男とは違う……

いや、やめよう。こんなことはみな下らない。この無意味な感想はすべてたわごとであり、きのう毒を飲まされたことの結果なのだ……何の毒だろう。緑色の毒か、それともあの女の毒か。どちらでもいい。私がこんなことを記すのは、ほかでもない、人間の理性というものが、たとえ正確な鋭い理性であろうと、時には奇妙に混乱し、しどろもどろになるということを示すためなのである。その理性は、古代人たちを脅かしたあの「無限」をすら、消化しやすいものに変えたのだった。その契機となったのは……

番号表示器がパチンと鳴って、R一三と番号が出た。彼と逢うのも悪くない。私はむしろ嬉しかった。いま一人でいるのは、やはり……

二十分後。

この紙の平面という二次元世界では、以下の文章は前の文章と繋がっているが、実はこれはもうまったく別世界なのである……私は数的感覚を失っているので、二十分というのは二百分かもしれないし、二十万分かもしれない。それに、私とRとの間に起ったことを冷静に、整然と、一つ一つの言葉を吟味しながら記録するなどということは、とうてい考えられない。それは言ってみるなら、足を組んで自分のベッドのそばの椅子にすわり、そのベッドの上で痙攣している自分自身を興味津々と見守るというのと同じである。

R一三号が入って来たとき、私はまったく平静かつ正常だった。彼がみごとに死刑宣告を揚抑格《ホレイ》の詩にまとめたこと、そして何よりもまずその揚抑格によって、あの狂人が切り刻まれ葬り去られたことについて、私は心底からの喜びを感じながら話し始めた。

「……それだけじゃなくて、もしも〈慈愛の人〉の〈機械〉のスケッチを書けと言われたら、ぼくは必ず、必ずだよ、なんとかしてきみの詩をそのスケッチに書きこむだろうな」と、私は話を結んだ。

突然、私は気づいた。Rの目の光沢が消え失せ、唇が鉛色になっている。

「どうした」

「え？　いや……ただうんざりしただけだ。みんなが死刑宣告、死刑宣告ってもてはやすからね。もう飽き飽きした。それだけのことさ。もうたくさんだよ！」

Rは眉をひそめ、項《うなじ》を掻いた。私には無関係で難解な荷物が詰まっている、その後頭部のトランク。話に間があいた。トランクの中から何かを見つけ、それを引っ張り出し、拡げ始め、拡げ終えたのだろう、目に笑いのラッカーが輝き出し、Rは急に立ち上った。

「そんなことより、きみの積分号のために俺は今書いてるんだぜ……そうとも！ これは、きみ、ちょっとしたもんだ！」

いつものように唇はぴちゃぴちゃと音を立て、唾をはねかし、言葉は噴水のようにほとばしり出る。

「そもそもだね（P音の噴水）、楽園という古代の伝説……あれはわれわれのこと、われわれの現在のことじゃないだろうか。そうだよ！ よく考えてみてごらん。楽園の例の二人は選択を迫られた。自由なき幸福か、幸福なき自由か。第三の道は与えられずにね。馬鹿な二人は自由を選び、従って当然のことながら、その後何世紀も束縛にあこがれた。この束縛をあこがれる心こそ、いいかね、いわゆる世界苦というやつなのさ。数十世紀にわたる世界苦だ！ そしてわれわれが久方ぶりに幸福を取り戻すすべをふたたび悟った……いや、この先を聴いてくれ、この先を！ 古代の神とわれわれとは今や対等なんだよ。そう！ われわれは神が最終的に悪魔を打ち負かすのに力を貸した。人間をそそのかして掟《おきて》を破らせ、破滅的な自由を味わわせたのは、きみ、悪魔の仕業だからね。狡猾《こうかつ》な蛇とは即ち悪魔だ。そいつの頭を、われわれはでっかい長靴でもって、ぐしゃっ！ こうして準備は整った。楽園の再現だ。われわれはふたたびアダムとイヴのように純朴になり無邪気になった。善と悪の概念の混乱なんてありゃしない。何もかもが明快だ、楽園のように、子供のように明快だ。〈慈愛の人〉、機械、立方体、ガスの鐘、守護官——これらすべては善であり、これらすべては偉大であり、美しく、高貴で、清らかで、クリスタルのように純粋だ。なんとなれば、これらはわれわれの非自由を、即ちわれわれの幸福を護《まも》ってくれるものであるから。ここで古代人なら、いろいろ文句を言い出すところだろうな。倫理的か否かなんて考えこんだりしてさ……まあ、とにかく、一言にして言うならば、ちょっとした楽園物語だ、分るだろう？　しかもきわめてまじめな調子のね……分るかい？　力作だろう？」

もちろん、よく分る。このとき私が思ったことは記憶に残っている。『この男、実に馬鹿げた、対称性に欠けた容貌《ようぼう》のもちぬしだが、同時に実に正確に思考する知性のもちぬしでもある』だからこそRは私の——本物の私の親友なのだろう（私は今でも従来の私が本物の私であり、現在の状態はもちろん病気にすぎないと思っている）。

こんな私の考えを読みとったとみえて、Rは私の肩を抱くと、大声で笑い出した。

「ああ、きみという人は……まさしくアダムだよ！　そういえば思い出した、イヴのことだが……」

ポケットをかきまわし、手帳を取り出すと、Rはページをめくった。

「あさって……いや、二日後に、Oはきみ向けの薔薇色クーポンを手に入れるよ。で、きみはどうなんだ。今まで通りにするか？　もし彼女に何か……」

「そう、今まで通りだ、むろん」

「じゃ、そう言っとこう。でないと、分るだろう、彼女のほうで遠慮するかもしれないし……いやはや、面倒なこった！　彼女にしてみりゃ、俺はただの薔薇色クーポン的存在だが、きみというものは……それに彼女、絶対言わないんだよ、われわれの三角形に入りこんで来た第四の人物が誰かってことについてもね。誰なんだい、罪を告白しろよ、え？」

私の内部でいきなり幕があがり、衣擦れ、緑色の小墁、唇……するとまるで無用の、場違いの言葉が私の口から跳び出した（なぜそれを抑えられなかったのだろう！）。

「それはそうと、きみは今までにニコチンかアルコールを試したことがあるか」

Rは唇をきっと結び、疑わしそうに私を眺めた。彼の考えていることが耳にはっきり聞えるようだった。『お前は友達さ……確かに友達だが、それにしても……』そしてRは答えた。

「そう、どう言ったらいいか。自分の経験としては、ない。ただ俺の知っている或る女が……」

「Iか」と、私は叫んだ。

「おや……きみも、きみもあの女と付き合ってるのか」笑いがRの内側でふくれあがり、喉を圧迫して、今にも噴出しそうだ。

私の部屋の鏡は、テーブルごしにのぞかなければならないような場所にかかっている。今、椅子に腰掛けたままでは、私には自分の額と眉しか見えなかった。

そして本物の私は、その眉の直線がゆがみ、ぴくぴく震えているのを、鏡の中に見た。本物の私の耳には、いとわしい粗暴な叫び声が聞えた。

「《きみも》とは何だ。その《も》はどういう意味だ。おい、返事しろ」

ぽかんと開いた黒人風の唇。驚きのあまり見張った目……本物の私はあわててもう一人の私、野蛮で、毛むくじゃらで、荒い息を吐いているそいつの襟首を摑んだ。そして本物の私はRに言った。

「〈慈愛の人〉の名において許してくれ。どうも体の具合が悪くて、夜も眠れないんだ。一体どうしたんだか自分でもよく分らない……」

厚い唇にちらりと笑みが浮んだ。

「なるほど、なるほど！　分るよ、分る！　そういう状態は俺も知ってる……もちろん理論的に知ってるだけだが。じゃ帰るよ！」

戸口で黒い毬《まり》のように跳ねかえり、テーブルまで戻ると、Rは一冊の本をテーブルの上に投げ出した。

「最近出した本だ……せっかく持って来たのに忘れるところだったよ。じゃ……」Ｐ音のしぶきを私に浴びせ、彼はさっさと出て行った。

私は一人になった。正確に言うなら、もう一人の私と差し向いになった。私は足を組んで肘掛椅子にすわり、すぐ「そこ」のベッドで痙攣している私自身を興味津々と見守っている。

なぜ、ああ、なぜだろう、丸三年間あれほど仲良く暮した私とOだというのに、あのIという女のことを一こと言われただけで、今突然……愛とか嫉妬とかいう気違い沙汰《ざた》は古代の馬鹿げた書物の中にだけあるものではなかったのか。それに問題はこの私である！　やれ方程式だ、やれ公式だ、やれ数字だと言っていた私が、このことについては何一つ分らない！　何一つ……あす一番にRの所へ行って、この話をしたら……

いやだ、行くものか。あすも、あさっても、二度とふたたび行くまい。Rには逢えないし、逢いたくない。もうお終《しま》いだ！　私たちの三角形は崩壊した。

私は一人だ。夜、靄。空は金色と乳白色の織物に覆われ、その向うの高い所に何があるのか、それさえ分ったなら……私は何者なのか、どんな人間なのか、それさえ分ったならば……

手記12

〔要約〕無限を有限化する。天使。詩に関する考察。

だが私の病気は治りつつあるし、治るはずであると思う。ゆうべはぐっすり眠った。夢その他の病的な現象は少しもなかった。あすはかわいいOが訪ねて来て、何もかもが円のように単純に、正確に、有限になるだろう。この「有限」という言葉を私は恐れない。人間にそなわった最高のもの、すなわち理性というものの働きは、要するに、無限の絶えざる有限化であり、便利な消化しやすい微小部分に無限を分割すること、つまり微分なのである。そこにこそ私の分野——数学の、神聖な美しさがある。そしてついでに言うなら、Oにはその美しさに対する理解が足りない。もっとも、これはただ偶然の連想であるにすぎないのだが。

これは地下鉄の規則正しい律動的な車輪の響きから生れた考えである。私は心の中で車輪のリズムとRの詩（きのうもらった本）のリズムを追っていたのだった。そのとき、うしろから肩ごしに誰かが用心深く身をかがめ、開かれたページをのぞきこんでいるのが感じられた。振り返らずに目の片隅から様子をうかがうと、開いた翼のような薔薇色の耳と、二度折れ曲った体が見えた……あの男だ！　彼の邪魔をしたくなかったので、私は気がつかないふりをした。男がいつ現れたのかは分らない。私がこの車輌《しゃりょう》に乗りこんだときには、いなかったようだったが。

とりたてて言うほどのこともないこの些細《ささい》な出来事が、なんだか私によい影響を与え、いわば私を力づけてくれた。誰かの愛情深い炯眼《けいがん》がごく小さな過《あやま》ちや間違った行動から自分を守ってくれると感じることは、なんという快さだろう。いくらか感傷的に聞えるかもしれないが、ここでもまた同じ比喩が私の心に浮んだ。古代人が空想した守護天使。考えてみれば、古代人の空想のなかの、なんと多くのものがわれらの生活において実現されていることだろう。

守護天使が背後にいることを感じとったとき、私は「幸福」という題のソネットを楽しんでいたのだった。これは美しさと思想的な深さという点で類稀《たぐいまれ》な作品であると言っても過言ではあるまい。最初の四行は、

とわに恋する「二かける二」は
とわに融け合う、情熱の「四」に。
この上なく熱烈な恋人ふたり、
それは引き離せぬ「二かける二」……

以下も同じく、「九九」の幸福、賢明な永遠の幸福を歌っている。

真の詩人はすべてコロンブスであらねばならない。アメリカはコロンブス以前にも存在したが、それを発見できたのはコロンブスだけだった。九九はＲ一三号以前にも存在したが、数字の処女林に新しい黄金郷《エル・ドラード》を発見することができたのはＲ一三号だけである。まったくの話、この不思議な世界以外のどこかに賢明かつ清朗な幸福が果して存在するだろうか。鉄は錆《さ》びるものだし、古代の神は古代人を、即ち過ちを犯す人間を創った。ということはつまり、神自身も過ちを犯したということである。九九は古代の神よりも賢明であり、絶対的だ。それは決して、そう、文字通り決して過たない。そしてまた九九の整然たる永遠の法則に従って生きる数たちほど幸福なものはあるまい。動揺もなければ迷いもないのだから。真理は一つであり、真実の道もまた一つである。その真理とは「二かける二」で、真実の道とは「四」なのだ。この理想的に掛け合された幸福な「二」たちが、自由などというものについて、つまり明白な誤謬《ごびゅう》について考え始めたとしたら、それこそ無意味この上ないことではないか。私にとっては自明の理なのだが、Ｒ一三号が摑み得たものは最も基礎的かつ最も……

このとき私はふたたび、初めは項に、次は左の耳に、守護天使の暖かいやさしい息がかかるのを感じた。私の膝の上で本がすでに閉じられ、私の心もあらぬかたをさまよっているとことに、きっと気づいたのだろう。なんなら今すぐにでも頭脳のページを開いて彼に見せようか。今の私は実に平静な、喜ばしい気分なのである。そこで私はわざと振り向き、訴えるようにまじまじと彼の目をのぞきこんだのだが、相手はこちらの気持を理解しなかったのか、あるいは理解する気もなかったのか、特に何か訊《たず》ねようとする素振りを見せなかった……とすれば、私に残された仕事は一つ。未知の読者諸君にすべてを語ることである（諸君は今や私にとって、先刻の彼と同じ程度に親しい、身近な、しかも近寄りがたい存在なのだ）。

部分から全体へ。これが私の方法である。部分とはR一三号で、雄大な全体とは即ちわれらの国立詩人散文家研究所のことである。私が思ったのは、古代の小説や詩の無意味さ加減が古代人の目に入らなかったのは一体なぜなのだろう、ということだった。芸術的な言葉というものの壮麗巨大な力はまったく浪費されていたのである。誰もが思いつくままを書いていたとは、なんとも滑稽きわまる話ではないか。同じように滑稽で無意味なのは、古代の海が昼も夜もただぼんやりと岸を洗うだけで、その波に含まれる何百万キログラムメートルの仕事の量が恋人たちの心を暖めるためにのみ費やされていたという事実である。われらは波たちの恋の囁《ささや》きから電力を生み出し、狂った泡をはねちらかす野獣をおとなしい家畜に変えた。それとまったく同じように、かつては未開そのままだった詩の自然力を、われらは調教し、飼い馴らしたのだった。現在の詩はもはや厚かましいナイチンゲールの囀《さえず》りではない。詩は国家への服務であり、詩は有用物である。

例えば、だれ知らぬもののない「数学九行詩」。これがなかったら私たちは学校で算術の四則を、あれほど熱烈に愛することができただろうか。そしてまた「とげ」、これは古典的なイメージで、守護官は薔薇のとげに譬《たと》えられ、かよわい国家という名の花を粗野な手から守るというわけだが……純真な子供らが回らぬ舌でお祈りの文句のように、「わるい坊やがバラをつかんだ、とげはとがった針でちくり、痛い痛いといたずらっ子、走っておうちへ帰ります」などと歌うのを見て、まったく無関心でいられる石のような心のもちぬしがいるだろうか。あるいは「〈慈愛の人〉に捧げる日ごとの寿歌《ほぎうた》」はどうか。これを読んで、この国家要員中の国家要員の献身的な働きの前にうやうやしく頭を垂れぬ者がいるだろうか。あるいは無気味な「判決の赤い花」はどうだろう。不朽の悲劇「仕事に遅刻した者」は？　座右の書「性の衛生を歌う」は？

生活のすべてがそのあらゆる複雑さと美しさのまま、とこしえに言葉の金貨に鋳造されるのである。

われらの詩人たちはもはや空想の世界には遊ばない。地上に降りて、「音楽工場」の厳《いかめ》しい機械の行進曲に合せ、われらと足並みそろえて進むのである。彼らの竪琴《リラ》は、朝ごとの電気歯ブラシの摩擦音であり、「慈愛の人」の「機械」の火花が飛び散る恐ろしい音であり、「単一国国歌」の壮大なこだまであり、クリスタルのように輝く尿瓶《しびん》の心安い響きであり、下りて行くブラインドの心ときめく擦過音《さつか》であり、最新の料理の本の陽気な声々であり、街頭に仕掛けられた振動膜のきわめて微かな囁きである。

われらの神々はここに、地上に、われらの間にいる。役所に、調理場に、作業場に、便所にいる。神々はわれらそっくりになった。ゆえに、われらは神々そっくりになった。こうして、未知の惑星の読者諸君よ、われらは諸君のもとへ赴くだろう。諸君の生活をわれらのそれと同じく、神のように理性的かつ正確なものに変えるために……

手記13

〔要約〕霧。旦那様《だんな》。まったく無意味な出来事。

明け方、ふと目が醒めると、薔薇色の頑丈な天空が見えた。何もかもが丸く、快適である。晩にはOが来るだろう。私がもう全快したことは間違いない。思わず微笑して、私はふたたび眠りに落ちた。

朝のベル、起床。周囲は一変していた。天井や壁のガラスの向うは、到る所、一面の霧である。狂った雲が低く垂れこめ、その飛沫《しぶき》が地面にまで届くので、もはや天と地の境界は消え失せ、何もかもが飛びかい、溶けて、流れ落ち、とらえどころがない。もう建物もない。ガラスの壁は水の中の塩の結晶のように霧の中へ溶けてしまった。歩道から眺めると、建物の中の黒い人影は、白濁した溶液の中に浮ぶ粒子のように、低い所や高い所、さらには十階あたりでも宙に浮いている。そして何もかもが煙っている有様は、さしずめ前代未聞の大火事といったところである。

ちょうど十一時四十五分——そのとき私はわざわざ時計を見たのだった。頼りになるのは数字だけだから、せめて数字に救いを求めようと。

十一時四十五分、「時間律令板」に従って、いつもの通り肉体労働に出かける前に、私は自分の部屋に寄ってみた。突然、電話が鳴り出した。受話器の奥から聞える声は、心臓にゆっくりと突きささる長い針だ。

「ああ、いらしたのね。嬉しいわ。角で待っていて。一緒に出かけましょう……行先は逢ってから教えるわ」

「困るな、そう言われても、これから仕事なんだ」

「困るわ、言う通りにして下さらないと。じゃあね。二分後に……」

二分後、私は角に立っていた。私を支配するものは「単一国」であって彼女ではないということを、教えてやらなければならない。『言う通りにして下さらないと』……そう言う声は自信満々だった。ならば今度こそ、きちんと話をつけて……

湿っぽい霧で織られたような灰色のユニファの群が、せわしげに一瞬私のかたわらに現れたかと思うと、ふいに霧の中へ溶けて行った。私は時計から目を離さず、まるで自分自身とがった震える秒針と化してしまったような気がした。八分、九分……二十分まであと三分、二分……

もう駄目だ。仕事にはもう遅れてしまった。彼女が憎い。しかし話をつけるためには……街角の白い霧の中に、血が……鋭いナイフの切り口が……唇が浮びあがった。

「お待たせしたようね。でも、もう同じことでしょ。あなたはどうせ遅刻ですもの」

ああ、私はこの女を……しかし、その通りだ。もう遅刻だ。

無言で私はその唇を見つめた。すべての女は唇であり、単なる唇にすぎない。誰かの薔薇色の唇、弾力のある丸い唇。全世界を締め出してくれる輪、やさしい囲い。そして目の前のこの唇は一秒前には見えもしなかったのに、突然ナイフで切り裂かれ、まだ甘い血をしたたらせている。

女は近づき、肩を寄せてきた。私たちは一つのものになり、何かが女から私へと流れこんだ。かくあるべきなのだ、と私は思った。神経と髪の毛の一本一本、痛いほど甘い心臓の鼓動の一打ち一打ちで、そう思った。この「かくあるべきこと」に屈伏することのなんという喜びだろう。おそらくは一片の鉄も私と同じように不可避的な法則に屈伏して、磁石に吸いつくのだ。投げ上げられた石は一瞬ためらってから、まっしぐらに地上へ落ちてくる。人間もまた臨終の苦しみのあと、ついに最終の溜息をついて死ぬのである。

私はぼんやりと微笑し、なんということなしに喋り出したのを覚えている。

「霧が……ずいぶん深い」

「霧がお好き、旦那様？」

この久しく忘れられていた古代の「旦那様」という言葉、奴隷が主人に対して用いる言葉は、鋭く、ゆっくりと私の内部に入って来た。そう、私は逆に奴隷なのだ。これもまた、かくあるべきこと、すばらしいことなのだ。

「そう、すばらしい……」と私は声に出して言い、それから彼女に答えた。「霧はきらいだ。霧はこわい」

「つまり愛しているのね。こわいのは霧があなたより強いから。きらいなのは、こわいから。愛しているのは、それを服従させることができないから。だって愛せるのは服従しないものだけでしょう」

そう、その通りだ。だからこそ、だからこそ私は……

私たち二人は一人のように歩いて行った。霧の奥のどこか遠い所から太陽の歌声がかすかに聞え、到る所にしなやかなもの、真珠色のもの、金色の、薔薇色の、紅色のものが満ち溢《あふ》れていた。全世界は一人の巨大な女で、その胎内にいる私たちはまだ生れ出ぬ胎児であり、喜ばしげに成熟してゆくのだった。そして私に明らかなのは、断乎として明らかなのは、すべてが私のためにあるということだった。太陽も、霧も、薔薇色のものも、金色のものも、すべては私のために……

どこへ行くのかは尋ねなかった。どこでもいい。ただ歩き、歩きつづけ、成熟し、ますますしなやかに満ち溢れ……

「着いたわ……」Iが戸口で立ちどまった。「今日はちょうど当直が一人なの……〈古代館〉で話したでしょう、あの人よ」

成熟しつつあるものを用心深く保護する姿勢で、目だけ動かして遠くから私は標示板の文字を読んだ。「医薬局」。そして何もかも了解した。

金色の霧に満たされたガラスの部屋。さまざまな色の壜《びん》やフラスコがぶらさがっているガラスの天井。縺れ合う電線。サイホンの中の青い火花。

そしてひどく痩せた小男。全身が切紙細工のようで、どちらを向いても研《と》ぎすまされたような横顔が見えるだけだ。鼻はきらめく刃、唇は鋏《はさみ》。

Iがこの男に話していることは聞えなかった。彼女が話しているのを見守りながら、私は自分の顔がどうしても惚《ぼ》けたように弛《ゆる》んでしまうのを感じていた。鋏のような唇の刃がきらめき、医者が言った。

「なるほど、なるほど。分ります。実に危険な病気だ。これ以上危険なのはちょっとないという……」医者は笑い出し、痩せた切紙細工のような手で急いで何かを書くと、その紙片をIに渡した。もう一枚書いて、私に渡した。

それは私たちが病気のため出勤不可能であるという証明書だった。私は「単一国」から自分の労働を盗んだのである。私は泥棒だ、「慈愛の人」の「機械」にかけられても仕方がない。だがそれは物語の中の出来事のように遠く、私の関心をひかなかった……一秒もためらわずに私は紙片を受け取った。私は思う、私の目は、唇は、腕は思う、かくあるべきだと。

使用中の空きが目立つ街角の格納庫で、私たちはアエロに乗った。いつかのようにIはまた操縦席にすわって、スターターを〈前進〉に合せ、アエロはたちまち離陸して空中に浮んだ。すると万物が私たちを追って来た。薔薇色と金色の霧。太陽。ひどく痩せた刃のような医者の横顔も、突然好ましい身近なものになった。すべてのものが太陽のまわりを回っていたのは以前のこと。今では確かにすべてのものが私のまわりを回っていた。ゆっくりと、仕合せそうに、目を細めて……

「古代館」の入口の老婆。光線のような皺がある、かわいらしい癒着した口。恐らくこの何日か癒着したままだったその口が、今ようやく開き、微笑した。

「ああ、いたずらっ子！　駄目じゃないか、みんなのように働かないと……よし、よし、分った！　何かあったら走って知らせるからね……」

軋《きし》む不透明な重いドアが閉まると、とたんに心が痛いほど開き、さらに大きく開き、すっかり開ききった。彼女の唇は私の唇であり、私は飲みに飲み、少し身を引いて、大きく見開かれた瞳を無言で見つめ、ふたたび……

部屋の薄闇、青色、サフランの黄色、濃緑色のモロッコ革、仏像の金色の微笑、鏡のきらめき。そしていつかの私の夢は今少しも難解ではなかった。すべては黄金色と薔薇色の汁に潤され、汁は今にも縁を越えて流れ出ようとする……

機は熟した。鉄と磁石のように不可避的に、動かしがたい厳密な法則への甘い屈伏とともに、私は彼女の中へ流れこんだ。薔薇色のクーポン券はなく、計算もなく、「単一国」もなく、私もなかった。ただ、やさしく鋭い喰いしばった歯があり、私にむかって大きく見開かれた金色の目があり、その目を通って私は彼女の中へ、ますます深く入って行った。そして静寂。部屋の片隅で、数千マイルの彼方で、洗面台に水滴がしたたり落ち、私は全宇宙、したたりとしたたりの間は数世代、数世紀……

ユニファを羽織ると、私はIの上にかがみこみ、最後にもう一度、彼女を吸いこまんばかりに凝視した。

「こうなること、分っていたわ……初めて逢ったときから……」と、Iは非常に低い声で言った。それからすばやく起きあがり、ユニファを身につけた。いつもの咬むような鋭い微笑が戻ってきた。

「気分はいかが、堕《お》ちた天使さん。だってあなたはもう破滅したわけよ。あら、こわくないの。じゃ、また！　一人でお帰りになってね」

彼女は衣裳簞笥の鏡つきの戸を開けた。肩ごしに振り向き、私が出て行くのを待っている。私はおとなしく外へ出た。だが敷居をまたいだとたんに、もう一度彼女に肩を寄せてもらいたいと思った。ちょっと寄り添ってもらうだけでいい。それ以上は望まない。

私は走って戻った。彼女が鏡の前で（たぶん）まだユニファのボタンをはめている部屋へ駆けこみ、立ちどまった。私の目の前で衣裳簞笥の戸の鍵についている古めかしい輪がまだ揺れている。だがIはいない。部屋の出口は一つしかないから、どこへも出て行けなかったはずなのに、彼女の姿は見えない。私は隈《くま》なく探しまわり、衣裳簞笥を開けて、さまざまな色の古代の服にさわってまでみたが、誰もいない……

他の惑星の読者諸君よ、このまったく信じられない出来事を諸君に語ることは、なんとなくきまりがわるい。しかしこれは正しくこの通りだったのだから仕方がない。考えてみれば今日は朝から信じられない出来事の連続であり、すべてはあの古代の病気――夢のなかのイメージに似てはいないだろうか。もしそうならば、この上無意味な出来事が一つ多かろうと少なかろうと同じことではないか。それに遅かれ早かれすべての無意味な事物は何らかの三段論法によって解釈されると、私は信じている。こう考えて私は安心するのだが、諸君も安心してほしいと思う。

……それにしても満ち足りたこの気分！分ってもらえるだろうか、この満ち足りた気分を！

手記14

〔要約〕「私のもの」。できない。冷たい床。

まだきのうの続きである。就寝前の個人時間には忙しかったので、きのうの手記を書き終えることができなかった。しかし一部始終は私の心に刻みつけられたようであり、だからこそ、とりわけ記憶に残っているのは——おそらく永久に残るだろう——あの耐えがたいほど冷たい床の感触である……

夜、Oが私の部屋へ来る予定だった。きのうは彼女の日だったので。私はブラインド権を取るために当直の所へ下りて行った。

「どうしました」と当直は尋ねた。「今日のあなたはなんだか……」

「実は……具合が悪くて……」

事実、それは嘘ではなかった。私はもちろん病気なのだ。これは何もかも病気のせいなのだ。そして私はすぐ思い出した。そう、証明書もある……ポケットを探った。ほら、がさがさと紙の音がする。つまり、何もかも夢ではなかった……

私は当直に証明書を差し出した。そして顔が赤くなるのを感じた。見なくても分る。当直はびっくりしたように私を眺めている……

そして二十一時半になった。部屋の左側の壁にはブラインドが下りている。部屋の右側の壁の向うには、本を読んでいる隣人の姿が見える。その禿頭《とくとう》は瘤《こぶ》だらけのでこぼこで、額は巨《おお》きな黄色い放物線を描いている。私は苦しい気持で部屋の中を歩きまわる。あんなことがあったあとで、彼女Oにどんな態度をとったらいいのだろう。右側の壁の向うからこちらに向けられた視線がはっきりと感じられ、男の額の皺までがよく見える。それは黄色い判読できない数行の文章だ。なぜかその文章は私のことを語っているような気がしてならない。

二十二時十五分前、私の部屋に楽しい薔薇色の旋風が起り、薔薇色の腕が私の頸《くび》にしっかりと巻きつけられる。だが巻きついた力は少しずつ弱まり、腕はほどけて、だらりと垂れる……

「あなた前と違うわ、私のものじゃない！」

「そんな原始的な言い方をするもんじゃない、〈私のもの〉だなんて。ぼくはいまだかって……」言いかけて絶句した。私はふと思ったのである。以前は確かに誰のものでもなかったが、今は……今の私は合理的なわれらの世界にではなく、古代の悪夢に似た虚数の世界に生きているのではないか。

ブラインドが下りてゆく。右側の壁の向うでは隣人が本をテーブルから床へ取り落し、ブラインドが閉じる直前、床とブラインドの間のわずかな隙間に、黄色い手が本を取り上げる光景が見えた。私はその手にすがりつきたくなった……

「今日、散歩のとき、あなたに逢おうと思った――逢いたかったわ。逢っていろいろ――話がたくさんあったから……」

かわいそうなO！　薔薇色の唇は角を下に向けた薔薇色の三日月のようだ。しかし一部始終を話すわけにはいかない。そんなことをしたら彼女は私の犯罪の共犯者になってしまう。その点を考えただけでも打ち明けることはできない。しかも「守護局」へ出頭する勇気が彼女にないことは明らかであり、従って……

Oは横たわっていた。私はゆっくりと彼女にキスした。ぽってりした手首の愛らしいくびれにキスすると、青い目は閉じられ、薔薇色の三日月は徐々にほころび、開花した。私は彼女の体に隈なくキスした。

突然、私ははっきりと感じた。何もかもが荒廃し、費やし尽されてしまったのだ。できない、してはいけない。しなければならないが、してはいけない。私の唇はすでに冷えきっていた……

薔薇色の三日月は震え始め、光を失い、ひきつった。Oはベッドカバーを引きあげ、それにくるまると顔を枕に埋めた……

私はベッドのかたわらの床に腰を下ろしていた。恐ろしく冷たい床だった。私は何も言わずに坐りこんでいた。ひどい冷たさが下から伝わり、上へ上へとやって来る。おそらく青い無言の惑星間空間にも、これと同じ沈黙の冷たさがあるのだろう。

「分ってくれないか、ぼくはそんなつもりじゃ……」私は呟《つぶや》いた。「ぼくは一生懸命……」

それは本当だ。私は、本来の私は、こんなつもりではなかった。しかしどんな言葉で彼女に説明したらよいのか。物質の意志とはかかわりなく物理学の法則は不可避的かつ精密であるということを、どう説き明かしたらいいのだろう。

Oは枕から顔を上げ、目をつぶったまま言った。

「そっちへ行って」――だが涙のために「そぢいて」と聞え、なぜかこんな馬鹿らしい些細なことが妙に記憶に突きささった。

廊下に出ると全身を寒さにつらぬかれ、私はすくみあがった。ガラス壁の向うでは、ほとんど目に見えぬ程度の薄い霧が煙っている。しかし夜半近くになれば、霧はきっとまた下りて来て、隈なく垂れこめるだろう。夜が明けるまでには何が起るのだろうか。

Oが無言で私の脇を通り抜け、エレベーターへ向った。エレベーターのドアがかちりと閉じた。

「ちょっと待ってくれ」と、私はぞっとして叫んだ。

だがエレベーターの唸りはもう下へ下へと遠ざかり……

あの女は私からRを奪った。

あの女は私からOを奪った。

だが、それでも……

手記15

〔要約〕「ガスの鐘」。鏡のような海。永遠に悩まねばならぬ。


積分号を建造中の造船台へ入ったとたんに、第二建造技師と出っくわした。彼の顔はいつもの通りだ。丸くて、白くて、陶器のようで――要するに一枚の皿であり、彼の喋り方は、いわばその皿に大変な珍味をのせて差し出すといった調子である。

「御病気だったそうで。ところが、あなたのお休みの日だというのに、きのう、とんでもない事件がありましてね」

「事件？」

「そうなんです！　終了のベルが鳴って、みんな造船台から出始めたときに、検査係が、なんと要員番号を持たない奴《やつ》をつかまえたんです。一体どうやって忍び込んだのか皆目分りません。〈手術局〉へ連行されましたが。奴《やっこ》さん何のために、どうやって入りこんだのか、じき吐かされるでしょう……（微笑――舌なめずりせんばかりの……）」

「手術局」では、わが国で最優秀の経験豊富な医師たちが「慈愛の人」の直接の指揮の下に働いている。そこにはさまざまな設備があるが、特筆すべきは有名な「ガスの鐘」である。これは原理的には昔から学校で使っていた実験道具と変りはない。ネズミをガラス製の蓋物の中に入れ、エアポンプで蓋物の中の空気を少しずつ稀薄《きはく》にしてゆく……あの実験である。だが、もちろん、「ガスの鐘」は遥かに精巧な装置であって、種々のガスを使用するという点が違っているし、それに言うまでもなくこれは小さな頼りない生きものをからかうということではなく、「単一国」の安全保障、言いかえるなら数百万の仕合せについて配慮するという、崇高な目的を持っているのである。五世紀ほど以前、「手術局」の仕事が軌道に乗ったばかりの頃には、この「手術局」を古代の異端糾問所《きゅうもんじょ》と比較するような愚か者がいたけれども、これは実に馬鹿げた考え方で、いってみれば気管切開を行う外科医と街道の追剝《おいはぎ》とを同列に置くようなものではないか。なるほど両者とも手に同じナイフを持ち、同じことをする、つまり生身の人間の喉を切る。にもかかわらず一方は恩恵を施す者であり、他方は犯罪者である。一方にはプラス記号がつき、他方にはマイナス記号がつく……

　これはすべて明々白々のことであり、一秒間で、論理器械の一回転で処理できることなのだが、あいにく歯車にマイナスがひっかかり、たちまち別のものが表面に浮び出た。まだ揺れている衣裳箪笥の鍵の輪。ドアを今し方閉めたばかりなのに、あの女は、Iはいない。消えてしまった。これはどうしても論理器械で処理できない。夢だったのか。だが今でも右肩に不可解な甘い痛みが感じられる。私の右肩に寄り添って、Iは霧の中を私と一緒に歩いていた。「霧がお好き、旦那様?」そう、霧も……ほかの何もかも好きだ。すべてはしなやかで、新鮮で、不思議で……何もかもすばらしい……

「すばらしい、何もかも」と私は声に出して言った。

「すばらしい?」皿のまなこがまんまるに開いた。「というと、この場合、何がすばらしいんです。あの要員番号なしの男が巧みに入りこんだとすれば……つまり、彼らはこのあたりの到る所に四六時中いるということでしょう。彼らはこの積分号の周囲にもいて……」

「その彼らというのは誰のこと」

「誰のことだと言われても、私には分りませんよ。でもなんとなく感じるんです。お分りでしょう。絶えず感じるんです」

「きみも聞いたろう、なんでも想像力を摘出する手術というのが発明されたそうだね」

「ええ、知ってます。でも、それとこのこととどういう関係が」

「いや、つまり、ぼくがきみだったら、その手術を受けさせてくれと申し出るだろうということさ」

　何かレモンのように酸っぱいものが皿の上にあざやかに現れた。こいつめ、お前には想像力があるかもしれないと遠まわしにあてこすられたことが、そんなに腹立たしいのか……いや、待て、一週間前なら私も腹を立てただろう。だが今はちがう。なぜなら自分の身に何が起きたかを私は知っている。自分が病気であることを知っている。それにもう一つ、この病気を治したくないということも分っている。治したくない、ただそれだけのこと。私たち二人はガラスの階段をのぼって行った。私たちの足の下に積分号の全景が……

　この手記の読者諸君が何者であるにせよ、諸君の頭上には太陽がある。そしてもしも今の私のように諸君もかつてこの病気に罹《かか》ったことがあるとすれば、朝の太陽がどんなものであるか――どんなものであり得るかを御存知だろう。この薔薇色の、透明な、暖かい黄金を御存知のはずだと思う。大気そのものすら微かな薔薇色に染まり、何もかもがやさしい太陽の血液を享《う》けて生きる。石も生きて柔らかくなる。鉄も生きて温かくなる。人々も生きて、一人の例外もなく微笑む。一時間後には何かが起り、すべては消え去るかもしれない。一時間後には薔薇色の血がしたたり落ちるかもしれないが、それまでは森羅万象は生きている。そして私は見る、積分号のガラス質の体液の中で何かが脈打ち、流れるのを。私は見る、積分号が己れの偉大な未来、恐ろしい未来について、あるいはまた不可避的な幸福という重い積荷について思索にふけるのを。その積荷は、未知の読者よ、諸君のもとへ運ばれるのだ。永遠に求めつづけてついに何ものも見出《みいだ》し得ぬ諸君のもとへ。諸君は見出し、幸福になるだろう。いや、幸福にならねばならない。もう永いこと待つ必要はない。

積分号の胴体はほとんどでき上っている。細長い優美な楕円《だえん》体で、材料は金のように恒久的で鉄のようにしなやかな、われらの特殊ガラスである。ガラスの胴体の内側では横に肋材《リブ》を、縦に縦桁《ストリンガー》を固定している作業が見えた。船尾では、巨大なロケットエンジンの基礎を据えつけていた。このエンジンは三秒に一度ずつ爆発する。三秒ごとに積分号の力強い船尾は、宇宙空間に炎とガスを噴出するだろう。そして疾走また疾走。火を吐きながら幸福を運ぶ勇者、帖木児《チムール》……

下ではテーラー方式に従って整然と、迅速に、リズミカルに、まるで一つの巨大な機械のさまざまな槓杆《レバー》のように、人々が身を屈めたり、伸びをしたり、回れ右をしたりしているのが見えた。人々はぴかぴか光る小さな管を手に持っていた。その管から吹き出る炎で、ガラスの壁面や接手《エルボウ》や肋材《リブ》やアングルタイを切断したり、熔接したりするのである。透明なガラス製の怪物のようなクレーンがゆっくりとガラスのレールの上を滑り、人間そっくりに回れ右し、身を屈め、その積荷を積分号の腹中に押しこむのが見えた。クレーンも人々もまったく一つの存在なのである。人間性を与えられた存在、完璧な人間たち。これは最高に感動的な美であり、調和であり、音楽であった……さあ早く下へ行って、彼らと一緒に仕事をしよう！

そして今、肩を並べ、彼らと一体になり、鋼鉄のリズムに捉えられて……規則正しい動き。丸い弾力的な紅潮した頬。思想という名の狂気の影もない、鏡のような額。私は鏡のような海を泳いでいた。心はあくまでも安らかだった。

と、突然、一人の工員がのんびりした顔を私に向けた。

「どうですか。今日は大丈夫ですか。よくなったんですか」

「よくなった、というと？」

「いや、きのう休まれたでしょう。よほど具合が悪かったのかと思って……」額が光っている。子供のように無邪気な笑顔。

私の顔に血がのぼった。こういう目のもちぬしには嘘をつけなかったのである。私は口をつぐみ、鏡のような海面の下へみるみる沈み始めた……

頭上のハッチから、てらてら光る白い陶器のような丸顔がのぞいた。

「おおい、D五〇三号！　ちょっとこっちへ来てくれませんか！　ここん所の例のブラケット付きのフレームですがね、格点モーメントで四角形に応力が加わっちゃってるんです」

みなまで聞かずに私はまっしぐらにハッチへ駆け出した。情けないことに逃げ出したのである。恥ずかしさに目を上げることもできず、きらきら光る足元のガラスの階段に目はちらつき、一段ごとに気持はますます絶望的になった。私という犯罪者、毒された人間は、ここにいられないのだ。精密な機械のリズムに溶け合うことも、鏡のように穏やかな海で泳ぐことも、もう決してできないのだ。私は永遠に悩み、のたうちまわり、身を隠す場所を探さねばならない。つつがなく生きるだけの力を見出せるまでは、永遠に……

氷のような火花が全身をつらぬいた。私はかまわない。私はどうでもいい。しかし彼女についても同じことが起るに決っている。彼女もまた……

私はハッチからデッキへ出て、立ちどまった。これからどこへ行くのかも分らず、なぜここへ来たのかも分らない。上を眺めた。上空には疲れきった正午の太陽が懸っていた。下には灰色のガラスの、生命をもたぬ積分号が横たわっていた。薔薇色の血はすでに流れ、先程の気分が私の単なる錯覚にすぎなかったこと、何もかもが今まで通りだったことは明らかである。そしてまた明らかに……

「ねえ、D五〇三号、耳がきこえなくなったんですか。さっきから呼んでるのに……どうしたんです」第二建造技師が私の耳元で叫んでいる。きっとしばらく前から叫んでいたのだろう。

私はどうしたのだろうか。操縦桿《かん》を失《な》くしたのだ。エンジンは全力をあげて唸り、小刻みに震えるアエロは飛びつづけているのに、操縦桿がない。それにどこへ飛んで行くのかも分らない。降下して地面に激突するのか、それとも上昇して太陽の炎に突入するのか……

手記16

〔要約〕黄一色。二次元的な影。不治の魂。

何日か手記を書かなかった。正確な日数は分らない。来る日も来る日も同じ日のようだ。来る日も来る日も乾き切って焼けただれた砂のような黄一色で、一片の影も、一滴の水もなく、黄色い砂には果てしがない。もうあの女なしでは生きられぬというのに、あの女は「古代館」で不可解な消え方をして以来……

あのとき以来、私は散歩のとき一度だけ彼女を見た。二日、三日、四日前のことだったろうか、よく分らない。なにしろ来る日も来る日も同じ日なので。ちらりと現れた彼女はほんの一瞬間だけ、この黄色い空虚な世界を満たしてくれた。彼女と腕を組んでいた、彼女の肩までしかない小男は、あの二度折れ曲ったSで、ほかにあの紙のように瘦せた医者と、もう一人の男――この男については指だけが記憶に残っている。ユニファの袖口から光束のように飛び出ていた指は、異様なほど細く、白く、かつ長かったのである。Iは片手を挙げ、私にその手を振ってみせた。それからSの頭ごしに、光束のような指のもちぬしにむかって何か言った。私が聞きとったのは「積分号」という言葉一つである。四人は一斉に私を見た。次の瞬間、四人の姿は薄青色の群衆の中に消え、あとにはふたたび黄色い乾き切った道が続いているだけだった。

その日の夜、彼女の薔薇色のクーポンは私を予約していた。私は番号表示器の前に立ち、愛と憎しみをこめて願った。一刻も早くその器械がパチンと鳴って、白い枠の中に「I三三〇」という表示が現れて欲しい。エレベーターのドアが音を立てるたびに、蒼白い女や、背の高い女や、薔薇色の女や、浅黒い女がエレベーターから出て来て、あたりの部屋は次々とブラインドを下ろした。Iの姿は見えなかった。彼女は来なかった。

今はちょうど二十二時。私がこの手記を書いている間にも、ひょっとすると彼女はあのときと同じように目を閉じて誰かに肩を寄せ、同じように「旦那様はお好き?」と言っているかもしれない。誰に？　相手は誰なのだろう。あの光束のような指のもちぬしか、それとも唇の厚い、泡を飛ばして喋るRか。それともSか。

S……あの男の密《ひそ》かな足音、水溜りを歩くようなぴしゃぴしゃいう音が、この数日間絶えず聞えるのはなぜだろう。なぜあの男はこのところ影のように私を付け回すのだろう。前にも、脇にも、後ろにも、薄青色の二次元的な影がある。人々は影を横切って通りすぎ、影を踏みつけたりするが、依然として影はそこに、すぐそばにあり、何か目に見えぬ臍《へそ》の緒《お》で私に結びついている。もしかするとその臍の緒とは彼女Iなのだろうか。分らない。あるいはひょっとすると守護官たちはもう私に関する情報を摑んでいて……

お前の影がお前を見ている、絶えず見ている、と言われたとしよう。お分りだろうか。言われた本人は突然奇妙な感じに襲われる。腕は余分なもののように扱いにくくなる。ふと気がつくと、足とは全然違う滑稽なテンポで腕を振っていたりする。あるいは突然何がなんでも振り向かなければならないと思うが、頸《くび》に枷《かせ》がはめられたように、どうしても振り向けない。そこで走り出す。ますます速く走りながら、背中で感じる。影がもっと速く走って追いかけてくるのを。どこへ行っても影からは逃げられない……

ようやく自分の部屋に帰って一人になる。しかしここには別のものがある。電話だ。私はまた受話器をとりあげる。「ええ、I三三〇号です、お願いします」するとまた受話器に微かな音が伝わってくる。彼女の部屋のドアのすぐ前の廊下を行く誰かの足音、そして沈黙……私は受話器を放り出す。だめだ、もう我慢できない。彼女の所へ行こう。

それはきのうのことだった。私は彼女の住む建物まで走って行き、十六時から十七時まで丸一時間そのまわりをうろついた。私のすぐ脇を国家要員たちが列を組んで通りすぎた。拍子をとって数千数万の足が揺れ動き、数えきれぬ足をもつ一頭の怪獣《レヴィアタン》が揺れながら通りすぎた。だが私は一人、嵐で無人島に打ちあげられ、薄青色の波に瞳を凝らしていた。

嘲るように鋭角をなしてこめかみに釣り上った眉が今にもどこからか現れ、暗い日の窓の奥では暖炉が燃え、誰かの影が動くかもしれない。私はその中へまっすぐに入って行って、「お前」と彼女を呼ぼう。絶対に「お前」と言ってやろう。「分ってるくせに——お前なしでは生きられないんだ。それなのにどうして……」

だが女の声は聞えない。ふと気がつけばあたりは静寂そのもので、突然「音楽工場」の音楽が鳴りわたり、私は我に返る。もう十七時をすぎたのだ。みんなとうに帰り、私一人が遅れてしまった。周囲は、黄色い日の光を浴びたガラスの荒野である。光り輝く建物の壁は、ちょうど水面の映像のように逆さまにひっくり返って、ひろびろとした舗装道路のガラスの面にぶらさがっている。私も逆さにひっくり返った滑稽な姿でぶらさがっている。

今すぐ、一刻も早く「医薬局」へ行って、病気だという証明書をもらわなければならない。さもないと逮捕されて――いや、もしかするとそれが最善の道かもしれない。ここにとどまって、発見されるまで静かに待ち、「手術局」へ送られれば、何もかも一ぺんに片がつき、罪を償うこともできる。

微かな衣擦れの音が聞え、目の前にあの二度折れ曲った影があった。たちまち二本の灰色のドリルが私の内部にねじこまれたことは、目を上げなくてもはっきりと感じられた。私は全力をふりしぼって笑顔を作り、口をひらいた。何か言わないわけにはいかない。

「私は……〈医薬局〉へ行く用がありまして」

「一体どうしたんです。なぜこんな所に立っているんです」

逆さまにぶらさがっている自分がいかにも愚かしく、恥ずかしさに赤くなりながら私は沈黙した。

「ついて来なさい」と、Sは厳しく言った。

余分で不要な腕を振りながら、私はおとなしく歩き出した。目を伏せたまま、この奇妙な倒立した世界を歩きつづける。何かの機械が目に入った。その土台は上にあり、人々は足を天井にくっつけて倒立し、一番下には舗装道路の厚いガラスに捉えられた空がある。今思い出してみれば、このとき何よりもくやしかったのは、人生の最期の時に現実の風景ではなく、このような逆さまの風景しか見られないということだった。だが目を上げることはできなかった。

私たちは立ちどまった。すぐ前に段々があった。一歩あがれば私は見るだろう。医者の白衣を着た人々を、巨大な物言わぬ「ガスの鐘」を……

何かギア付きの微動装置で持ち上げるように、やっとのことで私は足元のガラスの舗道から目を上げた。とたんに「医薬局」という金文字が私の顔を射た……なぜ「手術局」ではなく、ここへ連れて来られたのだろう、なぜSは私を見逃してくれたのだろう──そんなことはこの瞬間考えもしなかった。一足飛びに段々を上ると、後ろ手にドアをぴっちり閉めて、私は溜息をついた。これでよし。まるで朝から一度も呼吸をせず、心臓も悸《う》たず、今初めて溜息をついたような、今初めて胸の水門が開いたような……

二人の男。一人は背が低く、足が短く、視線を牛の角のように使って患者を投げ倒す。もう一人は恐ろしく痩せていて、唇はきらきら光る鋏のよう、鼻はナイフの刃のよう……いつかのあの医者だ。

私は身内の者に出逢ったように、刃のような鼻に向って駆け寄り、不眠症と、夢と、影と、黄色い世界について訴えた。鋏のような唇が光り、微笑した。

「よくない状態だ！　明らかに魂がかたちづくられたのです、あなたは」

魂？　この奇妙な、永いこと忘れられていた古代の言葉。今でも時には「相寄る魂」とか「魂が抜けたようだ」とか「魂極《たまきわ》る」とか言うけれども、魂そのものは……

「危険な状態なんですね」と私はもつれる舌で言った。

「不治の病気です」と鋏のような唇がずばりと答えた。

「しかし……要するにどういうことなんでしょう。どうもよく……分りませんが」

「つまり……どう言ったらいいか……あなたは数学者でしたね」

「ええ」

「では平面、表面、例えばこの鏡です。ごらんの通り、この表面にあなたと私がいて、日の光に目を細めたりする。管の中の青い火花放電も映っているし、ほら、今、アエロの影が横切った。すべてはこの表面の上でのこと、瞬間的なことにすぎない。しかし想像してみて下さい、何らかの炎に熱せられて、この不透過性の表面が突然やわらかくなり、もう何ものもこの表面を滑らなくなったとする。その場合、すべては内部へ、われわれが子供のころ好奇の目でのぞきこんだあの鏡の世界へと侵入して行きます。子供というものもそれほど馬鹿ではないのですよ。平面は体積をもつ物体となり、一つの世界となって、日の光も、アエロのプロペラが巻き起す風も、あなたの震える唇も、ほかの誰かの唇も、すべては鏡の内部のこと、あなたの内部のこととなる。お分りですか。冷たい鏡は反射し、投げ返すけれども、この場合の鏡は吸いこみ、すべてのものの痕跡を永遠にとどめます。ひとたび誰かの顔に小皺を認めれば、それはもう永久にあなたの内部にとどまる。ひとたび静寂の中でしたたり落ちる水滴の音を聞けば、その音は今でもあなたの耳に聞える……」

「そう、その通りです……」私は医者の手を握った。本当に今も聞える。洗面台の蛇口から、ゆっくりと、静寂の中に水滴がしたたり落ちる。その音が永久に聞えるだろうことは分っていた。だが、それにしても、なぜ突如として魂なのだろう。今の今までそんなものはありはしなかったのに、突然……誰にもないものが、なぜ私にだけ……

医者の痩せた細い手を、私はいっそう強く握りしめた。その救命浮袋を失うことがたまらなく恐ろしかった。

「なぜ？　なぜわれわれには羽毛も翼もなく、翼の土台であるところの肩胛骨《けんこうこつ》しかないのか。それは翼がもはや不要であり、アエロがある以上、翼は邪魔になるだけだからです。翼は飛ぶためのものだが、われわれにはもう飛んで行くべき目標がない。われわれは目標をすでに発見し、そこまで飛んで来てしまった。そうでしょう？」

私は茫然としてうなずいた。医者は私の顔を見て、ランセットのように鋭い笑い声をあげた。それを聞きつけたもう一人の医者が、短い足でどたどたと自分の診察室から出て来ると、牛の角のような視線を痩せた医者に投げかけ、私に投げかけた。

「何です、病気は。なに、魂？　魂だって？　なんてこった！　これじゃ今にコレラが流行《はや》っても、わしゃ知らんぞ。きみにも言ったが（痩せた医者に視線の角を向けて）きみにも言ったが、問題は全員の想像力だ……想像力摘出手術が必要だ。この際、外科手術が、外科手術だけが……」

　男は大きなレントゲン眼鏡をかけ、しばらく私のまわりを歩きまわって頭蓋骨《ずがいこつ》の内側の私の脳髄を透視し、手帳に何か書きこんだ。

「きわめて、きわめて興味深い！　どうだろう、もし差支えなかったら……アルコール漬けにして保存したいんだが。そうすれば〈単一国〉にとってきわめて……伝染病の予防に役立てるという意味合いで……もちろん、きみに特に反対する理由がなければの話だが……」

「いや、それはどうかな」と、痩せた医者が言った。「国家要員D五〇三号は積分号の建造技師だから、もしそういうことになればその方面の仕事の妨げに……」

「ああ」と、もう一人の医者は牛が啼《な》くような声を出し、短い足でどたどたと自分の診察室へ帰って行った。

　私たちは二人だけになった。紙のように痩せた手がそっとやさしく私の手の上に重ねられ、横顔だけのような顔が私の顔に近づけられた。医者は囁いた。

「これは内緒の話ですが、この病気に罹っているのはあなた一人ではない。私の同僚が伝染病と言ったのには、それ相応のわけがあります。思い返してごらんなさい、あなた自身気がついていませんでしたか。誰かに似たような症状が現れていたはずです……非常によく似た、非常に近い……」医者は喰い入るように私を見つめた。何を言いたいのだろう。誰かというのは誰のことだろう。まさか……

「待って下さい、それは……」私は椅子から跳び上った。だが医者は急に大きな声で別の話を始めた。

「……その不眠症や夢を治すには、一つだけお教えしましょう。なるべくたくさん足を使って歩くことです。あすの朝から散歩をお始めなさい……そう、〈古代館〉あたりまで」

医者はもう一度刺すように私を見つめ、きわめて微かに微笑した。その微笑の繊細な布地に包みこまれた一つの言葉、一つの文字、一つの名前、唯一の名前を、私ははっきり読みとったと思った……あるいはこれもまた私の空想にすぎないのだろうか。

医者が今日と明日の分の罹病《りびょう》証明書を書いてくれるのをじりじりしながら待ち、最後にもう一度、無言で医者の手を固く握って、私は外へ駆け出した。

心臓はアエロのように軽々と迅速に、私を上へ上へと運んで行く。あしたになれば、きっと何か喜ばしいことが起るのだ。どんなことなのだろう。

手記17

〔要約〕ガラス越しに。私は死んだ。回廊。

私はまったく途方に暮れている。きのう、何もかも既に解明され、すべての未知数《エックス》は見出されたと思った、正しくその瞬間に、新たな未知数が私の方程式に現れたからである。

今回の出来事全体の座標原点は、もちろん「古代館」だ。その原点から発してX軸、Y軸、Z軸があり、少し前から私の全世界はこれらの座標軸の上に築かれている。私はX軸に沿い（つまり五十九番通りを）座標原点へむかって歩いていた。私の内部では、きのうの出来事が色とりどりのつむじ風のように吹き荒れていた。倒立した建物や人間たち、余分なものになったことを痛いほど感じさせる腕、きらめく鋏のような唇、洗面台に滴るしずくの鋭い音――それらは確かにかつてあった現実だった。それらすべてが今、炎に熔けた表層の奥、「魂」とやらが在る場所で、肉を引き裂きつつ猛烈に渦巻いている。

医者の指示を守るために、私は直角三角形の斜辺ではなく、わざと他の二辺に沿った道を選んだのだった。そして今、もう二つ目の辺を、つまり「緑の壁」の基底に沿った環状道路を歩いていた。「緑の壁」の向うの果てしない緑の大海から、私をめがけて木の根や、花々や、枝や、葉が、野生の大波となって押し寄せ、馬のように竿立《さお》ちになり、今にも私を呑みこもうとする。そして、きわめて繊細かつ精密なメカニズムである人間から、今にも私は変身して……

だが幸いなことに、私と野生の緑の大海との間には「緑の壁」のガラスがある。ああ、壁によって境界を作るということは、なんという偉大で神聖な知恵だろう！ これはひょっとするとあらゆる発明のなかで最も偉大な発明であるかもしれない。人間は最初の壁を建設したときに初めて野生動物ではなくなった。われらが「緑の壁」を建設し、この壁によって自分たちの完成された機械の世界を、樹木や鳥や動物の非理性的で醜悪な世界から隔離したときに初めて、人間は未開人ではなくなったのである……

ガラス越しに、名の知れぬ動物の丸い鼻面が私の方を向いているのがぼんやりと見え、その黄色い目は私には理解できない一つの考えを執拗に伝えようとしていた。私とその動物は永いことお互いの目を——表層の世界からもう一つの表層下の世界へ至る縦坑《たてこう》を、見つめ合った。すると私の内部にこんな考えが湧き起った。《ところで、もしもこの黄色い目をした生きものが、落ち葉を掻き集めた汚ならしい巣の中で、予定も計画もない非合理な生活を送っていて、しかもわれらより仕合せだったら？》

私は否定のしるしに手を振り、黄色い目はまばたきをし、あとずさりして、茂みの中へ消えた。憐《あわ》れな生きもの！　奴がわれらより仕合せだなどとは、なんという馬鹿げた考えだろう！　ひょっとすると私よりは仕合せかもしれないが。そう。しかし私は例外にすぎない。病気なのだから。

それに私だって……「古代館」の暗赤色の壁がもう見える。あの老婆の癒着したような愛すべき口も……私は急ぎ足で老婆に近づく。

「彼女はいますか」

癒着した口がゆっくり開いた。

「誰のことだろうね、彼女って」

「ああ、とぼけないで下さい。Ｉですよ、もちろん……このあいだ、アエロで一緒に来たでしょう……」

「ああ、そう、そう……そう、そう……」

口のまわりの皺は光束のようだが、黄色い目からも狡猾そうな光束が放たれて、じわじわと私の内部に喰いこみ……ようやく老婆は言った。

「じゃ、入ってもいいよ……あの子はさっきここを通ったっけ」

ここを。私は見た。老婆の足元に銀色の苦蓬《にがよもぎ》の茂みがあって（「古代館」の庭も博物館の一部であり、有史以前の状態が念入りに保たれている）苦蓬は一本の枝を老婆の手のところまで伸ばし、老婆はその枝をしきりに撫《な》で、老婆の膝には日の光が黄色い縞《しま》を落している。その一瞬、私と、日の光と、老婆と、苦蓬と、黄色い目と——それらはすべて一つのものであり、私たちは何らかの血管で固く結びつけられていて、共通の烈しいすばらしい血液がその血管を流れた……

今こんなことを書くのは恥ずかしいが、この手記ではとことんまで率直に書くと約束したのだった。それならば書こう。私はこのとき身をかがめ、柔らかい苔《こけ》のような癒着した口にキスしたのである。老婆は口を拭《ぬぐ》って、笑い出した……

物音のよく反響する薄暗い馴染みの部屋部屋を走って通り抜け、なぜか私はまっすぐあの寝室へ向った。そしてドアのノブに手をかけてから突然思った。《もし彼女が一人ではなかったら?》私はドアの前で耳をすました。だが聞えるのは、あたりで——私の中ではなく私の周囲で——自分の心臓がどきどきいう音ばかりである。

私は中へ入った。寝乱れた跡のない大きなベッド。鏡。衣裳簞笥の戸にも鏡。簞笥の鍵穴には古めかしい輪のついた鍵が差しこまれている。人影はない。

私は小声で呼んだ。

「I!　いるのかい?」そして目を閉じ、息を詰め、もう彼女の前にひざまずいているかのように、いっそう低い声で言った。「I!　きみが好きだ!」

静かである。ただ白い洗面台の窪みに蛇口から水滴がせわしなく垂れている。今その理由をうまく説明できないが、その音が何はともあれ私には不愉快だった。そこで蛇口をしっかりと締めて、部屋を出た。この部屋に彼女がいないことは明らかである。とすれば、どこかほかの「アパート」にいるのだろう。

幅の広い暗い階段を駆け下りて、一つ、また一つ、もう一つと、ドアをひっぱったが、鍵がかかっている。どの部屋にも鍵がかかっていて、例外はあの「私たちの」部屋だけである。そこには誰もいなかった……

それでも、もう一度そこへ行った。どうしてなのか自分でも分らない。ゆっくりと、足をひきずるように歩いて行った。靴底はにわかに鉄のように重くなっていた。そのとき思ったことをはっきり記憶している。《重力がコンスタントだというのは間違っている。従って私の公式はすべて……》

ここで考えは途切れた。階下でドアがばたんと音を立て、誰かが急ぎ足に敷石を踏んで行く音が聞えたのである。私は突然ふたたびきわめて身軽になって、手摺《てすり》に駆け寄り、上半身を乗り出すと、「きみ！」という一つの言葉、一つの叫びによってすべての思いを吐き出そうとした……

そして、ぞっとした。下では、窓格子の黒い影の四角形に内接しながら、薔薇色の翼のような耳を振り振り、Sの頭が急速に通りすぎたのである。

稲妻のように、前提なしの、むきだしの結論だけが閃いた（今もまだ前提はさっぱり

分らない)。《絶対にあの男に見つかってはならない》

そこで爪《つま》立ち、壁に身を寄せながら、足音を忍ばせて階上へ、鍵のかかっていないあの部屋へ行った。

一瞬ドアの前で立ちどまる。さっきの男は鈍い足音を響かせながら、こちらへ、階上へやって来る。このドアさえ開いていたら! 私はドアに哀願したが、木製のドアはひどい金切声をあげて軋《きし》った。緑や赤の家具、黄色い仏像の前をつむじ風のように駆け抜けて、衣裳簞笥の鏡つきドアの前に私は立つ。私の蒼い顔が鏡に映っている。聴覚にすべての神経を奪われたような目や唇……聞える、私の血液のざわめきの向うで、もう一度ドアが軋るのが……あの男だ、あの男だ。

私は衣裳簞笥の鍵を摑んだ。すると、鍵についている輪が少し揺れた。その揺れるさまが私に何かを思い出させた。ふたたび前提なしの瞬間的なむきだしの結論が、正確に言うなら結論のかけらが閃く。《あのときIは……》私は急いで衣裳簞笥の戸を開け、中の暗闇に入って、戸をぴったり閉める。一歩動くと、足の下がぐらりと揺れた。そして私はどこか下の方へゆっくりと静かに落ちて行き、目の前が暗くなる。私は死んだ。

この奇っ怪な出来事の一部始終を書きとめる段になって、自分の記憶やさまざまな文

献に当ってみた結果、これがいわゆる仮死状態であったということは、今の私はもちろん知っている。これは古代人にはよく知られていたが、私の調べた限りでは、現在のわれわれにはまったく知られていない。

どのくらいのあいだ死んでいたのか、私には分るはずもなく、せいぜい五秒から十秒というところだろう、とにかく少し経《た》って私は甦《よみがえ》り、目をあけた。あたりは暗い。依然として下へ下へと動いていく感じ……片手を伸ばして何かにつかまろうとすると、迅速に動いているざらざらの壁を引っ掻き、指から血が出た。してみればこれが私の病んだ想像力のいたずらでないことは明らかだ。それにしても一体これはどういうことなのだろう。

破線のように途切れ途切れで、不安定に震える自分の息づかいが聞えた（こんなことを白状するのは恥ずかしいが、それほど何もかもが思いがけなく、不可解だったのである）。一分、二分、三分、依然として下降が続く。やがてとうとう柔らかな衝撃があった。足の下の下降し続けていたものが止った。暗闇の中で私は取手のようなものを探り当て、それを押すと、ドアが開いた。ぼんやりとした光。ふと気がつくと、私の背後の小さな四角の昇降板がするすると上昇して行く。あわてて戻ったが、もう遅かった。私はここに置き去りになってしまった……「ここ」とはどこなのか分らないのだが。

回廊。数十、数百トンの重みをもつ静寂。丸天井には小さな電灯が連なり、明滅する光が無限の彼方まで点線のように続いている。われらの地下鉄の「チューブ」にいくらか似ているが、ただずっと狭く、われらの特殊ガラスではなくて何か別の古代の材料が使われている。私の頭に閃いたのは、「二百年戦争」時代に人々が避難したという地下壕《ごう》のことだった……ともあれ、歩いて行ってみよう。

約二十分も歩いただろうか。右に曲ると回廊は広くなり、電灯も明るくなった。何か不明瞭な騒音が聞える。機械の音か、人の声か、よく分らないが、私は不透明な重いドアの前に出た。騒音はその中から伝わってくる。

私はドアを叩いた。もう一度強く叩いた。ドアの向うが静かになった。何かがかちゃかちゃと音を立て、ドアがゆっくり重々しく開いた。

目の前に、あの医者、刃のような鼻をもつ痩せた男が立っていた。相手と私と、どちらが余計に仰天し、立ちすくんだか、それは分らない。

「あなたが？　ここへ？」それっきり鋏のような唇は閉じられてしまった。私はといえば、まるで人間の言葉を生れて初めて聞いたように、押し黙ったまま相手の顔を眺め、相手の言うことをまったく理解できないのだった。察するところ、私はここから出て行かなければならないらしい。なぜなら、医者は紙のように薄く平らな腹で、この明るい回廊の外れまで私を押して行き、背中を突いたからである。

「いや……ぼくはただ……彼女が、I三三〇号が……しかし尾行されたので……」

「ここに立っていて下さい」と医者は断ち切るように言い、姿を消した……

ついに！　ついに彼女は私のそばにいる。もう「ここ」がどこだろうとかまわない。

なつかしいサフラン色の黄色い絹、咬むような微笑、瞼のブラインドに覆われた目……

私のほうは唇も手も膝も震え、頭の中では馬鹿げたことを考えていた。

《震動は即ち音だ。震えは音になるはずである。なぜ今、音が聞えないのだろう》

彼女の目が私にむかって大きく開かれ、私はその中へ入りこんだ……

「ぼくはもう我慢できない！　今までどこにいたの。どうして」一瞬たりとも彼女から目を離さず、まるで囈言《うわごと》のように早口に、支離滅裂に、私は喋り続けた。それは実際は何も言わず、ただ頭の中で考えていただけかもしれない。「影に尾行されて……ぼくは死んで、衣裳簞笥から出て……だって、きみの友達のあの医者が……鋏のような唇で言ったんだ、ぼくの魂は……不治の病で……」

「不治の魂！　かわいそうに！」Iは笑い出し、しぶきのように笑いを私に浴びせかけた。錯乱状態はたちまち消え、到る所で小さな笑いのかけらがきらめきながら鳴り響いていた。なんという楽しさだろう。

回廊の角から医者がふたたび現れた。まるで奇蹟のように痩せた、すばらしい医者。

「どうだった」医者は彼女のそばで立ちどまった。

「なんでもない、なんでもないの！　あとで話すわ。この人、ただの偶然だったのよ……あと、そうね、十五分も経ったら戻りますから、そう言っといて下さらない……」

医者は回廊の角に消えた。彼女は待っていた。ドアが鈍い音を立てて閉じた。するとIは甘い鋭い針を私の心臓にゆっくり、ゆっくりと、次第に深く突き刺した。肩で、腕で、全身で、私に寄り添ったのである。私たちは歩き出した。私と彼女、二人、ただ一つの存在……

どこから闇の世界に入ったのかは記憶にない。果てしなく続く真暗な階段を、私たちは無言のまま上って行った。姿は見えなかったが、彼女が私と同じように歩き続けていることは分っていた。目を閉じ、盲人のように頭をのけぞらせ、唇を噛んで。私は音楽に耳を傾けていた。自分の体の震えが発する、あるかなきかの音楽に。

我に返ると、そこは「古代館」の中庭に無数に残っている小さな遺跡の一つだった。囲いのようなものがあり、むきだしの石の骨組と、崩れた壁の黄色いぎざぎざが地表に突出している。彼女は目をあけて言った。「あさって、十六時に」そして立ち去った。

これは何もかも本当にあったことだろうか。分らない。あさってになれば分るだろう。現実には痕跡は一つしかない。右手の指先の皮膚《ひふ》が剝がれている。しかし今日、積分号の現場で、第二建造技師は、私がそれらの指をうっかり研磨リングに接触させたところを、確かに目撃したと言っていた。それだけのことなのだそうだ。まあ、それが事実なのかもしれない。大いにあり得ることだ。私には分らない。何一つ分らない。

手記18

〔要約〕論理の密林。傷と膏薬《こうやく》。もう決して。

ゆうべは横になったとたん、荷物を積みすぎて転覆した船のように、眠りの底へ沈んだ。音もなく揺れる緑色の水の層。やがてゆっくりと底から水面へむかって浮上し、どこか水深の半ばあたりで目をあけた。私の部屋だ。まだ緑色の凍りついたような朝。衣裳簞笥の鏡に映った太陽の破片が目を射る。このせいで「時間律令板」に定められた睡眠時間を正確に守ることが妨げられるのだ。いっそ衣裳簞笥の戸を開けてしまおうか。しかし全身、蜘蛛の巣に捉えられたようで、目にも蜘蛛の巣が張り、起きる力がない……

それでも起き上り、衣裳簞笥の戸を開ける——と、鏡つきの戸の奥に、衣服を脱ぎ捨てた全身薔薇色のIがいる。どんな異様なことにも今や馴れてしまった私は、記憶にある限りでは全然驚かず、何か尋ねもしない。それどころか自分からさっさと衣裳簞笥に入り、鏡つきの戸を後ろ手に閉めると、暗闇の中で喘ぎ喘ぎ、大急ぎで、むさぼるようにIと身体《からだ》を合せる。今でも目の前に見えるようだ。戸の隙間から暗闇の中へさしこんだ鋭い日の光が、衣裳簞笥の床から壁へかけて稲妻のかたちに折れ曲り、そのきらめく残酷な刃が、のけぞったIのむきだしの頸《くび》に落ちる……それがなぜかひどく恐ろしく、私はたまりかねて叫び声をあげ——ここでもう一度目をあけた。

私の部屋だ。依然として緑色の凍りついた朝。衣裳簞笥の戸には太陽の破片。私はベッドの中にいる。夢か。だが心臓はまだ烈《はげ》しく悸《う》ち、震え、しぶきを散らし、指先や膝がしきりに疼《うず》く。とすると、あれは事実あったことなのか。今の私には何が夢で何が現《うつつ》なのか分らない。安定したもの、習慣的なもの、三次元的なものを突き抜けて、虚数が芽を出したのだ。あたりには磨き上げられた固い平面の代りに、何かでこぼこで毛むくじゃらのものが……

起床のベルまで、まだ間がある。私は横たわったまま考える。奇怪きわまる論理の鎖がほどけてゆく。

表面の世界においては、すべての方程式、すべての公式について、それに対応する曲線あるいは立体が存在する。ところが虚数を含む公式、例の$\sqrt{-1}$については、私たちは対応する立体を知らず、それを見たこともない……だが恐ろしいのは正にその点なのだ。つまり、それらの見えない立体が存在するということ、必然的かつ不可避的に存在するということなのだ。なぜなら数学の世界では、ちょうど映画のスクリーンで見るように、私たちの眼前をそれらの立体の影、気まぐれで辛辣《しんらつ》な影が——即ち虚数を含む公式が通りすぎて行くからである。そして数学と死、この両者は決して過ちを犯さない。だから、もしも私たちがそれらの立体をこの表面の世界で見ないとすれば、表面の彼方にはそれらの立体のための巨大な世界がある――不可避的にあらねばならぬ……

　起床のベルを待ちかねて私は跳び起き、部屋の中をうろつき始めた。私の数学はこれまでのところ、常軌を逸した私の世界の中で唯一のゆるぎない安定した島だったが、それもまた土台から離れ、漂い、回転し始めた。一体この馬鹿げた「魂」なるものは今の私の目には見えないけれども、私のユニファや靴のように現実のものなのだろうか（それらは衣裳箪笥の鏡つきの戸の向うにしまってある）。靴が病気でないのなら、なぜまた「魂」が病気なのか。

　私は論理の密林からの出口を探したが、どうしても見つからなかった。それは「緑の壁」の向うの密林と同じ程度に不可解で薄気味の悪い密林であり、そしてまた言葉なしに語りかけてくる異様な、理解しがたい生きものだった。何かの厚いガラス越しにその姿が見えるような気さえした。限りなく大きく、同時に限りなく小さな、蠍《さそり》のような虫。マイナスという名の針を隠してはいるが、つねにその存在が感じられる。$\sqrt{-1}$……それとも、もしやこれこそが他ならぬ私の「魂」なのだろうか。古代人の伝説に出て来る蠍のように、いざという場合には自発的にわれとわが身を刺して死ぬ「魂」……

　ベルだ。一日の始まり。今までのすべては死にもせず、消えもせず、単に昼の光に包まれる。目に見える物体が夜になっても死にはせず、夜の闇に包まれるように。頭の中では薄い霧がゆらめいている。霧の向うに細長いガラスの食卓がある。たくさんの球のような頭たちが、無言で、ゆっくりと、拍子をとって咀嚼《そしゃく》をつづける。霧を通して、遠くからメトロノームの音が響いてくる。この聞き馴れたやさしい音楽に合せて、私はみんなと一緒に機械的に五十まで数える。一口の食物について五十回の咀嚼が法に定められているのである。そして機械的に拍子を取りながら私は階下へ下り、みんなと同じように外出者記録簿に自分の名前を記入する。だが私は何か柔らかい防音壁に囲まれて、ただ一人、みんなから切り離された生活をしているように感じる。その防音壁の内側こそ私の世界……

　しかし、これがまた問題だ。もしもその世界が私一人の世界ならば、どうしてそれがこの手記の中に現れるのか。愚にもつかぬ「夢」や、衣裳簞笥や、果てしない回廊などが、なぜここに出て来るのか。残念ながら認めざるを得ないのだが、「単一国」を讃えるための整然たる詩、厳密に数学的な詩ではなくて、この手記はどうやら空想的な冒険小説になりかけているようである。ああ、もしもこれが実際に単なる小説であって、未知数や$\sqrt{-1}$や堕落でいっぱいの現在の私の生活ではないのだったら、どんなにいいだろう。

　だが、もしかすると、これでいいのかもしれない。未知の読者諸君が、われらと比べてまだ子供に等しいことはほとんど確実であろう（なぜなら、われらは「単一国」に育てられた者であり、従って人間に可能な限りの最高峰を窮めた者であるから）。してみれば子供と同じことで、私が諸君に与える苦いものを泣かずに嚥下《えんか》できるのは、それが冒険小説の糖衣に念入りに包まれている場合に限られるだろうと思う……

夜。

こんな感覚を諸君は御存知だろうか。アエロで青空を螺旋《らせん》状に上昇して行くとき、開け放たれた窓から突風がひゅうひゅうと顔にぶつかり、すると大地はすでになくなり、大地のことはことごとく忘れられ、地球は土星や木星や金星のように遠い存在になってしまう。今の私の生活がまさにそれだ。顔に突風があたり、大地のことも、いとしい薔薇色のOのことも忘れてしまった。だが大地は依然として存在しているから、遅かれ早かれそこに下りて行かねばなるまい。私の「性の予定表」に彼女の、O九〇号の名前は依然として記されている。その日付にたいして私は目をつぶっているだけなのだ……

今夜は、遠い大地が私の注意を喚起したのだった。

医者の指示に従って（私はもちろん心底から病気を治したいと思っているのである）丸二時間というもの、人気のない直線状のガラスの大通りを散歩した。「時間律令板」の指示通りにみんなは集会場へ行き、私は一人……これは本質的には不自然な光景だった。人間の一本の指が他の指から、腕から切り離されたところを想像していただきたい。単独の指が一本、背を丸め、跳びはねながら、ガラスの舗装道路を走っている。その指が私なのだ。そして何よりも奇妙で不自然なのは、その指が腕に戻りたい、他の指たちと一緒にいたいとは少しも思っていないことなのである。こうして一人でいるか、さもなければ……そう、もはや隠す必要はなかろう、私は彼女と一緒にいたいのだ。寄せ合った肩を通じ、組み合せた手の指を通じて、私の全存在をもう一度彼女の中へ注ぎこみたい……

帰ったときには、もう陽が沈みかけていた。ガラスの壁にも、蓄電塔の黄金の尖塔《せんとう》にも、行き交う要員たちの声や微笑にも、黄昏《たそがれ》の薔薇色の灰が降りつもっていた。考えてみれば不思議である。消えかかる日の光は、朝の輝き始める日の光と全く同じ角度で落ちて行くのに、何もかもが全然違う様相を呈するのだ。この薔薇色にしても、今はとても穏やかで、微かに悲しげだが、朝にはふたたび響き高い、泡立つ薔薇色になる。

階下のロビーでは、薔薇色の灰に覆われた封筒の山の中から、女性管理人のUが一通の手紙を引っ張り出して、私に手渡した。前にも書いた通り、この婦人はたいへん立派な人で、私に非常な好意を寄せてくれていることも間違いない。

にもかかわらず、魚の鰓《えら》のように垂れている頰の肉を見るたびに、いつも私はなぜか不愉快になるのである。

節くれだった手で私に手紙を差し出しながら、Uは溜息をついた。しかしこの溜息は、私と世界を隔てている帷《とばり》をほんの少しゆすぶっただけだった。私の全存在は自分の手の中で震えている封筒に投射されていた。封筒の中身がIからの手紙であることを私は疑わなかった。

すると二度目の溜息。それは二重のアンダーラインを引かれたようにはっきりしていたので、私は封筒から視線を上げた。そして二つの鰓の間に、恥ずかしそうに伏せた目の鎧戸《よろいど》を通して、包みこむようなやさしくまぶしい微笑が光っているのを認めた。Uは言った。

「かわいそうよ、あなたはかわいそう」三重にアンダーラインを引かれた溜息。そして彼女は遠慮がちに顎で手紙を指した（手紙の内容をUは当然知っている。それが彼女の義務なのだから）。

「いや、ぼくはべつに……どうしてです」

「いいえ、いいえ、あなたのことはあなた自身よりも私のほうがよく知っています。前からあなたのことは気にかけていました。いまあなたに必要なのは、誰か人生経験豊富な人と、あいたずさえて生活すること……」

婦人の微笑を全身に貼りつけられたように私は感じた。手の中で震えているこの手紙はまもなく私に傷を負わせるだろう。彼女の微笑はその傷に貼る膏薬なのだ。恥ずかしそうな鎧戸の向うから、Uはひどく低い声で言った。

「でも慎重に考えてみましょうね。あなたは心配しなくていいのよ。もしも自分にその力が充分にあると思ったら、私……いえ、でもまず慎重に考えてみないと……」

これは驚いた！　まさか私の運命は……まさかこの女が言いたいことは……

目がちらちらし、無数の正弦曲線が見え、手紙が跳びはねる。私は明るい壁の方に近寄る。彼方の太陽は消えかかり、そこから私に、床に、私の手に、手紙に、ますます濃くなる暗い薔薇色の悲しげな灰が降ってくる。

封筒をやぶる。すぐ署名を見る。傷口が開く。Ｉではない、Ｉではない、それは……Ｏだ。そして傷口がもう一つ開く。便箋《びんせん》の右下の隅に、インクのにじんだ染みがある。そこに何かのしずくが落ちたのだ……私は染みというものが我慢できない。それがインクの染みであろうと、ほかの何かの染みであろうと……同じことだ。そして以前ならば、この不愉快な斑点はただ見た目に不愉快というだけのことだった。だが今、この小さな灰色の斑点はまるで黒雲のような存在であり、このせいで何もかもが鉛色になり薄暗くなるのは、一体どういうことなのだろう。あるいは、これもまた、あの「魂」の仕業なのか。

手紙。

「お分りでしょう……いいえ、きっとお分りではないのね、とにかくうまく書けませんが、そんなことはどうでもいいわ。今の私はあなたなしでは朝も昼も春もないの。なぜってRは私にはただの……でもこんなことはあなたには大したことではないのでしょう。いずれにしろ私はあの人にとても感謝しています。あの人がいなかったら、この何日か一人ぼっちの私はどうなっていたか……この何昼夜かで私はもう十年か、二十年も生きてしまったような気持です。私の部屋は四角ではなくて、まんまるで、どこをとっても果てしのない円ばかり、どこにもドアがないのです。

あなたなしでは生きられません。あなたを愛しています。私にはとてもよく分るのよ。今のあなたはあの女の人以外にはこの世の中で誰一人必要ではないのでしょう。だから分っていただきたいの、もしあなたを本当に愛しているのなら、私がしなければならないのは……

私のかけらをつなぎ合せて以前の〇九〇号にほんの少しでも似た女を作るには、あと二、三日もあればたくさんでしょう。そしたら自分で申告をしに行って、あなたとの予約をぜんぶ取り消します。そのほうがあなたには良いことだし、気も晴れるでしょう。もう決してあなたの部屋にはうかがいません。さようなら。

Oより」

もう決して。むろんそのほうがいい。Oの言う通りだ。しかしなぜ、一体どうして……

手記19

〔要約〕第三次微係数。眉をひそめた男。手摺を越えて。

あの薄暗い電灯が震えながら連なっていた奇妙な回廊で……いや違う、あそこではない、そのあと、「古代館」の中庭の片隅の遺跡で、彼女は「あさって」と言ったのだった。その「あさって」が今日であり、すべては翼を得たように一日が飛び去る。われらの積分号にも翼が取り付けられた。ロケット・エンジンの据え付けも終り、今日はその無負荷運転のテストをした。なんという壮大で力強い一斉噴射だったろう。私にとっては、その噴射の一回一回はあの唯一の女性に捧げる礼砲であり、今日という日に捧げる礼砲であった。

最初の運転（＝噴射）のとき、噴射ノズルの下でぼんやりしていた十人あまりの要員は、わずかな肉片と煤《すす》を残しただけで跡形もなく消えてしまった。誇りをこめてここに書きとめておくが、われらの労働のリズムはそのために一秒たりとも乱されることなく、誰一人震え戦《おのの》く者もなかったのである。われらも、われらの機械も、それ以前と同じ正確さをもって、あたかも何一つ起らなかったかのように、それぞれの直線運動あるいは回転運動を続けた。十名の国家要員といえば「単一国」全人口の百万分の一弱であり、実用計算上は第三次微係数とみなしてもかまわない。憐れみなどというものは数学知識に欠けた古代人が得意としていたので、われらには滑稽なだけである。

もう一つ滑稽なのは、私がきのう、下らない灰色の斑点だの、インクの染みだのについて考えこんだばかりか、この手記に書きとめさえしたことである。これは例の「表面の軟化」と同一の現象だが、表面とはダイヤモンドのように、われらの壁のように硬いものであらねばならぬ（「壁に豌豆《えんどう》をぶつける」という昔の諺《ことわざ》もある）。

十六時。私は散歩には出なかった。ひょっとして、万物が日の光に鳴り響いているかに見えるこんな時刻に、彼女はわざと訪ねて来るかもしれない……

建物の中にいるのは私くらいなものだった。陽のふりそそぐ壁を通して、上下左右が遠くまで見える。空中に浮び、鏡に映したようにお互いにそっくりな、人気のない部屋部屋。全体は青みがかって、日蔭の部分だけ墨を入れられたように見える階段を、痩せた灰色の人影が一つ、滑るように上って来る。もうその足音が聞え、ドア越しに私に微笑が送られるのが見え、微笑の膏薬が貼りつけられたのを私は感じる。人影はドアの前を通りすぎ、別の階段を下りて行く……

番号表示器がかちりと音を立てた。白くて細長い番号表示の枠に全神経を集中すると……知らない男性要員だ（子音の文字がついているので）。エレベーターが唸り、そのドアがばたんと音を立てた。私の前に現れたのは、帽子をぞんざいにひん曲げて、しかも目深にかぶった額で、目は……非常に奇妙な印象を与えた。ひそめた眉の下、目のあるあたりから喋っているという感じなのである。

「あなたへあの人から手紙です（——ひそめた眉の庇《ひさし》の下から）……ぜひともこの手紙に書いてある通りにしていただきたいとのことで」

眉をひそめて、その庇の下から男はあたりの様子をうかがう。誰もいやしないよ、さあ、よこし給え！　男はもう一度あたりを見まわしてから、私に封筒を渡し、立ち去った。私は一人になった。

いや、一人ではない。封筒から出て来たのは薔薇色のクーポンと、辛うじてそれと気づくほどの彼女の香りだ。彼女が来る、ここへ来る。早く手紙を。自分の目でそれを確かめなくては。とことんまでそれを信じなくては……

なに？　まさか！　私はもう一度読む。飛ばし読みをする。《クーポンを……私があなたの部屋にいるように見せかけて、ブラインドを下ろすことを忘れないよう……世間にそう思わせることが必要……とても、とても残念ですけど……》

手紙をずたずたに引き裂く。一瞬、鏡の中に、べそをかきそうに歪《ゆが》んだ私の眉が見える。私はクーポンを手に取り、手紙と同じ目にあわせてやろうと……

《ぜひともこの手紙に書いてある通りにしていただきたいとのことで》

手は力を失い、握りしめた拳が開く。クーポンが手から机に落ちる。彼女は私よりも強いのだ。だから私はどうやら彼女の言いなりになるらしい。しかし……まだ分らない。夕方までにはまだ時間がある……クーポンは机の上に落ちたままだ。

鏡の中に、べそをかきそうに歪んだ私の眉が見える。なぜ医者の証明書を今日の分ももらってこなかったのだろう。それさえあれば「緑の壁」の内側をぐるぐると歩きに歩いて、それからベッドにぶっ倒れ、たちまち眠りの底に沈んだのに……ところが今日の私は第十三集会所へ行かなければならない。しっかりと自分の気力を保って二時間も、ああ二時間も身動き一つせずにいなければならない……たとえ大声をあげて足踏みしたくなったとしても。

講義。まことに不思議なことだが、きらきら光る器械から出て来るのは、いつものような金属的な声ではなくて、何か柔らかい、毛深い、苔のような声である。女の声だ。

その声のもちぬしのかつての生活をふと空想する。背の低い、鉤形《かぎがた》に曲った老婆だろうか。あの「古代館」の入口にいる老婆のような。

「古代館」……たちまち噴水のように下から噴き上ってくるものがあり、集会所全体を私の叫び声で水浸しにしないよう、私は全力をあげて自分を抑えなければならない。柔らかい毛深い声は私を通り抜けて行き、記憶に残ったのは何か子供の話、児童の飼育についての話というだけのことだ。私は写真の乾板のように、ある種の第三者的な無意味な正確さで、すべてを己れの中に記録する。金色の鎌のようなものはスピーカーの上の光の反映だ。その下に生きた標本として、一人の幼児が正面を向いている。口にくわえているのは顕微鏡的なユニファの裾《すそ》だ。親指(親というにはあまりにも小さな指だが)を中に入れて拳を固く握りしめている。柔らかい微かな影は、手頸のくびれだ。私は写真の乾板のように記録を続ける。そら、裸の足がテーブルの端から垂れ下った。足指が薔薇色の扇のように空中に開く。そら、もうじき落っこちて床に……

と、女の叫び声。ユニファを透明な翼のようにはためかせて、一人の女が演壇に駆け上ると、赤ん坊を抱き上げ、手頸のくびれにくちづけてから、テーブルの中央に置き、演壇を下りた。私は記録する。角が下向きの半月形の薔薇色の唇、縁までいっぱいに青を湛《たた》えた大きな目。それはOだった。まるで整然たる公式を読んでいるときのように、私は突然この些細な出来事の必然性と合法則性とを感じる。

Oは私のすぐ左うしろに坐っていた。私は振り向いた。彼女は赤ん坊をのせたテーブルから従順に視線を転じて、私を喰い入るように見つめた。ここでふたたび、彼女と、私と、演壇の上のテーブルとは、三つの点となり、この三点を結んで描かれる図形は、まだ目に見えないが不可避的な何らかの事件の投影図となるのだった。

すでに灯火の目を見開いた黄昏の緑色の街路を通って、私は帰る。私の全身が時計のように時を刻んでいるのが聞える。その時計の針が或る数字をまもなく越えれば、私はもう絶対に取り返しがつかないことをしなければならない。Iは私の部屋に来ているように世間に見せかける必要があるという。だが私に必要なのは彼女だ。彼女の「必要」と私とは何の関係もない。他人のブラインドにはなりたくない。それだけのことだ。

背後には、重い足をひきずって水溜りを歩くような例の足音が聞える。もう振り返らなくても、それはSだと分る。建物の入口までついて来て、そのあとはきっと下の歩道に立ち、ドリルのような目で私の部屋を見張るのだろう。誰かの犯罪を隠すためにブラインドが下りるまで……

この守護天使のおかげで決断がついた。Iの言うままにはなるまい。もう決めた。

部屋に上り、スイッチをひねると、思わず目を疑った。私の机のそばにOが立っている。より正確に言うなら、脱ぎ捨てられた空っぽの服のようにぶらさがっている。服の内側にはもう一つもばねがなくなったようで、手足にもばねがなく、だらんと沈んだ声にもばねがない。

「私の手紙のことで来たの。お受け取りになった？　そう。あなたの答を知りたいわ、今すぐ」

私は肩をすくめた。まるですべては彼女のせいだとでもいうように、縁まで涙を湛えた青い目を見つめ、わざと返事を遅らせることの快感を味わった。そして快感を味わいながら、一語一語突き刺すように言った。

「答？　いいとも……きみは正しい。無条件に正しい。あらゆる点で正しい」

「それじゃ……（微笑に隠された微かな震えが私には見えた）そう、結構ね！　じゃ帰るわ……今すぐ」

依然としてだらんとした姿勢で、彼女は机に寄りかかった。目も、足も、手もだらんとしている。机の上にはまだあの女の皺くちゃになったクーポンがあった。私はあわててこの手記――「われら」を拡げ、拡げたページの下にクーポンを隠した（Ｏの目からというよりは、むしろ私自身の目から隠したのである）。

「ほら、まだ書いてるんだ。もう百七十ページ……なんだかいつも予想外の文章になってしまってね」

抜け殻のような声。

「覚えてらっしゃる？　……いつか七ページに……涙をこぼしてしまって……あなた

は……」

　青い目の縁から、音もなく、せわしげに、涙がこぼれて頬を伝い、言葉も溢れるようにせわしげに出て来た。

「もう駄目だわ、帰らなきゃ……もうどうなってもいいの。でも一つだけ……あなたの赤ちゃんが欲しい……私に赤ちゃんをちょうだい、そうすれば帰るわ！」

　彼女はユニファの下の全身を震わせていた。私も今にも震え出しそうになって、手をうしろに組み、わざと笑顔で言った。

「なんだって。〈慈愛の人〉の〈機械〉で死にたいのか」

　堰《せき》を切ったように、言葉が私めがけて押し寄せて来た。

「死んだっていいの！　だって感じることはできるわ、おなかの中の赤ちゃんを感じることはできるでしょう。たとえ、二、三日でもいい……見たいのよ、一度でいいから自分の赤ちゃんのふっくらした手頸のくびれを見たいの……今日あのテーブルの上にいた赤ちゃんみたいな。一日だけでもいい！」

　三つの点。Oと、私と、あのテーブルの上の小さな握り拳のくびれ……

　子供の頃、蓄電塔に連れて行ってもらったときのことを覚えている。最上階のガラスの手摺に体を折り曲げて、眼下の点のように小さな人間たちを眺めると、胸は甘くときめいた。《もしものことがあったら……》そのときの私はいっそう強く手摺を摑んだだけだが、今や手摺を越えて私は跳び下りたのである。

「じゃ、そうしたいんだね？　結果を充分に承知した上できみは……」

まともに太陽に顔を向けたときのような、閉じた目。湿った、輝かしい微笑。

「そう、そうよ！　そうしたいの！」

私は手記の原稿の下から（あの女の）薔薇色のクーポンを摑み出し、階下の当直員にむかって駆け出した。Oは私の手を摑んで何か叫んだが、何を叫んだのかは部屋に戻って来るまで分らなかった。

Oは固く握りしめた両手を膝に置き、ベッドの端に腰掛けていた。

「彼女の……クーポン？」

「そんなことどうでもいいじゃないか。そうさ、彼女のクーポンだよ」

何かが砕けた。いや、それは単にOがちょっと身動きしただけだったのだろう。両手を膝に置いて、何も言わずに彼女は坐っていた。

「どうした？　さあ早く……」私は乱暴に彼女の手を摑んだ。ふっくらした手頸の子供っぽいくびれのあるあたりに赤い斑点ができた（あしたは青い痣《あざ》になるだろう）。

ここで記憶が跡絶《とだ》える。このあとは、あかりのスイッチが切られるのと一緒に思考も消え、闇と火花……そして私は落下する、手摺を越えて……

手記20

〔要約〕放電。観念の素材。ゼロの断崖《だんがい》。

放電というのが一番ぴったりした定義だろう。今度のことは正しく放電現象のようなものだったと、今の私は思う。ここ何日かの私の脈搏は潤いを失い、速くなり、緊張する一方だった。二つの電極が接近するにつれて、ばりばりという音が起り、更に一ミリ接近すると爆発。それから静けさがやってくる。

今、私の内部は非常に静かで空虚だ。みんな外出して自分一人、病気で寝ているときの家の中のように。思考がカチカチと金属的な音を立てているのがはっきり聞える。

たぶんこの「放電」はついに私の悩める「魂」を癒《いや》し、私はふたたびみんなと同じ人間になったのだろう。少なくとも今の私はいささかの苦痛も感じずに、立方体広場の石段に立つOの姿や、「ガスの鐘」に入れられた彼女の様子などを思い浮べることができる。もしも彼女が「手術局」で私の名前を出したとしても、一向にかまわない。私は最期の瞬間に、うやうやしく、感謝をこめて、罰を下し給う「慈愛の人」の御手にくちづけるだろう。「単一国」との関係において私にはその権利が――罰を受ける権利があるのであって、この権利を譲ることはできない。この唯一の権利、それゆえに最も貴重な権利を、われら国家要員の誰一人として放棄すべきではないし、また放棄する者もいないだろう。

……静かに、金属的に明断なカチカチという音を立てて、思考は進行する。不思議なアエロが私を乗せて、私の好きな抽象の青空の高みへと運び去る。この上なく清浄かつ稀薄な空気のなかで、「有効な権利」についての私の思索が、タイヤがパンクするように弾けてしまうのが見える。そしてそれが古代人の馬鹿げた偏見——彼らの「権利意識」の残りかすにすぎないということを、私ははっきりと見る。

一方に粘土でできた観念があるとすれば、他方には金あるいはわれらの貴重な特殊ガラスに永遠に刻みこまれた観念がある。観念の素材を調べるには、その上に強力な酸を一滴たらしてみればよい。そのような酸の一種を古代人も知っていた。徹底的還元法《レドウクティオ・アド・フィーネム》。そう呼ばれていたらしい。しかし古代人はこの毒をこわがり、たとえ粘土の空であれ、おもちゃの空であれ、青い「無」よりは何らかの空を見るほうを選んだ。しかしわれらは——「慈愛の人」に栄えあれ——大人だから、おもちゃなど必要ではない。

というわけで、「権利」という観念にこの酸を一滴たらしてみよう。古代人ですら、成熟した部類に属する連中は、権利の源が力であり、権利とは力の関数であることを知っていた。ここに二つの秤皿があるとしよう。一方には一グラム、もう一方には一トンの重さのものを、つまり前者には「私」を、後者には「われら」即ち「単一国」そのものを載せるとする。この場合、「私」が「単一国」との関係において何らかの「権利」を持ち得ると仮定することは、一グラムが一トンと釣り合うと仮定することと全く同じである。これは明らかではないだろうか。従って、一トンのほうには権利を、一グラムのほうには義務を配分しなければならない。そして無から栄光へ至る道とは、己れが一グラムであることを忘れ、一トンの数百万分の一である自分というものを感じることにほかならない……

　体つきの華やかな、頬の赤い金星の住民諸君よ、鍛冶《かじ》屋《や》のように煤けた天王星の住民諸君よ、この青空の静けさのなかに諸君の不満の呟きが聞える。しかし分ってもらいたい、すべて偉大なものは単純なのだ。ゆるぎないもの、永遠のものは、加減乗除の四則だけなのだということを、分っていただきたい。そしてこの四則の上に組み立てられた道徳だけが偉大なもの、ゆるぎないもの、永遠のものとして残るのである。これこそは最終的な知恵であり、これこそは人々が汗を流し、顔を紅潮させ、足を踏んばり、声を涸《か》らし、何世紀もかかって攀《よ》じ登ったピラミッドの頂上なのである。この頂上から見れば、われらの中に生き残った祖先の野性が依然として虫けらのようにうごめいているどん底のありさまは、何もかも一様に見える。非合法の母親であるＯも、殺人犯も、「単一国」に詩を投げつけるという蛮行を敢えてしたあの狂人も。そしてこの連中にたいする裁きもただ一つ、早急の死あるのみ。歴史の曙の時代の素朴な薔薇色の光に照らされて、石造の家屋に住んでいた人々が夢みたところの、これはいわゆる「神の裁き」ではないだろうか。彼らの「神」は「教会」にたいする誹謗《ひぼう》を、殺人行為と同等に罰したのだった。

火刑という賢明な方法を採用した古代のスペイン人のように、色黒で厳しい天王星の住民諸君は、沈黙しているけれども、どうやら私の考えに賛成らしい。だが薔薇色の金星の住民諸君が、拷問とか、死刑とか、野蛮時代への逆行とか、いろいろな異議をとなえる声が聞える。親愛なる諸君よ、私はあなた方が気の毒でたまらない。あなた方には哲学的・数学的に考える能力がそなわっていないのである。

人類の歴史はアエロのように円を描いて上昇する。円といっても金色の円、血まみれの円などさまざまだが、すべての円は三百六十度に分割することができる。ゼロから出発して、十度、二十度、三百度、三百六十度でふたたびゼロになる。そう、われらはまさしくゼロに戻ったのである。だが、数学的に考える知力のもちぬしである私にしてみれば、このゼロが全く別の、新しいゼロであることは明らかだ。われらはゼロから右へむかって出発し、左側からゼロに立ち戻った。ゆえに、これは＋0《プラスゼロ》ではなくて－0《マイナスゼロ》である。お分りだろうか。

このゼロはナイフのように細く鋭い、巨大な沈黙の断崖のように私には見える。凶暴で毛深い暗闇のなか、われらは息を殺して「ゼロの断崖」の暗い夜の側から船を出した。数世紀にわたって、われらコロンブスの輩《ともがら》は航海を続け、地球を一周し、そしてとうとう、ばんざい！　合図の大砲、みんなはマストにのぼる。われらの眼前では、「ゼロの断崖」のもう一つの側、未《いま》だ知られざる側が、「単一国」の極光に照らし出されていた。青色の氷塊、虹《にじ》と太陽の火花。何百という太陽、何十億という虹……

われらと「ゼロの断崖」の暗い側とをへだてるものがナイフの厚みだけだとしても、それが果して問題になるだろうか。ナイフとは人間の創造物のなかで最も堅牢《けんろう》かつ不滅かつ天才的な道具である。かつてギロチンだったことのあるナイフは、あらゆる難問を断つことのできる万能の手段である。そしてパラドックスの道――恐れを知らぬ頭脳にふさわしい唯一の道は、ナイフの刃をつたって進むのである……

手記21

〔要約〕筆者の義務。氷がふくらむ。むずかしい愛。

きのうは彼女の日だったが、またしても彼女は現れず、またしても何一つ説明していない曖昧《あいまい》なメモが届けられた。しかし私は落ち着いている。まったく落ち着いている。それでも私がメモの指示する通りに、彼女のクーポンを当直の所へ持って行き、そのあと、部屋のブラインドを下ろして一人で閉じこもったとすれば、それはもちろん彼女の頼みに逆らう力が私になかったからではない。滑稽なことだ！　むろん理由はそんなことではない。単に、膏薬の効能をもつ微笑その他からブラインドによって隔離されれば、ほかならぬこの手記を落ち着いて書くことができるからだ。これが第一の理由。第二の理由は、彼女Iはさまざまの未知の部分（衣裳簞笥の一件や、私の仮死など）を解明するための唯一の鍵をおそらく持っていて、その鍵を失うことを私が恐れている、ということである。この手記の筆者としての私は、未知の部分の解明を今や己れの義務と心得ているのだ。一般に、未知とは人間にとって生理的に有害なものであり、文法の中から疑問符がまったく姿を消して感嘆符と句読点だけになったときに初めて、ホモ・サピエンスはこの言葉の完全な意味において人間たり得るのである。

そんな次第で、どうやらこの筆者の義務なるものに導かれ、今日十六時に、私はアエロに乗りこむと、ふたたび「古代館」をめざして出発した。強い向い風が吹いていた。アエロは大気の茂みを辛うじて押し分けて進み、透明な枝々は口笛を吹きながらアエロを鞭打った。眼下の町は全体が青い氷の塊で作られているように見えた。突然、雲が足早に歪んだ影を投げると、氷は鉛色に変色し、ふくらみ始める。春、川辺に立って待っているときが、ちょうどこんな感じだ。今にも氷が割れ、水がほとばしり、渦巻き、流れ出すだろう。だが何分経っても氷は少しも割れず、待っている自分のほうがふくらみ始める。心臓の鼓動はますます不安定に、ますます速くなる（ところで私はなぜこんなことを書いているのだろう。この奇妙な感覚はどこから生れるのだろう。透明かつ堅牢きわまりないクリスタルのようなわれらの生活を破壊できる砕氷船など、どこにもありはしないのに……）。

「古代館」の入口には誰もいなかった。横手にまわると、「緑の壁」のそばに門番の老婆がいるのを見つけた。老婆は片手を庇《ひさし》のようにあてがって上の方を眺めている。壁の上に見えるいくつかの黒い鋭角三角形は、何かの鳥らしい。かあかあ啼《な》きながら突撃してきて、びくともしない電波の壁に胸でぶつかり、退却したと思うと、ふたたび壁の上に現れる。

皺だらけの色黒の顔を歪んだ影が足早にかすめるのが見え、老婆は私をちらりと見た。

「誰もいないよ、だあれも！　そう！　だから、入ってもしょうがないだろう。そう……」

入ってもしょうがないとは、どういうことなのだ。それになんという奇妙な態度だろう、私を誰かの影としか見なさぬとは。しかし考えてみれば、読者諸君は一人残らず私の影なのかもしれない。つい今し方まで白い四角形の砂漠だったこれらのページに、私が諸君を住まわせたのではなかったか。もし私がいなければ、この文章の各行の狭い小道を通って私が連れて来るすべての人々と、読者諸君が相まみえることは果してあっただろうか。

もちろん、こんなことを老婆に言ったわけではない。私自身の経験から分っていることだが、人間は一つの三次元的現実であって他のいかなる現実でもないという考えにたいして、疑いを抱くように仕向けることほど残酷な仕打ちはない。私は素気ない口調で、門の開閉があなたの仕事だ、と言ってやっただけである。老婆は私を中庭へ入れてくれた。

がらんとしている。静かだ。壁の遥か彼方で風が吹いている。あの日私たちが肩を寄せ合い、二人で一つになって、地下の回廊から出て来たときと同じだ。あれが現《うつつ》のことだったらの話だが。私は石のアーチらしきものの下を歩いて行った。足音は湿った丸天井にぶつかって私の背後に落ち、まるで誰かが絶えず後からついてくるように聞えた。赤煉瓦が吹き出物のようにまじっている黄色い壁は、暗い四角な眼鏡のような窓から私を見守り、私が軋《きし》む納屋の戸を開けたり、建物の蔭や袋小路や狭い通路をのぞきこんだりするのを監視するのだった。一つの塀の潜《くぐ》り戸を入ると空地で、そこは二百年戦争の記念碑といった様相を呈していた。地面から突出している裸の石の骨組、歯をむき出した顎のような黄色い壁、縦に煙突のついた古代の暖炉——黄と赤の煉瓦の波間に漂う永遠に石化した一艘《そう》の船である。

　これらのむき出しの黄色い歯を、私は既に一度見たような気がする。どこか水底で、厚い水の層を通して、ぼんやりと見たのではなかったか。そこで私は探し始めた。窪みに落ちこんだり、石につまずいたり、何かの錆びた手にユニファの裾を摑まれたり、塩からい汗のしずくが額を這い下りて目に入ったり……

　どこにもない！　あのときの回廊から地上への出口を、私はいくら探しても発見できなかった。どこにもなかった。しかし、おそらくこれでいいのだろう。きっとあれもまた私の馬鹿げた「夢」の一部だったのだろう。

　何か蜘蛛の巣のようなものやら埃《ほこり》やらに全身からみつかれて、へとへとになった私は、すでに潜り戸を開け、中庭に戻ろうとした。突然、背後に衣擦れの音と、水溜りを歩くような足音が聞え、私の眼前にSの翼に似た薔薇色の耳と、二度折れ曲った微笑とが現れた。

　目を細め、私の内部にドリルを突き刺してから、Sは尋ねた。

「お散歩ですか」

　私は返事をしなかった。両手の存在が気になってたまらない。

「で、もう気分はよくなりましたか」

「はい、ありがとうございます。常態に戻りかけたようです」

に入った。

Sは私の束縛を解き、視線を上げた。頭をのけぞらせたので、喉仏《のどぼとけ》が初めて私の目に入った。

空の低い所で——高度五十メートルほどだろうか——アエロの群が唸っていた。ゆっくりした低空飛行と、垂れている象の鼻のような黒い監視筒から、それらは守護官専用のアエロであると知れた。だが機数は普段のように二、三機ではなく、十ないし二十機だった（残念ながら概数を記すにとどめなければならない）。

「なぜ今日はあんなに多いのですか」と、私は思い切って尋ねてみた。

「なぜ？　ふむ……真の医者というものはまだ健康な人間を治療し始めるのです。あす、あさって、あるいは一週間後に発病する人間を、健康なうちにね。そう、予防というわけです！」

Sは一つうなずき、中庭の敷石の上をぴたぴたと歩き始めた。と、振り返り、肩ごしに言った。

「用心なさいよ！」

私は一人になった。静かだ。がらんとしている。「緑の壁」の遥か彼方で、鳥と風が駆けまわっている。Sの今の言葉はどういう意味なのだろう。

アエロは気流に乗って急速に滑る。雲の投げかける軽い影や重い影。眼下では幾つかの青い丸屋根、氷塊のようなガラスの立方体が、鉛色に変色し、ふくらみ始める……

夜。

私はこの手記のページを開き、差し迫った偉大な「満場一致の日」について若干の有益な（読者諸君にとって）考えを書きとめようとした。しかし今は書けそうもないと悟ったのである。今の私は、風が黒い翼でガラスの壁を叩くのに絶えず耳を傾け、絶えずあたりを見まわしながら待っている。何を？　分らない。だから私の部屋に、お馴染みの褐色がかった薔薇色の鰓《えら》が現れたときは、正直に言って非常に嬉しかった。彼女は腰を下ろすと、両膝の間に挟まったユニファの皺をつつましい手つきで伸ばし、すぐさま私全体に微笑を貼りつけた。自分のありとあらゆる割れ目に微笑を一個ずつ貼られると、実に快適な、しっかりと縛りつけられた感じだった。

「あの、今日、教室に出ましたら（――この婦人は児童教育工場に勤めている）壁に漫画が書いてありました。そう、本当ですよ！　私を何かの魚みたいに描いた漫画なんです。いくら私が魚に似ているからといって……」

「いや、そんなことはありません、とんでもない」と、私はあわてて言った（近くで見れば、実際、鰓に似たところなど少しもなく、従って鰓云々《うんぬん》という私の文章は全く不適当だった）。

「ええ、そんなことは要するにどうでもいいことです。でも、その行為自体はやはり問題ですわ。私、もちろん守護官を呼びました。子供たちを愛すればこそ、一番むずかしい高度の愛は即ち無慈悲だと思うのです。お分りかしら」

もちろん！　それは私の考えとみごとに交差する。私は自分の手記20の一部をこの婦人に読んで聞かせずにはいられなかった。《静かに、金属的に明晰なカチカチという音を立てて、思考は進行する……》で始まる部分である。

褐色がかった薔薇色の頰が震え出し、私の方へだんだん近づいて来るのが、見えなくてもよく分った。ふと気がつくと、乾いた、硬い、いくらかとげとげしい指が、私の手に委《ゆだ》ねられていた。

「下さいな、その文章を下さいな！　録音して、子供たちに暗誦《あんしょう》させましょう。その文章は金星の住民だけじゃなくて、私たちにも必要です。今すぐ、あす、あさってにも」

あたりを見まわしてから、ひどく低い声で婦人は言った。

「噂《うわさ》をお聞きでしょう、〈満場一致の日〉に……」

私は跳びあがった。

「噂？　どんな噂です。〈満場一致の日〉に何があるんですか」

快適な部屋の壁はすでに消え失せていた。瞬間、私は戸外へ投げ出されたように感じた。巨大な風が屋根の上をのたうちまわり、黄昏の歪んだ雲がますます低く垂れこめてくる……

Uは断乎たる態度で私の肩を摑んだ（しかし私の動揺につながる共鳴現象だろうか、婦人の指の骨は確かに震えていた）。

「お坐りなさい、興奮しないで。人の噂なんか問題ではありません……それに、もしそうしたほうがいいのなら、その日はあなたのそばにいます。学校の子供たちは誰かに任せて、あなたのそばについていましょう。だってあなたも子供みたいな方だから、どうしても誰かがそばに……」

「いや、いや」と私は手を振った。「とんでもありません！　そんなことまでしていただいたら、ぼくは本当の子供になってしまう。一人では何もできない子供だなんて……とんでもないことです！」（白状すれば、その日については、私には別の予定があったのである）

婦人は微笑した。口には出されぬその微笑の意味はたぶん《ああ、なんて頑固な子でしょう！》だったのだろう。そしてUは腰を下ろした。目を伏せた。手はふたたび両膝の間に挟まったユニファの皺を、恥ずかしそうに伸ばしている。と、婦人は話題を変えた。

「そろそろ気持を決めなければと思っています……あなたのために……いいえ、お願いですから急がさないで下さいね。もっとよく考えてみないと……」

私はべつに急がせていたわけではない。自分が幸福になれるだろうとは思っていたが。われとわが身を呈して、誰かの晩年を飾ってあげること。それに勝る名誉はどこにもないのだから。

……一晩中、何か翼のようなものに付きまとわれ、その翼を避けようと、私は歩きまわって、両の手で自分の頭を庇《かば》った。そのあとは椅子だった。現代の椅子ではなく、古代の木製の椅子だ。私は馬のように手足を次々に動かし（右の前足と左の後足、左の前足と右の後足というふうに）、椅子は私のベッドに駆け寄ると、その中へ入って来る。そして私はその木の椅子と愛し合う。たいへん具合が悪く、痛い。

この夢の病を治す薬、あるいは夢を合理的なものに、できれば有益なものに変える薬を発明できないとは、実に困ったことである。

手記22

〔要約〕立ち竦《すく》む波。すべては洗練される。私は細菌だ。

あなたが海岸に立っているとしよう。波が規則正しく盛りあがり、盛りあがったところで突然そのまま凍りついたように、立ち竦むさまを想像してほしい。同じように無気味で不自然だったのが以下の事件である。「時間律令板」に定められたわれらの散歩は、突如として混乱し、停止した。年代記の伝えるところによれば、類似の事件が最後に起ったのは百十九年前のことで、このときは隕石《いんせき》が空から鋭い落下音と煙とを伴って、散歩中の群衆のまんなかに落ちたのだった。

私たちはいつもの通り、即ちアッシリアの戦勝記念碑に描かれた戦士たちのように歩いていた。千の頭、結合され積分された二本の足、振幅の中で積分された二本の手。蓄電塔が厳《いかめ》しい唸り声をあげている大通りの外れで、向うから方形の一隊がやって来た。両脇と前後を警備官に挟まれた三人の男。この三人のユニファには金色の要員番号バッジがなかった――それだけで身分はおのずから明らかである。

蓄電塔の天辺《てっぺん》の文字盤は一つの顔だった。雲の間から突出して、時刻を下界めがけて吐き出し、冷淡に何事かを待っている顔だ。そして十三時六分ちょうどに、方形の一隊のなかで混乱が始まった。この事件は私のすぐそばで起ったから、細部に至るまで詳しく観察することができたのである。はっきり記憶に残っているのは細長い頸《くび》で、こめかみに絡《から》まっていた青い血管の網は、未知の小世界の地図にしるされた川のようだった。この未知の小世界は、見たところ若者である。おそらく私たちの隊列の中に知った顔を見つけたのだろう。若者は爪先立ちし、頸を伸ばして立ちどまった。警備官の一人が電気鞭の青白い火花で若者を打った。若者は仔犬《こいぬ》のように甲高い悲鳴をあげた。そのあとは約二秒に一回、ぴしりという明瞭な音、そして悲鳴、ぴしり――悲鳴。

私たちは依然として規則正しく、アッシリア風に歩いていた。優美な稲妻形の火花を眺めながら、私は思った。《人間社会のすべては際限なく洗練される、洗練されねばならぬ。古代の鞭はなんと醜い道具だったことだろう。それに比べて今はなんと美しい……》

だがこのとき、全速力で走る車の車軸から外れた一個のナットのように、ほっそりとした、しなやかな体つきの女性が私たちの隊列から飛んで出たと思うと、「もうたくさんよ！　やめなさい！」と叫びながら、まっすぐに件《くだん》の方形へむかって走り出した。それはまるで百十九年前の隕石のようだった。散歩中の全員は凍りついたようになり、私たちの隊列は突然の寒波に捉えられた灰色の波頭だった。

その瞬間、私はほかのみんなと同じく第三者としてその女性を眺めていた。その女性はすでに国家要員の一人ではなく、ただの人間であり、「単一国」に加えられた侮辱の形而上学《けいじじようがく》的実体としてのみ存在していたのだから。しかしちょっとした一つの動作で――その女性は体の向きを変えるとき腰を左へひねるようにした――私ははっとした。あの鞭のようにしなやかな肉体を私は確かに知っている。私の目が、唇が、両の手が知っている。その一瞬、私はそう信じて疑わなかった。

警備官の内の二人が、その女性の前に立ちふさがった。まだ明るい鏡のような舗道の一点で今にも二人の軌道は交差し、女性は捕えられるだろう……私の心臓が音を立てて停止し、いいか、わるいか、無意味か、合理的か、など一切の判断なしに、私はその点めがけて突進した……

数千の丸い恐怖の目から視線がいっせいに注がれるのを私は感じたが、そのことは、私の内部から躍り出た毛むくじゃらの手を持つ野蛮人に、何やら物狂おしいほどに陽気な活力をいっそう与えるだけで、その野蛮人はますます速力を早めて走った。あと二歩のところで、女性が振り向いた——

目の前には、そばかすだらけの顔が震えていた。赤茶けた眉毛……彼女ではない！　Iではない。

鞭打たれるような猛烈な喜び。私は「ざまあみろ！」とか「この女をつかまえろ！」とか、そんな類《たぐい》のことを叫ぼうとした。だが耳に聞えたのは自分の弱々しい囁きだけだった。私の肩はもう頑丈な手に摑まれ、私は連行されながら弁解しようとする……

「待って下さい、分ってもらいたいのですが私が思ったのは、ただ……」

しかし自分のすべてを、この手記に書いた自分の病気の一部始終を、どう説明したらいいのだろう。結局、私は口をつぐみ、おとなしく引かれて行く……不意の突風に木から落された一枚の葉はおとなしく落下して行くが、落下の途中でくるくると舞って、馴染みの大枝、小枝、木の股などになんとかしがみつこうとするものだ。同様に私も、物言わぬ丸刈りの頭の一つ一つに、氷のような透き通った壁に、雲に突きささった蓄電塔の青色の尖端に、なんとかしがみつきたかった。

この美しい世界全体から、厚い幕によって私が最終的に隔離されようとしたこの瞬間、ふと見ると、薔薇色の翼のような耳をひらひらさせながら、すぐ近くの舗装道路の鏡の上を、見馴れた大きな頭が一つ、こちらへ滑って来る。そして聞き馴れた平べったい声。

「国家要員D五〇三号は病人で、自分の感情を調節できる状態ではありません。その点を証言することは私の義務であると心得ます。彼は単にごく自然な怒りの感情に捉われただけであって……」

「そう、そうなんです」と、私はその言葉に飛びついた。「ぼくは『その女をつかまえろ！』と叫んだほどで……」

肩のうしろから声。

「きみは何も叫ばなかった」

「ええ、でも叫ぼうとしたんです。〈慈愛の人〉に誓ってもいい、叫ぼうとしたんです」

私は一瞬、冷たい灰色の目のドリルに突き通された。私の言葉が（概《おお》ね）真実であると認めたのか、それとも私をふたたび一時的に放免するという何か秘密の意図でもあったのか、Sは走り書きのメモを、私を抑えている連中の一人に手渡し、私はまた自由の身になった。正確に言えば、蜿々《えんえん》と続く整然たるアッシリア風の隊列の中にふたたび閉じこめられた。

方形の一隊は、そばかすだらけの顔と、青い血管の地図を浮き出させたこめかみとを囲んだまま、街角を曲って永遠に消えた。私たちは百万の頭をもつ一体となって歩き続け、私たち一人一人には、分子や原子や食細胞がそれによって生きているだろうところの服従の喜びがある。古代世界では、われらの唯一の先駆者（きわめて粗野だったにせよ）であるキリスト教徒がこのことを理解していた。即ち、服従は美徳であり、倨傲《きょごう》は悪徳であるということ。そしてまた《われら》は神に由来し、《私》は悪魔に由来するということ。

そして今、私はみんなと足並みをそろえているけれども、なおかつ揃《そろ》えてはいないのだ。ちょうど古代の鉄道列車が轟音《ごうおん》を響かせて通りすぎた直後の鉄橋のように、私は先ほどの興奮のためにまだ全身を震わせている。私は己れを感じている。だが己れを感じ、自己の個性を意識するのは、ごみに傷つけられた目や、化膿《かのう》した指や、虫歯だけではないのか。健康な目や指や歯は、あたかも存在しないかのごとくである。個人の意識というものが一種の病気にすぎないということは明らかではないだろうか。

ひょっとすると私はもう、事務的に静かに細菌（青いこめかみや、そばかすだらけの顔をもつ細菌）を食いつくす食細胞ではないのかもしれない。私はひょっとすると細菌であるかもしれず、こういう細菌はわれらの中には既に数千数万も存在して、私のようにまだ食細胞であるふりをしているだけなのかもしれない……

もしも本質的には取るに足りぬ今日の事件が、実は何事かの始まりなのだとしたら、どうだろう。これが実は最初の隕石であり、やがては轟音を発して燃える石が次々と、無限の空間からわれらのガラスの楽園にばらまかれるのだとしたら？

手記23

〔要約〕花々。クリスタルの溶解。ただ、もしも。


百年に一度だけ咲く花があるという。それならば千年に一度、一万年に一度咲く花があっても悪くはなかろう。私たちが今日までそんな花を知らないのは、ほかならぬ今日という日がその千年に一度の日にあたっているためかもしれない。

仕合せな、酔ったような気持で階下の当直の所へ行くと、私の目の前で、周囲の到る所で、千年を経た蕾《つぼみ》が急速に、音を立てずにはじけるのである。椅子も、靴も、金色のバッジも、小さな電灯も、眉毛が覆いかぶさった誰かの暗い目も、磨き上げられた手摺の円柱も、階段に落ちている一枚のハンカチも、当直の小机も、小机の上の薄茶色の染みだらけのUの頬も、すべては花開く。万物は異常で、新しく、やさしく、薔薇色で、湿っている。

Uは私から薔薇色のクーポンを受け取る。Uの頭の上には、壁のガラス越しに、蒼い香り高い月がこの上なく繊細な小枝からぶらさがっているのが見える。私は勝ち誇ったようにそれをゆびさして言う。

「ほら、月だ」

Uはちらと私の顔を眺め、それからクーポンの番号を見る。と、彼女のいつもの魅惑的なつつましいしぐさが私の目に入る。両膝の間のユニファの皺を伸ばすしぐさだ。

「あなたは見るからに正常ではありません、病気ですね。正常ではないことと病気とは同じですもの。あなたは自分で自分を殺していらっしゃる。それなのに、誰もあなたにその点を注意しない——だれも」

その《誰も》というのは、もちろん、クーポンに記された番号、I三三〇のことなのだ。ああ、やさしい、すばらしいU！　もちろん、あなたの言う通りです。私は軽率で、病気で、魂などというものを持ち合せている。私は細菌なのだ。しかし開花とは一種の病気ではないだろうか。蕾ははじけるとき痛くはないだろうか。精虫はきわめて恐ろしい細菌の一種であるとは思いませんか。
私は階上へ戻り、自分の部屋に入る。大きく開かれた肘掛椅子の萼《がく》に、Iが坐ってい
る。私は床に坐って彼女の脚を抱きしめ、頭を彼女の膝にのせ、私たち二人は沈黙する。
静寂、脈搏……この姿勢のままで、私はクリスタルになり、彼女Iのなかで溶解する。
私を一定空間に閉じこめているクリスタルの磨きぬかれた面が、次第次第に溶けてゆく
のを実にはっきりと感じる。私は消えつづけ、彼女の膝の中で、彼女の中で溶けつづけ、
ますます小さくなってゆく——と同時に、ますます拡がり、大きくなり、無限大になる。
なぜなら彼女は彼女ではなく、全宇宙なのだから。そして一瞬、私と、この喜びにつら
ぬかれたベッドのそばの肘掛椅子とは、一つのものになる。「古代館」の入口ですばら
しい笑顔を見せる老婆も、「緑の壁」の彼方の未開の密林も、くろぐろとした廃墟《はいきょ》で老
婆のようにまどろんでいる何かの銀器も、どこか信じられぬほど遠くで今し方ばたんと
閉じたドアも——それらすべては私の中に在り、私と一緒に脈搏に耳を傾け、至福の瞬
間をつきぬけて走りつづける……
不合理な、混乱した、水浸しの言葉で、私はIに伝えようと努力する。私がクリスタ
ルであること。従って私の中には一枚のドアがあり、それゆえに私は肘掛椅子の幸福を
感じていること。だが結果はあまりにも支離滅裂だったので、私は急に恥ずかしくなっ
て口をつぐむ。それから突然……

「I、きみを愛してる。許してくれ！　どうしてなのか全然分らない。ぼくはこんな馬鹿げたことばかり喋りちらして……」

「どうして馬鹿げたことはよくないと思うのかしら。人間の愚かしさだって、知性と同じように何世紀もの間、手をかけて育ててやれば、そこから何かとても貴重なものが生れるかもしれないわ」

「そうだね……」（彼女の意見は正しいような気がする。今、彼女が間違っていることなど考えられるだろうか）

「あなたの愚かしさ――きのう散歩のとき、あなたがしたことだって、それを聞いたときから私あなたがますます好きになったのよ」

「でも、だったら、なぜぼくを苦しめたんだ。なぜ来てくれなかった。クーポンだけ届けて、ぼくにあんな芝居を……」

「私だって、あなたを試してみる必要があったかもしれないでしょ。私の言う通りにして下さるかどうか知りたかったのよ。あなたがすっかり私のものになったかどうか」

「そう、すっかりきみのものだ！」

彼女は掌《てのひら》で私の顔を――私の全存在を挟み、私の頭を持ち上げるようにした。

「《誠実な国家要員の一人としての義務》はどうなったの。え？」

甘く鋭い白い歯。微笑。開かれた肘掛椅子の萼の中の彼女は蜜蜂《みつばち》のようだ。針と蜜を持っているから。

そう、義務……私は心の中で最近の手記のページをめくってみる。本当に、本質的な義務のことなど、どこにも書いていない。考えてすらいない……

私は沈黙する。そして夢中で（おそらく愚かしく見えるのだろう）彼女の二つの瞳を一つずつ代る代るにのぞきこみ、そこに自分の姿を認める。大きさ数ミリの微細な私は、その小さな虹彩《こうさい》の牢獄《ろうごく》に閉じこめられている。するとふたたび、蜜蜂、唇、開花の甘い痛み……

われら国家要員の一人一人には、かすかに時を刻む見えないメトロノームがそなわっているから、私たちは時計を見なくても誤差五分以内の正確さで時を知ることができる。だが、このときばかりは内部のメトロノームが止っていたので、どのくらい時が経ったか分らず、私は突然おびえて枕の下から時計つきのバッジを摑み出した……

ありがたや、まだ二十分ある！　だが一分一分は滑稽なほど短い、寸詰りの恰好《かっこう》のままで走り去り、私が彼女に話さなければならないこと――私に関する何もかも――は山ほどあるのだ。Oの手紙のこと、Oに子供を与えてしまった恐ろしい夜のこと。そしてなぜか自分の幼年時代のこと。数学教師ガーピーや$\sqrt{-1}$のこと、初めて「満場一致の日」に出たとき、大事な日だというのにユニファにインクの染みがついていたので、身も世もあらず泣いてしまったこと。

Ｉは顔を上げ、片肘を突いた。唇の両隅には二本の長い鋭い線が現れ、濃い眉は釣り上って鋭角をつくった。十字のかたちだ。

「きっと、その日に……」言いかけて口をつぐみ、眉はいっそう濃くなったように見えた。彼女は私の手を取り、強く握りしめた。「ねえ、私のことを忘れない？　いつまでも覚えていてくれる？」

「なぜそんなことを言うんだ。何のことだ。Ｉ、愛してるよ」

Ｉは沈黙し、その視線は既に私を通りすぎ、私を突き抜けて、どこか遠くに注がれていた。風が巨大な翼でガラスを叩く音が、とつぜん私の耳に聞え（むろんさっきからずっと聞えていたはずだが、私の耳には今初めて聞えたのである）どうしたわけか「緑の壁」の高い所に群がっていたけたたましい鳥たちのことを、私は思い出した。

何かを振り捨てるように、Ｉは頭をゆすぶった。それからもう一度、一瞬間だけ全身で私に寄り添った。着陸の直前に地面に触れるアエロのように、しなやかに。

「さあ、靴下を取って！　早く！」

靴下は私の机の上、手記の原稿（一九三ページ）の上に放り出されていた。あわてそれを取る拍子に、私は原稿に触ってしまい、ページがばらばらになって、順序通りに揃えることはなかなかできなかった。だが肝心なのは、たとえ揃えたところで本当の順序などありはしないし、いずれにせよ早瀬や窪みや疑問のようなものは残るだろうということである。

「このままではいやだ」と、私は言った。「きみはすぐそばにいるのに、なんだか古代の不透明な壁の向うにいるようだ。壁ごしに衣擦れや声は聞えても、言葉は聞きとれないし、そちら側がどうなっているのかも分らない。こんな状態はいやなんだ。きみはいつも話を中途ではぐらかしてしまう。いつか〈古代館〉でぼくが墜落した場所がどこなのか、あの回廊は何なのか、なぜあの医者がいたのか、きみは一度も話してくれなかった。それとも、あれはみんな現実のことじゃなかったんだろうか」

Ｉは私の肩に両手を置き、ゆっくりと私の目の奥をのぞきこんだ。

「すべてを知りたい？」

「そう、知りたい。知らなければならない」

「私について来るのはこわくない？　どこへ連れて行かれても、最後までついて来る？」

「ついて行く、どこへでも！」

「分ったわ。約束します。〈満場一致の日〉が終ったらね。ただ、もしも……ああ、そうだ、あなたの積分号はいかが？　いつも訊こうと思っていて忘れてしまうの。もうじき？」

「いや、《ただ、もしも》何なんだ。またはぐらかすのか。《ただ、もしも》何？」

彼女はもう戸口に立っていた。

「今に分るわ……」

私は一人になった。彼女が残したものは、「緑の壁」の向うの何かの花の、甘い乾いた黄色い花粉の香りに似た、あるかなきかの芳香だけである。いや、もう一つ。古代人が魚をとるのに使っていた釣針（有史前博物館にある）のように、鋭く私の内部に喰いこんだ幾つかの問題。

……なぜ彼女は出しぬけに積分号のことを訊いたのだろう。

手記24

〔要約〕関数の極限。復活祭。すべてを抹消《まつしよう》。

私は過大な回転数で始動された機械に似ている。ベアリングは灼熱《しやくねつ》し、あと一分も経てば熔けた金属がしたたり始めて、すべては無に帰するだろう。早く冷却水を、論理を与えなければ。私はバケツで何杯も水を注いでやるが、論理は焼けたベアリングの上でシューシューと音を立て、捉えどころのない白い蒸気となって空中に拡散してしまう。

そう、関数の真の値を見きわめるには、その極限を把握しなければならない。それは明らかである。そして、きのうの不合理な「全宇宙での溶解」を極限において捉えれば、それが死に等しいこともまた明らかだ。なぜなら死とは、宇宙における自我の最も完璧な溶解にほかならないのだから。従って、もしも愛をL、死をSとすれば、L=f(S)、即ち愛と死は……

そう、そこだ、そこなのだ。だからこそ私はIが恐ろしく、彼女と戦い、彼女に反撥《はんぱつ》するのだ。だがそれにしても、私の内部に「したくない」と「したい」とが共存しているのはなぜだろう。恐ろしいのは、きのうの幸福な死を私がもう一度望んでいることなのである。論理の関数が積分され、彼女が秘かに死を内包していることが明らかになった今ですら、依然として私の唇も、腕も、胸も、私の肉体の一ミリ一ミリが彼女を欲しがっているということ、これが恐ろしいのだ……

あすは「満場一致の日」である。式典にはもちろん彼女も来るだろうから、私たちは逢えるわけだが、しかし遠く離れてお互いの姿を見るだけになるだろう。遠く離れて——それは苦痛であるだろう。なぜなら抑えがたい私の欲求は、彼女のすぐそばにいることであり、彼女の腕や肩や髪が……いや、私はその苦痛をすら欲しいのだから仕方がない。

ああ、なんたることか！　苦痛を望むとはなんという不合理だろう。苦痛とは即ち否定的現象であり、苦痛が加算されれば、それは私たちが幸福と呼ぶところのものの総量を減少せしめるということ。これは誰の目にも明らかではないか。ゆえに……

いや、「ゆえに」は要らない。今の私はがらんとしている。むきだしだ。

夜。

建物のガラスの壁の向うに、熱に浮かされたような薔薇色の、風吹きすさぶ不穏な夕焼けが見える。その薔薇色が目の前にちらつかぬよう、私は椅子の向きを変えて、この原稿のページをめくるうちに、ふと気づいた。私は自分のためにではなく、私の愛しかつ憐れんでいる未知の読者諸君よ、あなた方のために書いているという事実を、またしても忘れかけていた。どこか遠く遥かな世紀の低い所を依然とぼとぼと歩いている読者諸君よ。

さて、「満場一致の日」、この偉大な日について書こう。私は子供の頃から、この日を愛していた。この日はわれらにとって、ちょうど古代人にとっての「復活祭」のようなものだと思う。今でも覚えているが、その前夜私たちは時間単位の小さな暦を作り、大喜びで一時間一時間を抹消したものだった。一時間だけその日が近づけば、待ち時間は一時間だけ少なくなる……本当の話、もし誰にも見られないという確信があるなら、今でも私はそんな暦をどこへでも持ち歩いて、あすまであと何時間残っているかを絶えず調べるだろうと思う。あすこそは、たとえ遠く離れてであろうと……

（邪魔が入った。工場から出荷されたばかりの新しいユニファが支給されたのである。あすに備えて新品のユニファが全員に支給されるのは、わが国の慣例である。廊下からは足音や、嬉しそうな叫び声や、ざわめきが伝わってくる）

続けよう。あす私が見るのは、毎年のように寸分違《たが》わず繰り返され、そのたびごとに事新しく胸を打つ光景である。力強い同意の乾杯、つつしみ深く挙げられた無数の腕。あすは「慈愛の人」の年一回の選挙の日なのだ。あす私たちはふたたび「慈愛の人」に、われらの幸福を守る難攻不落の砦《とりで》の鍵をゆだねるのである。

もちろん、この行事は、無秩序かつ非組織的だった古代の選挙とは似ても似つかない。実に滑稽なことだが、古代の選挙ではその結果すらあらかじめ分っていなかったのである。全く算定不可能な偶然の上に、盲目的に国家を建設しようという――これほど無意味なことがあり得るだろうか。だが、こういうことを理解するのに、結局は何世紀もの歳月が必要だったのである。

わが国ではこの点について、ほかの場合と同じく、いかなる偶然の介入する余地もないし、いかなる不測の事態も起り得ないということは、申すまでもあるまい。従って選挙そのものの持つ意義はむしろ象徴的なものである。われらが一千万の細胞から成る単一の力強い有機体であること、古代の「福音書」の言葉を借りるなら、われらが単一の「教会」であることを、あらためて想起するという点にこそ選挙の意義がある。なんとなれば、この祝日にたとえ一人の声であれ荘厳な斉唱《ユニゾン》を敢えて乱したという例を、「単一国」の歴史はいまだかつて知らないのである。

古代人はむしろ内密に、泥棒のように隠れて選挙を行ったという。わが国の一部の歴史学者の説によれば、古代人は念入りに変装して選挙の祝典に現れることがあった（私はその暗い幻想的な光景を想像してみる。夜、広場、黒いマントをまとって壁ぎわを忍び足で行く人影、風にゆらめく松明《たいまつ》の赤黒い炎……）。このような秘密めかしたやり方がなぜ必要だったのかは、今日なお最終的には解明されていない。おそらくは選挙というものが或る種の神秘的、迷信的な、時にはたぶん犯罪的な儀式と結びついていたのだろう。われらには隠すことや恥じることは何一つない。われらは白昼公然と、誠心誠意、選挙の祝典をとりおこなうのである。私はみんなが「慈愛の人」に投票するのを見るし、みんなもまた私が「慈愛の人」に投票するのを見る。「みんな」も「私」も単一の「われら」であるなら、これ以外の方法が考えられるだろうか。これは古代人の泥棒めいた卑怯《ひきょう》な「秘密選挙」よりも遥かに上品で、真面目で、高尚である。しかも遥かに有効である。なぜなら、万が一あり得ないことが起ったと仮定した場合、つまり、通常の単声曲《モノフォニー》に何らかの不協和音が混入した場合は、われらの隊列の中の見えざる守護官たちが、迷いに落ちこんだ要員たちをただちに確認し、その者たちをそれ以上の堕落から救い、ひいては「単一国」をその者たちから救うのである。そしてまた、もう一つのことは……

左側の壁の向う、衣裳簞笥の鏡つきの戸の前で、一人の女性がそそくさとユニファのボタンを外している。目と、唇と、薔薇色の尖《とが》った二つの子房《しぼう》が、一瞬ちらと見えた。それからブラインドが下り、私の内部に突然きのうのことがよみがえり、すると「もう一つのこと」とは何を書くつもりだったのか分らなくなった。そんなことはもう書きたくもない！　私の望みはＩだけだ。彼女が毎分毎秒、いつも私と一緒にいてくれること、私とだけ一緒にいてくれること、それが望みだ。だからたった今私が「満場一致の日」について書いたことなど、問題ではない。何もかも要らざることだ。すべてを抹消し、引き裂き、投げ捨てたい。なぜなら（冒瀆だと言われても仕方がない、事実なのだから）私にとって祝日は彼女と切り離せないのだ。彼女がそばにいて、肩と肩が触れ合っているときにのみ、祝日は祝日なのだ。彼女がいなければ、あすの太陽はただのブリキの円盤で、空は青く塗られたブリキ板、そして私は……

私は電話機を摑む。

「あ、Ｉ、きみか」

「そうよ。こんな遅くどうしたの」

「まだそんなに遅くはないだろう。頼みがあるんだ……あした、ぼくと一緒にいてくれないか。愛してるよ……」

《愛してるよ》と私は非常に低い声で言う。すると、なぜか今朝方の造船台での出来事が頭の片隅をかすめた。誰かが冗談半分に、百トンのハンマーの下に時計を一個置いたのである。ハンマーの落下、頬にあたる風――そして脆い時計に百トンのやさしい静かな接触。

間があいた。電話の向う、Ｉの部屋で、誰かの囁きが聞えたような気がする。それから彼女の声。

「やっぱり駄目よ。だって分るでしょう、私だって……とにかく駄目ね。どうして、ですって？　あすになれば分るわ」

深夜。

手記25

〔要約〕天降《あまくだ》り。史上最大の破局。既知の終り。

式典の初めに全員が起立し、その頭上で、音楽工場の数百の音管と数百万の人声の奏でる国歌が、壮大な帷《とばり》のようにゆっくりとゆらめき始めたとき、私は一瞬すべてを忘れた。今日の祝典についてのIの何かしら不吉な言葉も忘れ、彼女の存在すら忘れてしまったようだった。この瞬間の私は、自分にしか分らないような小さな染みがユニファについていると言って泣いた、かつての日の少年に返っていた。今の私がどれほど醜悪な、拭い去ることのできぬ汚点にまみれているか、周囲の誰一人として気づかぬとしても、これら開け放たれた顔々の中に私という罪人のための場があり得ないことは、少なくとも私自身がよく知っている。ああ、今すぐ起立して、感涙にむせびながら、自分のことを洗いざらい大声で告白したい。そのあと一切がお終《しま》いになろうとも――かまうものか！――せめて一秒間でも、あの汚れを知らぬ青空のように、清潔で無思想なものとしての自分を感じたい。

全員の視線は空の彼方に向けられていた。純潔な、まだ夜の涙の乾ききらぬ朝空の青さのなかに、あるときは黒く、あるときは光の衣をまとったように見える、あるかなきかの一個の斑点。それこそは、われらにむかって天降るあの方である。アエロに乗った新しいエホバ。古代のエホバと同じく賢明で、愛の厳しさに満ちた人。刻々とあの方は近づき、それを迎える数百万の心はますます高みへと昇って行き、今やあの方は私たちを見つめている。そして私はあの方と一緒に上空から眺めた光景を想像する。青い細い点線にふちどられた同心円状の観覧席は、微細な太陽（バッジのきらめき）を撒《ま》き散らされた蜘蛛の巣のようだ。その中央にまもなく白い賢明な一匹の蜘蛛が着陸する。即ち、慈愛あふれる幸福の網で賢明にもわれらの手足を縛って下さったあの方、白い衣裳に身を包んだ「慈愛の人」その人である。

だが雄大な天降りの儀式はつつがなく終り、国歌の演奏も鎮まり、一同は着席し、私は忽然《こつぜん》と悟った。実のところ、引き絞られ震えている蜘蛛の糸はあまりにも細い。今にもその糸が切れて、何か異常なことが出来《しゅったい》しそうな……

ちょっと腰を浮かして私はあたりを見まわした。そして人々の顔から顔へとしきりに移動する、愛と不安をないまぜた幾つかのまなざしを発見した。例えば一人が片手を挙げて、ほんのわずかだけ指を動かし、もう一人に合図を送る。すると送られたほうが指で返事をする。そしてさらに合図を……分った、彼らは守護官なのである。彼らも何かに不安を感じているのだ。引き絞られ震えている蜘蛛の糸。私の内側でも、同じ波長に調節された無線受信機のように、合図に応じる震えが走った。

演壇では一人の詩人が選挙を讃える詩を朗読していたが、その言葉は一語も耳に入らず、ただ六脚詩《ヘクサメートル》の振子が規則正しく揺れるだけで、その一揺れごとに何らかの運命の刻限が近づいてくるようだった。私はいっそう熱に浮かされたように、観覧席に並ぶ顔を一つまた一つと、まるで本のページでもめくるように眺めて行くが、私の求める唯一の顔は依然として見えない。その顔を一刻も早く見つけないと、今にも振子が最後の一揺れを終えて、そのとたん……

彼だ、間違いない。薔薇色の翼のような耳が、眼下の演壇のそばのきらきら光るガラスの床を滑るように通り抜けた。走って行く胴体は二度折れ曲った黒いSの字をなして、観覧席の間の入り組んだ通路のあたりへ遠ざかる。

SとIは何かの糸で結ばれている(その糸の存在は以前から感じていた。どんな糸なのかはまだ分らないが、いつかは解き明かしてやる)。私は視線で彼にしがみついた。彼は糸の玉のようになおも転がりつづけ、うしろに一本の糸を残す。おや、立ちどまった……

稲妻のような高圧放電。私は刺しつらぬかれ、ぐるぐる巻きに縛られた。私たちの列からほんの四十度ほどの所で、Sは立ちどまり、屈みこんだのである。そこにIの姿が見えた。その隣には、黒人風のいやらしい唇に薄笑いを浮べているR一三号。

最初に考えたのは、そこへ飛んで行って、「なぜ今日こいつと一緒にいるんだ。なぜぼくじゃ駄目なんだ？」と彼女をどなりつけてやることだった。だが私の手足は目に見えぬ慈愛の蜘蛛の巣に固く縛られていた。歯をくいしばり、視線はそらさず、私は鉄の塊のように坐っていた。鋭い物理的な胸の痛みは、たった今のことのように覚えている。私はこう考えた。《もしも非物理的な原因から物理的な痛みが生れるのならば、その場合、明らかに……》

残念ながら結論は出てこなかった。記憶に残っているのはただ「魂」にまつわる何かが頭に閃き、古代の無意味な諺――「魂が踵《かかと》に逃げこむ」（「びっくり仰天」の意）が心をかすめたことだけである。そして六脚詩《ヘクサメートル》が終り、私は息がとまりそうになった。今から始まるのは……何だろう。

慣例によって定められた選挙前五分間の休憩。慣例によって定められた選挙前の沈黙。だが今それはいつものような敬虔《けいけん》な祈りの沈黙ではなかった。今の沈黙は、まだ現代の蓄電塔が発明されず、飼い馴らされぬ空が時折「雷雨」を起して騒いだ古代のそれだった。雷雨の前の古代人さながらの沈黙。

空気は透明な鉄のようだ。息苦しさに口を大きく開けて呼吸したくなる。痛いほど緊張した聴覚が捉える。どこかうしろの方でネズミが物をかじるような、不安な囁き。この間、目をあげなくても、あの二人、ＩとＲが肩を寄せ合っているさまはよく分る。私の膝の上で震えているのは他人の——憎むべき私の毛むくじゃらの手だ。

全員の手には時計つきのバッジがある。一分。二分。三分……五分……演壇から鉄の声がゆっくりと響き渡る。

「賛成の者は手を挙げなさい」

昔のようにあの方の目をまっすぐに見つめ、《ここに私のすべてがあります。すべてが。私をお召し下さい！》と誓うことができたなら。だが今の私にはそれができなかった。まるで関節が錆びついたように、やっとのことで私は手を挙げた。

数百万の手が挙げられるざわめき。誰かが低い声で「ああ！」と言った。何かがすでに始まり、何かがまっしぐらに落下してくるのを私は感じるが、それが何なのか分らない。それを直視する勇気がない……

「反対の者は？」

これは昔からこの祝典の最も雄大な瞬間だった。「要員の中の要員」の慈愛の軛《くびき》に喜ばしげに頸《くび》をゆだねて、全員は身動きもせずに坐りつづける慣わしだった。だが今、ぞっとしたことには、ふたたびざわめきが聞えたのである。それは溜息のようにごく微かな音だったが、さきほどの国歌の演奏よりもはっきり聞えたのだ。臨終の人間の溜息もこうなのだろうか。それを看取《みと》る人たちの顔は蒼ざめ、額には冷たい汗が吹き出る。

私は目を上げた。と……

それは一秒の百分の一、ほんの一刹那《いっせつな》だった。私は見た。数千の手が「反対」の意思表示に挙げられ、下ろされるのを。私は見た。眉と唇の十字のしるしそのものと化したような蒼ざめたIの顔を、挙げた手を。私の目の中が暗くなった。

さらに一瞬の間。静かだ。脈搏の音。それから、まるで狂った指揮者が指揮棒を振りおろしたように、観覧席の到る所で一どきに騒ぎが起った。叫び声、駆け足にひるがえるユニファの旋風、あわてて駆けずりまわる守護官たちの姿、私のすぐ目の前の空中に蹴《け》上げられた誰かの踵。その踵の脇には、大きく開いた誰かの口。聞えない叫びに破れそうなほど開かれた口。なぜかこれが何よりも鋭く心に刻みつけられている。まるで馬鹿でかい映画のスクリーンの上の映像のような、音もなく叫びつづける数万の口。

そして映画の画面のように、どこか下の方の遠い所に、一瞬、蒼ざめたOの唇が現れた。通路の壁に押しつけられ、十字に組んだ両腕で自分の腹を庇って彼女は立っている。とたんに、Oは消えた。群衆に押し流されたのか、それとも私の注意がそれたのだろうか。それもそのはず……

もう映画どころではない、私自身の締めつけられた心臓、ずきずきするこめかみが問題だった。私の頭上の左手のベンチに、突然、R一三号が飛び出したのである。顔は真赤で、狂ったように泡を吹き、その腕は蒼白《そうはく》なIを抱きかかえている。彼女のユニファは肩から胸にかけて破れ、白い肌に血が流れている。IはしっかりとRの頸にしがみつき、Rはまるでゴリラのように不様だが身軽に、ベンチからベンチへ跳躍して、彼女を上の方へ運び去ろうとしている。

古代の火事のように、あたりが赤紫色になった。私のなすべきことはただ一つ、飛んで行って二人に追いつくことだ。どこからそんな力が出てきたのか今でも分らないのだが、私はまるで大掛矢《おおかけや》のように群衆を二つに割って進み、何人かの肩やベンチを踏んづけて、あっというまに二人に追いつくと、たちまちRの襟首を摑んだ。

「やめろ！　やめろと言うのに。すぐやめろ」(幸い私の声は誰にも聞えなかった。みんな銘々勝手なことを叫びながら走りまわっていたので)

「なんだと。何の用だ。何者だ」Rは振り向き、唇から唾を飛ばした。守護官の一人にでもつかまったと思ったらしい。

「なんだとはなんだ。けしからん、許さんぞ！　彼女にさわるな、すぐ手を放せ！」

だがRは腹立たしげに唇をぴしゃぴしゃ動かしただけで、頭を一振りすると、さらに走り出そうとした。そこで私は——これを書くのは恥ずかしくてたまらないが、それでも未知の読者諸君に私の病歴を徹底的に研究してもらうためには、どうしても書かなければならないと思う——そこで私はいきなりRの頭を殴った。お分りだろうか、殴ったのである！　これははっきり記憶に残っているから間違いない。もう一つよく覚えているのは、この一撃のあと、体内に満ちあふれた一種の解放感と軽やかさである。

Ｉは急いでＲの腕から滑り下りた。

「逃げて」と彼女はＲに叫んだ。「分らないの、友達じゃないの……逃げて、Ｒ、逃げて！」

Ｒは黒人風の白い歯をむき出して、私の顔に何か一言浴びせかけると、観覧席の下の方へ姿を消した。私はＩを抱き上げ、しっかりと胸に抱き寄せながら運んで行った。

私の心臓はにわかに巨大な塊となって鼓動し、その一打ちごとにまさしく荒れ狂う波、熱い喜ばしい波を送り出した。向うで何かがこなごなに砕け飛んだが、そんなことは関係がない！　こうして彼女を運びつづけることさえできるのなら……


夜。二十二時。

やっとの思いでペンをとる。今朝の目くるめくような事件のあとには、測り知れないほどの疲労が残った。果して数世紀も続いた「単一国」という名の壁、救済のシンボルである壁が一日にして崩れ去るものだろうか。われらはふたたび祖先のようによるべない状態、自由という未開の状態に戻るのだろうか。「慈愛の人」はどこにいるのだろう。「満場一致の日」に反対とは、一体どういうことか。私は彼らが恥ずかしく、痛ましく、恐ろしくてならなかった。ところで「彼ら」とは何者のことだ。私自身は「彼ら」なのか「われら」なのか。それを私が知っているのだろうか。

陽に照らされて熱くなったガラスのベンチに、彼女は坐っていた。観覧席の最上段まで私が運んで来たのである。右肩と、その下の絶妙な計算不可能の曲線が始まるあたりはむき出しで、そこに細い赤い蛇のように血が流れていた。彼女は血にも、むき出しの胸にも気づいていないようで……いや、気づいていないだけではない。そんなことは何もかも分っているのだが、今の彼女にはそれこそが必要なのだ。ユニファのボタンがちぎれていなかったら、それを自分で引きちぎって……

「あすは……」きらきら光る白い歯を喰いしばり、むさぼるように呼吸しながら彼女は言った。「あすは何が起るか分らない。私にも分らない、誰にも分らない、つまり未知なのよ！　すべての既知は終ったのよ、分る？　あとは新しいこと、信じがたいこと、未曽有のことがあるばかりなのよ」

眼下では人々が泡立つように駆けまわり、叫んでいる。だがそれは遠い所の出来事で、しかもますます遠ざかってゆく。なぜなら彼女は私を見つめ、その小さな金色の瞳の窓の内側へ私をゆっくりと引きこんでゆくから。そのまま永いこと無言の状態が続く。なぜか私は思い出す。いつか「緑の壁」の向うの不可解な黄色い瞳を覗《のぞ》きこんだこと。そのとき（それとも別のときだったか）「緑の壁」の上空で鳥たちが旋回していたこと。

「ねえ、もしあす何も特別なことが起らなかったら、向うへ連れて行ってあげるわ。分った？」

いや、私には分らない。だが何も言わずに私はうなずく。私は溶解した。無限小だ。点だ……

考えてみれば、この点という状態にもそれなりの（今日の）論理がある。つまり、点には何よりも未知がたくさん含まれている。ほんの少し動き、移動するだけで、点は何千というさまざまな曲線や、何百もの立体に変身することができる。

だが私は、ほんの少しでも体を動かすことが恐ろしい。私は何に変身するのだろう。そして私と同様、誰もがわずかの動きすら恐れているように思われる。私がこの手記を書いている今も、みんなはガラスの檻《おり》の中に閉じこもり、何かを待っている。いつもこの時刻には聞えるエレベーターの唸りも廊下から聞えてこないし、笑い声や足音も聞えない。ときどき見えるのは、あたりを憚《はばか》るように囁きながら、爪先立ちで廊下を通りすぎる男女の姿……

あすはどうなる。あす私は何に変身する。

手記26

〔要約〕世界は存在する。発疹《はっしん》。四十一度。

朝。天井を通して、いつものように健康そうな、丸い、頰の赤い空が見える。頭上に何やら奇態な四角の太陽を目撃し、獣の毛で作ったさまざまな色の衣服を着た人々や、不透明な石の壁を見たとしても、私はこれほど驚かなかっただろうと思う。なんたることだ。してみれば、世界は、われらの世界はまだ存在しているのか。それともこれはただの惰性で、発電機はすでにスイッチを切られ、ギアはまだ音を立てて回っているが、あと二回転、三回転、四回転で止ってしまうのかもしれない……

こんな奇妙な状態を御存知だろうか。夜中に目が醒め、暗闇の中で目を開くと、突然、知らない場所に迷いこんだように感じる。とたんに居ても立ってもいられなくなり、あたりを手探りして、何か馴染みのもの、確実なもの——壁か、スタンドか、椅子を見つけようとする。ちょうどそんなふうに、私は『国営新聞』を求めて手探りした。早く、早く。ああ、これだ。

《全国民が待ちに待った〈満場一致の日〉の式典が、きのう執り行われた。ゆるぎない英知を幾度となく示された〈慈愛の人〉が四十八回目に満場一致をもって選出された。式典に若干の暗い影を投げたのは、幸福の敵によって惹《ひ》き起された混乱であるが、彼らは他ならぬこの行為によって、きのう刷新された〈単一国〉の基盤の捨て石となる権利を自ら放棄した。彼らの投票を考慮に入れるのが無意味であることは全国民に明らかであろう。それは音楽会場にたまたま居合せた病人の咳を、気宇広大な交響楽の一部とみなすのと同じことである……》

おお、賢明な！　どんな事故があろうともわれらは安泰なのか。実際、この澄みわたった三段論法に反対できるような根拠がどこにあるだろう。

その先に数行の記事。

《今日十二時に、〈行政局〉、〈医薬局〉、〈守護局〉の三局合同会議が開かれる。近日中に重要法令が施行される見込み》

そう、まだ壁はある。すぐ目の前にある壁に私は手で触れることができる。そしてどこか見知らぬ場所に迷いこんだような不安な感じはすでに消え、青空や丸い太陽が見えることは少しも不思議ではなかった。誰もが、いつものように仕事へ出かけて行く。

常にもまして足に力をこめ、道を踏み鳴らすようにして、私は大通りを行った。思いなしか、みんなも似たような歩き方をしている。だが或る十字路にさしかかると、その角のところで、誰もが妙な具合に建物から離れて迂回《うかい》する。まるで建物から何か管のようなものが突出し、その管から冷たい水がほとばしり出るので、歩道が通れなくなっているかのように。

あと五歩、十歩進むと、私もその冷水を浴びせかけられ、思わずよろめいて歩道から叩き落された……建物の壁の上、地面から約二メートルの高さに四角い紙片が貼りつけてあり、そこから毒々しい緑色の不可解な文字が睨《にら》んでいる。

メフィ

その下には、S字形に曲った背中があり、怒りのためか興奮のためか透明に見える翼のような耳が揺れている。Sは右手を上に伸ばし、左手を傷ついた翼のように頼りなくうしろへ突っ張って、紙片を剝ぎとろうと何度も飛び上るのだが、もう少しのところでいつも失敗してしまう。

おそらく通りかかった人は誰でもこう考えただろう。「私がわざわざ出て行って手を貸せば、こいつは何かうしろ暗いところがあるから、わざと手伝っているのだと思われやしないだろうか……」

白状するなら、私も実はそう考えた。だがSが再三私の真の守護天使になってくれたこと、再三私を救ってくれたことを思い出したので、勇気を出して近寄り、手を伸ばして紙片を剝ぎとった。

Sは振り向き、すばやく私の奥底まで視線のドリルをねじこみ、何かを取り出したらしい。左の眉を上げて、その眉で「メフィ」が貼ってあった壁のあたりを指した。彼の微笑の片鱗《へんりん》がちらと見えたが、驚いたことには、それは一見楽しげな微笑だったのである。いや、べつに驚くこともなかろう。じわじわと上昇する潜伏期のいやな熱よりも、医者はむしろ発疹や四十度の高熱を歓迎するものである。そうなれば少なくとも、どんな病気かはっきりするのだから。今日、壁に現れた「メフィ」は発疹なのだ。Sの微笑の意味が私には分る……

地下鉄の下り口の汚れを知らぬガラスの階段にも、白い紙片が貼ってあり、そこに「メフィ」と書かれていた。地下鉄のホームの壁にも、ベンチにも、車輛《しやりよう》の中の鏡にも(大急ぎでぞんざいに貼ったらしく曲っていた)――到る所に同一の、白い、気味の悪い発疹が現れていた。

静けさの中で、炎症部分の血のざわめきのように、車輪の唸りが明瞭に聞える。誰かが肩を触られて、身震いし、紙包みをとり落した。私の左側の男はさっきから新聞の同じ一行を何度も何度も繰り返して読んでいる。その新聞は傍目《はため》にもはっきり分るほど震えている。車輪、手、新聞、睫毛——到る所で脈搏がますます速くなるのを私は感じる。きっと今日私がIと逢う頃には、温度計の黒い線は三十九度、四十度、四十一度を示しているだろう……

造船台にも、目に見えぬ遠いプロペラのように唸りつづける同じような静けさがあった。工作機械たちは眉をひそめ、無言で立っている。クレーンだけが爪先立ちをしているようにほとんど無音で滑り、かがみこみ、その鋏で冷凍空気の青い塊を摑んでは、積分号の舷側《げんそく》のタンクへ積み入れている。もう積分号の試験飛行の準備が始まっているのである。

「どうだろう、一週間で積みこみは終るだろうか」

私は第二建造技師に言った。彼の顔は甘い青や薄い薔薇色の花模様(即ち目と唇)を描かれた陶器の皿だが、それらの花模様は今日はなんとなく色褪《あ》せて、洗い落されたように見えた。私たちは声に出してクレーンの積荷を数えていたが、途中で私は突然声を失い、突っ立ったままぽかんと口をあけた。高い丸屋根の下、クレーンで釣り上げられた一つの青い塊に、やっと見える小さな白い四角形——例の紙片が貼りつけられていたのである。私の全身が震え出した。それは笑いのせいだろうか。いや実際、私の笑い声が聞える（自分で自分の笑い声を聞くという状態がお分りだろうか）。

「これはきみ、なんともはや……」と私は言う。「古代の飛行機に乗って、高度五千で翼が折れたと想像してみたまえ。もんどりうって落ちながら、きみは予定を立てる、《あすは十二時から二時までは……二時から六時までは……六時に夕食……》滑稽じゃないか、え？　今のわれわれの状態が正にこれだ！」

青い花模様がみるみる丸くなる。もしも私の体がガラスでできていて、あと三、四時間後の私をこの男が見たとしたら……

手記27

〔要約〕要約なし、要約できない。

果てしのない回廊、あの回廊に私は一人でいる。物言わぬコンクリートの天蓋《てんがい》。どこかで水のしずくが石を打っている。見馴れた重い不透明な扉の向うから、低い唸りが響いてくる。

ちょうど十六時にここへ迎えに来ると彼女は言ったのだった。だが今、十六時を五分、十分、十五分過ぎたが、誰も来ない。

一瞬、私は以前の私に返り、この扉の開くのが恐ろしくなった。あと五分だけ待っても彼女が来なかったら……

どこかで水のしずくが石を打っている。誰も来ない。物悲しい喜びを感じながら私は救われたと思った。回廊をゆっくりと後戻りする。震える点線のように連なる天井の小さな電灯が次第に暗くなってゆく……

突然、背後で扉があわただしく開かれる音が聞え、せわしげな足音が天井や壁にやわらかく反響し、飛ぶように彼女が現れた。走ったので少し息を弾ませ、口で呼吸している。

「やっぱりいたのね、来てくれたのね！　きっと来てくれると思っていたけど……」

睫毛の槍《やり》ぶすまが開いて、私を奥へ通してくれる。それから……ああ、彼女の唇が私の唇に触れるという、この無意味ですばらしい古代の儀式が、どんなふうに私を変えてしまうか、それをどう語ったらいいだろう。彼女以外のすべてを掃き出してしまう、この魂の中の旋風を、どんな数式で表したらいいのか。そう、魂の中の旋風なのだ、笑いたければ笑うがいい。

彼女は自分を抑えてゆっくりと瞼を開き、辛そうに、ゆっくりと言う。

「もう、やめて……あとでね。もう行きましょう」

扉が開いた。擦りへった古い階段。そして耐えがたいほど雑然たる喧噪《けんそう》、がやがや、ひゅうひゅういう音、光……

そのときから既にほとんど一昼夜を経過し、私の気持もいくらか落ち着いてはいるのだが、なおかつ近似的にでもあれ正確な描写をすることは極めてむつかしい。頭の中はまるで爆弾が破裂したようであり、人々の開かれた口、翼、叫び声、木の葉、言葉、石……それらが並んだり、塊となったりして、次から次へと立ち現れる……

今でも憶《おぼ》えているが、私が最初に思ったのは《早く、一目散に引っ返せ》ということだった。なぜなら、あの回廊で私が待っていた間に、彼らは明らかに何らかの方法で「緑の壁」を爆破あるいは破壊し、その向うからありとあらゆるものが、下層社会を一掃したわれらの町めがけて突進し、侵入したのだ、と思ったからである。

その類《たぐい》のことを、どうやら私はIに言ったものとみえる。彼女は笑った。

「ちがうわよ！　私たちが今、〈緑の壁〉の外へ出ただけのことよ……」

言われて、私は目をあけた。夢ではない、私の眼前にあったのは——今日まで現存の人間の誰一人として、「緑の壁」の曇りガラスによって千倍も縮小され、弱められ、曖昧にされた以外のかたちでは、一度も見たことがない光景であった。

太陽は……鏡のような舗装道路の表面に均等に配分されたわれらの太陽ではなかった。この太陽は何かの生きもののかけらであり、絶え間なく跳ねまわる斑点であり、私の目をくらませ頭をぐらぐらさせる存在である。そして樹木は空にむかって突き立った蠟燭《ろうそく》のようであり、ふしくれだった足で地面にしゃがみこんだ蜘蛛のようであり、音を立てない緑の噴水のようである……そしてこれらすべてが四つん這いになって揺れ動き、さらさらと音を発し、足元からは何かざらざらした球のようなものが飛び出し、私は釘《くぎ》付けになったように一歩も動けない。なぜなら私の足の下は平面ではない——お分りだろうか、平面ではなくて、いやらしいほど柔らかい、可塑性《かそせい》のある、生きた、緑色の、しなやかな何かなのだから。

これらの事物に私は茫然となり、噎《む》せた。そう、これが一番ぴったりした言葉かもしれない。何かの木の揺れ動く大枝に両手でつかまって、私は立ち往生の状態になった。

「大丈夫、大丈夫よ！　最初だけよ、すぐ馴れるわ。元気を出して！」

Iと並んで、頭がくらくらするほどよく弾む緑色の網の上に、切紙細工のように極めて薄い誰かの横顔……いや、誰かではない、あの男なら知っている。思い出した、あの医者だ。そう、何もかもよく分った。二人が私の腕を摑んで、笑いながら前へ引っ張って行くのも、まことに納得のいくことである。私は足が縺《もつ》れて、ずるずる滑る。行手には鳥のような啼き声、苔、丘、鷲《わし》のような啼き声、木の枝、幹、翼、木の葉、口笛……

まもなく木々が疎《まば》らになり、明るい草地が現れた。草地には人間たち……いや、どう言ったらいいのだろう、より正確には生きものたちだ。

ここが一番むつかしいところである。なぜなら以下のことはあらゆる確からしさの限界を越えているからだ。Iがあれほど頑固に返答を避けていた理由も今の私には明らかである。たとえ話してくれたとしても、私は彼女の言葉を信じなかっただろう。あすになれば自分さえ、この手記さえ信じられなくなるかもしれない。

草地には頭蓋骨に似たむきだしの岩があり、そのまわりに三、四百人の人間が――人間としておこう、他の言い方では語りにくい――犇《ひし》めいていた。広い観覧席では人々の顔の総和の中から最初は知り合いの顔しか目に映らないように、ここでも初めに見えたのはわれらの薄青色のユニファだけだった。だが次の瞬間、ユニファにまじってはっきりと黒、赤、金色、栗色《くりいろ》、灰色、白など、さまざまな毛色の人間たちが認められた。明らかに人間たちである。彼らはすべて衣服なしで、体はきらきら光る短い毛に覆われていた。有史前博物館の馬の剝製《はくせい》に見られるような毛である。だが雌たちの顔はわが国の女性の顔と全く同じ――そう、全く同じで、色は淡い薔薇色、毛は少なく、胸にも毛は全然なくて、大きな、頑丈そうな、幾何学的に美しいかたちの乳房だった。雄たちのほうはわれらの先祖と同じく、毛が生えていないのは顔の一部だけである。

とても信じられない、思いもよらぬこの光景に、私は平然と立っていた。嘘ではないと断言できるのだが、私は平然と立ち、あたりを眺めていた。これはいわば天秤《てんびん》のようなもので、片方の皿に重量をかけすぎると、あとはもうどんな重さのものを載せようと針は動かない……

突然、自分が一人になったことに気づく。Iはもういない。いつ、どこへ消えてしまったのだろう。周囲は、これら繻子《しゅす》のような体毛を日の光にきらめかせている人たちばかりである。一人の男の厚い頑丈そうな肩、黒い毛の生えた肩を、私は摑んだ。

「〈慈愛の人〉の名にかけてお尋ねしますが、彼女がどこへ行ったか見ませんでしたか。つい今し方までここにいた……」

ふさふさした厳《いかめ》しい眉が私に向けられた。

「しッ！　静かに」男は毛むくじゃらの頭で、頭蓋骨に似た黄色い岩のある草地の中央を指した。

その高い所、人々の頭の上に彼女の姿が見えた。彼女の背後から日の光がまっすぐ私の目を射るので、彼女の全身は空の青いカンバスの上に木炭で黒く描かれた鋭いシルエットだった。少し高い所を雲が流れていた。それは雲というより岩の一部のように見え、岩の上に立つ彼女自身と、それに従う群衆は、この草地もろとも、音もなく船のように滑っていた。足元の大地も軽やかに流れて行く……

「兄弟よ……」彼女の声だ。「兄弟よ！　あなた方も御存知でしょう、〈緑の壁〉の向う側の町では今、積分号を建造しています。私たちがこの壁を、すべての壁を破壊し、緑の風を全地球のすみずみにまで行き渡らせる日はやって来ました。しかし積分号はこれらの壁を空の彼方へ運んで行こうとしています。夜ごと葉かげに憩う私たちに囁きかけてくれる、あれらの美しい天体へ、壁を持ちこもうというのです……」

波と泡と風が、岩にぶつかる。

「積分号をぶっこわせ！　ぶっこわせ！」

「いいえ、兄弟よ、こわすのではない。積分号を私たちのものにしなければなりません。積分号が初めて飛び立つ日に、乗りこむのは私たちです。私たちには積分号の建造技師がついていています。あなた方の仲間になろうと、彼は壁を越え、私と一緒にここへ来たのです。建造技師ばんざい！」

一瞬ののち、私は宙に浮び、下には頭、頭、頭、大声で叫んでいる口、私を突き上げる無数の手があった。なんという異様な酩酊《めいてい》気分だろう。私はすべての人々の上にいる自分、一個の独立世界としての自分を感じた。いつも足したり引いたりされる数であることをやめて、私は一つの単位に昇格したのである。

愛の抱擁のあとのように揉《も》みくちゃにされた幸福な体をかかえて、私は岩のそばに下り立った。太陽、岩の上からの声、Iの微笑。髪は金色で、全身が繻子のような金色の体毛に覆われ、草の香りを発散させている一人の女が近づいてきた。明らかに木製と見える盃《さかずき》を手にして。赤い唇で一口飲むと、私に手渡す。私は目を閉じ、内部の炎を消そうと、むさぼり飲む。甘い、刺すような、冷たい火花を飲む。するとと私の内部の血液も、全世界も、動きが千倍も速くなり、大地は綿毛のように軽く飛ぶ。何もかもが軽やかに、単純明快に見える。

例えば、岩の上に見えるお馴染みの巨大な文字「メフィ」――あれはなぜか必要欠くべからざるものであり、すべてを繋ぐ素朴で丈夫な糸なのだった。あるいは、たぶん同じ岩の上に殴り書きされた絵が見える。翼を生やした青年の絵で、透き通った体の心臓にあたる部分には、真紅に燃える眩い一個の石炭が描かれている。この石炭もまた私にはよく分る……というより感じられる。岩の上で喋っている彼女の言葉の一つ一つが、聞かなくても感じられるように。そしてみんなが一人の人間のように呼吸していることを私は感じる。いつか「緑の壁」の上空で舞っていた鳥たちのように、みんな一緒にどこかへ飛び立とうとしている……

濃密に呼吸する人々の肉体の茂みのうしろの方で、誰かが大声で言った。

「しかしこりゃ気違い沙汰じゃないか！」

すると私らしき人物が――いや、間違いなく私自身が岩の上に駆けのぼり、そこから太陽に、人々の頭に、青空を背負って連なる緑色の鋸《のこぎり》状の波線にむかって、叫ぶ。

「そう、その通り！　みんなが発狂しなければならない。一刻も早く、全員が発狂することが絶対に必要だ！　必要欠くべからざることなのだ！」

Iが並んで立っている。その微笑。唇の隅から斜め上に引かれた二本の黒い線。私の内部には、真紅の石炭がある。軽やかで、微かに痛みをともなう、すばらしいこの瞬間……

あとは心に突き刺さった記憶のばらばらな断片にすぎない。

一羽の鳥が、地面をかすめてゆっくりと飛ぶ。私は見る。それは私と同じ生きものなのだ。まるで人間のように頭を左右に振り、黒い丸い目で喰い入るように私を見つめる……

もう一つの光景。古い象牙《ぞうげ》の色をした毛がきらきら光っている背中。その背中を、小さな透き通った羽をもつ一匹の昆虫が這っている。その昆虫を追い払おうと、背中がぴくっと震える。もう一度震える……

また別の光景。編み目のような、格子のような木の葉の影。何人かがその木蔭に横になって、何か古代の伝説的な食物に似たもの、細長い黄色い果実と何か黒い塊をもぐもぐ食べている。一人の女がそれを私の手に握らせる。実に滑稽だ。私はそれを食べられるかどうかも分らないのだから。

そしてふたたび群衆、人々の頭、足、手、口。幾つかの顔が一瞬現れ、シャボン玉のようにはじけて消える。次の瞬間——これは私の気のせいだろうか——透明な翼のような耳が確かに見えた。

　私は全身の力をこめてIの手を握る。彼女は振り返る。

「どうしたの」

「あいつがいる……今、確かに……」

「あいつって?」

「Sだ……たった今、人ごみのなかに……」

　石炭のように黒い、細い眉が、こめかみに釣り上っている。鋭角三角形、微笑。私にはよく分らない。なぜ彼女は微笑するのだろう。どうして笑っていられるのだろう。

「分らないのか、I、これがどういうことなのか分らないんだね。もしあいつか、あいつらの仲間がここへ来ていたら……」

「おかしな人! 壁の向うの人たちには、私たちがここにいるなんてことは、思いもよらないのよ。思い出してごらんなさい。早い話があなただって、今までに考えたことがある? こんな世界があり得るって? 壁の向うで私たちをつかまえるなら、つかまえればいいのよ。さあ、そんな囈言《うわごと》はもうお終い」

　軽やかに陽気に彼女は微笑み、私も微笑み、酔い心地の大地は陽気に軽やかに流れて行く……

手記28

〔要約〕二人の女。エントロピーとエネルギー。肉体の不透明な部分。

さて、もしも読者諸君の世界がわれらの遠い祖先の世界に似ているのなら、ひとつこんな場合を想像してみて欲しい。あるとき大海を航行中に第六か第七の大陸——例のアトランティスのようなものに行き当ったとする。そこには迷宮都市があり、人々は翼やアエロの助けをかりずに空を翔《かけ》り、石材は眼力で高々と持ち上げられ——要するに、夢遊病にかかっている時ですら思い及ばぬような事象がそこにあるのだ。昨日の私の場合は正しくこれだった。なぜなら、われらの誰一人として二百年戦争以後「緑の壁」の外へ一度も出なかったのだから。このことは既に書いたので分っていただけると思う。

未知の読者諸君よ、あなた方にたいする私の義務は、きのう私の前に展《ひら》けた異様かつ意外なあの世界について、もっと詳しく語ることである。それは分っている。だが今はこの問題に立ち帰ることはできない。新しい事件が次から次へと、まるで豪雨のように襲いかかり、私にはその全体を把握する力が足りない。ユニファの裾やすぼめた掌《てのひら》で受けようとしても、大量の水がこぼれてしまい、この手記に残るのはほんの数滴といったところなのだ……

まず自室のドアの外に大声が聞えた。しなやかで金属的なIの声と、もう一つ、木製の定規のようにほとんど撓《たわ》みのないUの声とが聞き分けられた。それからドアが勢いよく開き、二人の女が私の部屋に撃ちこまれた。まさしく撃ちこまれたという勢いだった。

Iは私の肘掛椅子の背に片手を置き、右の肩ごしに歯だけで相手の女に笑いかけた。それは間違っても浴びたくない種類の微笑だった。

「聞いてちょうだい」とIは私に言った。「この女の人のお仕事は、あなたを小さな子供のように保護して、私には絶対逢わせないことなんですって。そんなこと、あなたが許したの？」

すると相手の女は鰓《えら》を震わせて言った。

「そうよ、この人は子供よ。そうですとも！　でなければ分るはずでしょう、あなたがこの人にどんなことを……それも目的はただ……こんなことは何もかもお芝居だわ。そうよ！　ですから私は義務として……」

一瞬、鏡の中で私の眉の直線が曲り、ぴくぴく動いた。私は飛びあがり、毛むくじゃらの拳を震わせている内部のもう一人の私を辛うじて押しとどめ、喰いしばった歯の間から一語一語を引きずり出しながら、まっすぐ鰓にむかって叫んだ。

「い、今すぐ、で、出て行きなさい！　今すぐ！」

鰓は煉瓦色にふくれあがり、それから灰色にしぼんだ。何か言おうと口を開いたが、何も言わず、Uは乱暴にドアを閉めて出て行った。

私はIに飛びついた。

「けしからん――こんな仕打ちは絶対に許せない！　あの女がよくもきみに……でも誤解しないで欲しいな、ぼくは決して……あの女を……要するにあの女はぼくを予約したいんだ。それだけのことだけれども、ぼくのほうは……」

「幸い、予約はもう間に合わないわ。それに、あんな女の人が千人いたって、私は関係ないの。あなたが信じて下さるのは、千人の女じゃなくて、私一人でしょう。きのう以後の私はもう頭のてっぺんから爪先まであなたのものよ。あなたの手中に収まったも同然だわ。あなたはいつでも好きなときに……」

「いつでも好きなときに何？」と言ったとたんに、私はその意味を悟り、耳も頬も真赤にして叫んだ。「そんなことは言わないでくれ、もう絶対にそんな話はしないでくれ！　だって分るだろう、あれは昔のぼくで、今のぼくは……」

「分るもんですか……人間は小説と同じよ。最後のページまで読まなきゃ結末は分らないわ。そうでなかったら、最初から読む価値もない小説なのよ……」

Iは私の頭を撫でる。彼女の顔は見えないが、声から判断するなら、Iは今どこか遠くを見つめているのだ。音もなく、ゆっくりと、行方も知れず流れて行く雲に視線をからませて……

突然、彼女は片方の手でやさしく、だが確実に私を押しのけた。

「ねえ、今日は私、知らせに来たの。あと何日かで私たちはお終いかもしれない……今夜以後、集会所の行事がすべて中止されたこと、知ってる？」

「中止？」

「そう。さっき集会所の前を通ったとき見たわ。中で何かの準備をしていた。手術台みたいなものがあって、白衣を着た医者たちがいて」

「でもそれはどういうことだろう」

「分らない。今のところ誰にも分らないわ。それが一番困ったことなの。ただ私の感じでは、もう電流のスイッチが入れられて火花が走っている。今日あすにも……でも彼らはたぶん間に合わないでしょうけど」

彼らとは何者で、われらとは何者なのか、それを探り出そうとする努力を私はとうに放棄していた。彼らが間に合うことと間に合わぬことと、どちらを自分が望んでいるのか、私には分らない。ただ一つだけはっきりしているのは、Iが今たいそうきわどい立場にあること、そして今にも何かが起りそうな……

「しかしそりゃ気違い沙汰だ」と私は言う。「きみたち、対、〈単一国〉ではね。そりゃ銃口を手でふさいで発射を止められると思うのと同じことだよ。全くの気違い沙汰じやないか！」

微笑。

「《みんなが発狂しなければならない、一刻も早く全員が発狂すること》きのう誰かさんが言った言葉よ。覚えてる？　あそこで……」

そう、その言葉は手記にも書いてある。してみれば本当にそう言ったのだ。私は無言で彼女の顔を見つめた。今その顔には特に明瞭に黒い十字のしるしが認められた。

「かわいいI、手遅れにならないうちに……なんなら、ぼくはすべてを捨てて、すべてを忘れて、きみと一緒に行くよ。〈緑の壁〉の向うへ、あの連中の所へ……彼らが何者なのか、ぼくは知らないけれども」

彼女は頭を横に振った。暗い目の窓の奥、彼女の内側に、私は燃える暖炉を見た。火花、燃え上る炎の舌、乾いて樹脂の滲み出た薪《まき》の山。そして私には明らかだった。もう遅すぎる、私の言葉はもう何の役にも立たぬ……

Iは立ち上り、出て行こうとした。ひょっとすると、これが本当に私たちの終り――最後の一刻《ひととき》なのかもしれない……私はIの手を摑んだ。

「待ってくれ！　せめてもう少しだけでも……お願いだから……」

彼女はゆっくりと私の手を明るい方へ持ち上げた。私がとても嫌っている毛むくじゃらの手を。私は引っこめようとしたが、彼女はしっかり握って放さない。

「あなたの手……あなたは知らないでしょうけど——ごく少数の人が知っているだけだけど、この町の女たちが昔不思議なめぐりあわせで、あの連中と愛し合ったことがあるの。あなたの中にもきっと太陽と森の血が何滴か入っているんだわ。だからこそ、私はあなたを……」

　間があいた。と、不思議なことに、その間、その空虚、その無のせいで、心臓がにわかに激しく打ち始めた。私は叫んだ。

「そう！　きみはまだ帰らないね！　あの連中のことを話さないうちは帰らないね。だってきみはあの連中を……愛しているのに、ぼくときたら、あの連中が何者なのか、どこから来たのかも全然知らないんだ。何者だろう、あの連中は。ぼくらが失《な》くした半身かもしれない。H_2とOだって、H_2Oを得るためには、つまり小川や海や滝や波や嵐を得るためには、半身と半身が一つにならなきゃいけないだろう……」

　彼女の動作の一つ一つを私は明瞭に記憶している。彼女は机から私のガラスの三角定規を取り上げ、私が喋っている間、その尖った縁を頬に押しつけていたのだった。頬には白い跡がついたが、すぐ薔薇色が戻ってきて跡は消えた。そして驚くべきことだが、彼女がそれから話した言葉を——特に初めの部分を、私はどうしても思い出せない。何かばらばらのイメージや色彩が記憶に残っているだけである。

　初め、それが二百年戦争の話だったことは分っている。まず、草の緑や、黒ずんだ粘土や、青みがかった雪などが、いちめん赤い色に覆われる。これはなかなか乾上《ひあが》らない、赤い水溜りである。やがて太陽に焼かれた黄色い草が現れ、裸の、黄色い、毛がもじゃもじゃの人間たちと、同じく毛がもじゃもじゃの犬たちが現れ、あたりには脹《ふく》れあがった犬の死体や、恐らくは人間の死体もごろごろしている……これは言うまでもなく壁の外側の話である。町はすでに勝利を収め、町にはわれわれの現在の石油食品があったのだから。

そして空から地面へかけては幾つもの黒い重々しい襞があり、それらの襞が揺れ動く。これは森や村々の上にゆっくりと立ちのぼる煙の柱である。うつろな嘆きの声々。黒い果てしない列を作って、町へ追いこまれる人々。強制的に救助され、幸福な生活を教えこまれる人々。

「この辺のことは大体御存知ね」

「大体は」

「でもあなたが御存知ないのは、この人たちのごく一部分が生き残って、〈緑の壁〉の向うで生きつづけたということ。これを知ってる人は少ないわ。彼らは裸で森の中へ入ったのよ。そして森の中で、樹木や動物や鳥や花や太陽からいろんなことを学んだわけ。あなた方の体は毛に覆われたけど、その代り、毛の内側で温かい赤い血液は守られたわ。あなた方は、それと比べれば最低よ。あなた方の体は数字だらけで、数字が虱《しらみ》みたいに体中を這いまわってる。あなた方は服を剝ぎとられて、裸で森の中へ追いこまれなきゃ駄目ね。恐怖や、喜びや、猛烈な怒りや、寒さに身を震わせ、火に祈ることを学ばなきゃ。だから私たちメフィが目指しているのは……」

「ちょっと待って、そのメフィだ。一体何なんだい、メフィというのは」

「メフィ？　古代の名前よ。この名前のもちぬしは……憶えてるでしょう、あの岩に若者の絵が描いてあったのを……いいえ、それよりあなたの言葉で説明したほうが手っとり早いわね。いいこと、世界には二つの力が、エントロピーとエネルギーがあるでしょう。一つはこの上なく仕合せな静謐《せいひつ》を、幸福な均衡状態を目指し、もう一つは均衡状態の破壊を、果てしない苦しい運動を目指す。このエントロピーのほうを、私たちの先祖は――より正確にいうと、あなた方の先祖のキリスト教徒たちは、神として崇《あが》めていたわけね。でも私たち反キリスト者は……」

このとき、微かな囁きのようなノックの音が聞え、部屋に駆けこんだのは、押しつぶされたような額が目の上にかぶさっている男、Iのメモを何度か届けてくれたあの男だ。私たちに駆け寄ると、男はまるで空気ポンプのように、立ったまま荒い息を吐くが、一言も口をきけない。きっと全速力で走って来たのだろう。

「どうしたの！　何があったの」と、Iは男の手を摑んだ。

「ここへ……やつらが来ます……」やっとのことで空気ポンプが喘ぎ喘ぎ言った。「警備隊と……あの……何て言いましたっけ……あの猫背のやつ……」

「S？」

「そうです！　一緒にこの建物に入りました。もうすぐここへ来ます。早く、さあ！」

「くだらない！　時間はあるわ……」彼女は笑った。目の中に火花が走り、陽気な炎の舌が動いた。

これは無意味で無分別な勇気なのか、それとも何か私にはまだ理解できない事情でもあるのだろうか。

「I、〈慈愛の人〉の名にかけてお願いだ！　分ってくれよ、だってこれは……」

「〈慈愛の人〉の名にかけて、なのね」鋭角三角形、微笑。

「じゃ……ぼくのために、でもいい……とにかく早く」

「ああ、もう一つ、あなたには話しておきたいことがあったのに……まあ、いいわ、あすにでも……」

彼女は楽しそうに（そう、楽しそうに）私にうなずいてみせた。男も、庇《ひさし》のような額の奥から一瞬、目を光らせ、私に会釈をした。そして私は一人になった。

急いで机に向う。手記の原稿を拡げ、ペンを取る。彼らが入って来るときには、私は「単一国」の為になる仕事をしているのでなければならない。と突然、私の髪の毛の一本一本が生きもののように、それぞれ別個に戦《そよ》ぎ始めた。《もしもこの手記の最近の部

分を一ページでも読まれたら、どうなる?》

机にむかって身動きもせずに私は坐っていた。目の前で壁が震え、私の手が握っているペンも震え、手記の文字も震えて見分けがつかない……

隠そうか。だが、どこへ。どこもかしこもガラスだ。燃やすか。だが廊下や回りの部屋から見られてしまう。それにこの私自身の苦しげな断片――おそらくは私にとって最も貴重な断片を処分してしまう力は、私にはもうありはしない。そんなことはできない。

廊下の向うに、もう人声と足音が聞える。私はあわてて原稿の束を摑み、自分の尻の下に隠した。これで私は、内部の原子の一つ一つに突き動かされるこの椅子に縛りつけられたも同然だ。足元の床は船の甲板のように上下する……

私は小さな玉のように竦みあがり、額の庇の下に隠れて、その奥から盗人のようにあたりの様子をうかがった。彼らは廊下の右端から始めて、部屋を一つ一つ点検し、徐々に近づいて来る。私のように身を固くして坐っている者もいれば、いそいそとドアを開け放って彼らを出迎える者もいる。幸福な連中だ! 私もあんなふうだったら……

《……〈慈愛の人〉とは即ち人類にとって不可欠な最も洗練された消毒行為であり、従って〈単一国〉という名の有機体にはいかなる蠕動《ぜんどう》運動も……》震えるペンでこのまったく無意味な文句を書きつけながら、私はますます机の上にかがみこみ、頭の中では狂った鍛冶屋が活躍していた。背中のうしろでドアの取手ががちゃりと鳴った。一陣の風が吹きこみ、私の腰掛けている椅子が踊り始め……

そのとき初めて、やっとの思いで私は机から顔を上げ、部屋に入って来た連中の方を向いた（芝居を演じることのむつかしさよ……ああ、誰だったろう、今日お芝居がどうとか言っていたのは）。先頭はSだった。陰気に押し黙ったまま、私に、私の椅子に、私の手の下で震えている原稿に、視線のドリルで穴を穿《うが》った。次の一瞬、戸口に立っている人々の毎日見馴れた顔々のなかから一つの顔が分離して見えた。薔薇色がかった褐色の脹らんだ鰓が……

とたんに私はこの部屋で半時間前に起ったことをすべて思い出した。彼女がこれからどう出るかは明らかである……私の全存在はあの手記を隠している肉体の一部分（幸いにして不透明な部分）で激しく脈打った。

Uは Sの背後に近寄り、そっと彼の袖に触れると、低い声で言った。

「この方はD五〇三号、積分号の建造技師です。お聞きになっていらっしゃいますね。いつもこうして机にむかって……本当に骨身を惜しまぬ方ですわ！」

……だが実際の私はどうだろう。なんというすばらしい、驚くべき女性。

Sは滑るように私に近寄ると、私の肩ごしに机の上にかがみこもうとした。私は書きかけの原稿を肘で隠したが、Sは厳しく叫んだ。

「それをお見せなさい、今すぐ！」

私は恥ずかしさに真赤になって、書きかけの紙を彼に渡した。Sがそれを読み終えたとき、私は見た。彼の目から滑り落ちた微笑が、すばやく顔の表面を駆け下り、尻尾をちょろりと動かしながら唇の右隅のあたりに坐りこむのを……

「いくらか曖昧だが、しかし……まあ、とにかくお続けなさい。これ以上お邪魔はしません」

汽船の外輪が水を叩くような音を立てて、Sは戸口へむかい、その一足ごとに少しずつ私の手足や指が私に戻ってくるのだった。精神はふたたび全身に均等に配分され、呼吸は正常に返った……

最後まで部屋に残っていたUは、そばへ寄って来ると、私の耳に囁いた。

「私でよかったわ……」

分らない。彼女は何を言いたかったのだろう。

夜になってから聞いたところによれば、この建物から三名が連行されたという。しかし他の事件についてと同じく、この件についても、あからさまに語る者は一人もいない(――われらの日常に秘かに紛れこんでいる守護官たちの好ましい影響であろう)。話題はもっぱら気圧の急速な低下と、天候の激変ということだった。

手記29

〔要約〕糸が顔に。芽。不自然な圧縮。

不思議なことに、気圧は下りつづけているのだが、風はまだ吹かず、静かである。われわれにはまだ聞えないが、上空ではすでに嵐が始まっていた。雨雲が全速力で走っている。今のところ雲はまだ少ない。断片的なぎざぎざのかけらだけだ。それはあたかも上空で一つの町が崩壊し、壁や塔の破片が戦慄《せんりつ》的な速度で落下して来るかのようだった。だが青空はあまりにも広いから、それらの破片はあと数日落ちつづけないと、この地上には達しないのだろう。

下界は静かである。繊細な、ほとんど目に見えぬ不思議な糸が、空中に漂っている。毎年、秋になると「緑の壁」の向うから、これらの糸が送られてくるのである。糸は空中をゆっくり漂っているだけだが、ふと気がつくと何か余分の、目に見えぬものが顔にくっついている。払い落そうとしても駄目だ。どうしても逃げられない……

この糸が特に多いのは「緑の壁」の近辺である。今朝、私はそこを歩いていた。Iがあいびきの場所に「古代館」を指定したのである。あの私たちの「アパート」を……がっしりと赤黒い「古代館」の巨体から程遠からぬ所で、背後に誰かのあわただしい小刻みな足音と、せわしげな息づかいが聞えた。振り向くと、追いかけてきたのはOだった。

彼女の全身は独特のしなやかな完結した丸みを帯びていた。腕も、お碗《わん》のような胸も、私のよく知っている体ぜんたいが丸々となって、ユニファははち切れそうである。薄い布地に穴でもあいたら、中身は日の光の中へ飛び出すだろう。春の緑の林の中で断乎として地面から顔を出す芽を、私は思い浮べた。一刻も早く枝を、葉を出し、花を咲かせようと、懸命になっている、あれらの芽。

数秒間、彼女は無言で、私の顔に青い光を浴びせかけていた。

「あなたを見たわ、〈満場一致の日〉に」

「ぼくもきみを見たよ……」狭い通路の壁に寄りかかり、両手で腹を庇《かば》っていた彼女の姿が思い出された。私は思わずユニファの下の丸い腹を見つめた。

こちらの視線に気づいたのだろう、彼女はいっそう丸々と薔薇色になり、薔薇色の笑みを浮べた。

「私とても仕合せ、とても仕合せよ……お分りかしら、体中が満たされたみたいな感じ。こうして外を歩いていても、あたりの音は何にも聞えない。いつも自分の内側に耳をすましているの……」

私は黙っていた。顔に何か余分なものがくっついて鬱陶《うっとう》しいのだが、どうしてもそれを払い落すことができない。と突然、思いもよらず、いっそう青い光を放ちながら、彼女は私の手を摑んだ。そして彼女の唇が手に押しつけられるのを私は感じた……これは生れて初めての経験だった。これはそのときまで私の知らなかった古代風の愛撫《あいぶ》の一種であり、あまりの恥ずかしさと苦痛に、私は（いささか乱暴なしぐさで）自分の手を引っこめた。

「きみという人は――気でも狂ったのか！　今のことだけじゃなくて、そもそもきみという女は……何がそんなに嬉しいんだ。どんな結末がきみを待っているか、まさか忘れたんじゃないだろうね。今はよくても、一カ月後か、二カ月後には……」

彼女は火が消えたようになった。すべての丸みはたちまち凹《へこ》み、歪んでしまった。私の心の中で、憐れみという感情と結びついた、不愉快な、病的といえるほどの圧縮現象が起った（心臓は理想的なポンプ以外の何物でもない。圧縮、収縮――ポンプによる液体の吸いこみ――とは即ち技術的不条理である。従って明らかに、すべての「恋」「憐れみ」など、このような圧縮現象を呼びおこすものは、本質的にきわめて不条理かつ不自然かつ病的である）。

静寂。左手には「緑の壁」の暗緑色のガラス。前方には「古代館」の赤黒い巨体。この二つの色彩が私のなかで溶け合って一種の合力となり、私にはすばらしいと思われる一つのアイデアが生れた。

「待てよ！　きみを救う方法を思いついた。自分の子供を一目見ただけで死なねばならぬ運命から、きみを救い出してあげよう。きみは子供を育てることができるんだ。分るかい。自分の手の中で子供が成長し、丸々と肥《ふと》り、果物のように熟して行くのを、見守ることができるんだ……」

彼女は全身を震わせ、喰い入るように私を見つめた。

「憶えているだろう、あの女性……ほら、いつか散歩のときに逢った。あの女性が今、〈古代館〉に来ているんだ。一緒に行こう。請け合ってもいい、すぐ万事手配するから」

私は既に、Iと私たちが三人であの回廊を歩き、あの花と草と葉の世界へ出て行くさまを心に描いていた……だがOは後退《あとじさ》りした。薔薇色の半月の両端が震え、折れ曲って垂れた。

「それはあの女ね」とOは言った。

「あの女って……」なぜか私はどぎまぎした。「そう、あの女だよ」

「じゃ、あの女の所へ行って、あの女に頼め……そうおっしゃるのね。いやよ、もう二度とそんな話はしないで！」

うつむいて、彼女は早足に私から離れて行った。そして何事か思い出したように、振り向いて叫んだ。

「私、死んだってかまわない！　あなたには関係ないわ。あなたはどうでもいいんでしょう」

静寂。戦慄的な速さで落下してくるものがみるみる増えてゆく。青い壁や塔の破片。だが青空はあまりにも広いから、それらの破片はあと数時間——あるいは数日間、落ちつづけなければならないだろう。目に見えぬ糸がゆっくりと漂い、顔にくっつく。払い落そうとしても駄目だ。どうしても逃げられない。

私はゆるゆると「古代館」にむかって歩く。心臓では、不条理な、苦しい圧縮現象が……

手記30

〔要約〕最後の数。ガリレイの誤り。いっそのこと。

きのう「古代館」でIと交した会話を書きとめておこう。私たちの周囲は、思考の論理的な進行を妨げる雑音でいっぱいだった。即ち、赤、緑、ブロンズの黄色、白、オレンジ色……そして会話の間中、大理石の中に凍りついた獅子鼻の古代詩人の微笑が、私たちの頭上にあった。

私はこの会話を一言半句もゆるがせにせず再現する。というのは、私が思うに、この会話は「単一国」の運命にとって、いや、それればかりか全世界の運命にとって、重大かつ決定的な意義をもつだろうからである。それに、未知の読者よ、あなた方はおそらくここに私の若干の弁明を見出すだろう……

Iは何の前置きもなしに、いきなりすべてをぶちまけたのだった。

「あさっては積分号の最初の試験飛行ですってね。その日に私たちが乗っ取ります、積分号を」

「なんだって。あさって？」

「そうよ。まあ坐って、興奮せずに。私たちは少しの時間も無駄にできないの。きのう守護官が行き当りばったりにつかまえて行った百人のうち、十二人がメフィだったのよ。あと二、三日放っておけば、その人たちは殺されてしまう」

私は黙っていた。

「試験飛行の進行状況を見るために、電気技師や、機械技師や、医者や、気象学者が、数名ずつ、あなたの所へ派遣されるはずです。正十二時に——忘れないでね——昼食のベルが鳴って全員が食堂に入るとき、私たちは廊下に残って、全員を食堂に閉じこめてしまう。これでもう積分号は私たちのものよ……分ってね、何がどうあろうと、これは絶対に必要なことなの。積分号を手に入れれば、これは事を一どきに、急速に、苦痛なしに終らせるための武器になるでしょう。彼らのアエロなんて……お笑いぐさよ！　ちっぽけな蚋《ぶよ》が、隼《はやぶさ》に立ち向うようなものだわ。それに万やむを得ない場合にはエンジンの噴射孔を下に向けて一噴射すれば……」

　私は飛び上った。

「そんなことはとても考えられない！　馬鹿げている！　まさか分らないわけじゃあるまい、きみたちが計画しているのは革命じゃないか」

「そうよ、革命よ！　どうしてそれが馬鹿げているの」

「馬鹿げているとも。だって革命なんてあり得ないからね。なぜならば、われらの——これはきみじゃなくて、ぼくの言うわれらだけれども——われらの革命は最後の革命だった。だから以後はどんな革命もあり得ない。こんなことはみんなの常識で……」

　眉が嘲笑の鋭角三角形をかたちづくった。

「ねえ、あなたは数学者でしょう。それだけじゃなくて数理哲学者でしょう。だったら最後の数を言ってごらんなさい」

「というと？　ぼくには……分らない。最後の数とは？」

「ですから最後の数、最高、最大の数のことよ」

「しかし、I、それは無意味だよ。数というのは無限なんだから、最後の数を求めても無駄なことだ」

「じゃどうして最後の革命なんていうの。最後の革命なんてありゃしない、革命は無限なのよ。最後の革命なんて子供向きのお伽話《とぎばなし》だわ。子供は無限をこわがるでしょう。子供を夜安眠させるために必要な……」

「しかしどういう意味――一体そういうことにどんな意味があるんだろう。お願いだから教えてくれないか。万人がすでに幸福だというのに、革命に一体どんな意味があるんだ」

「たとえ……まあいいわ、そうだとしてもいいわ。だったら、それから先は？」

「滑稽だな！　まるで子供の質問だ。子供に何か話をしてやると、話が終っても、必ず訊くんだ。それから先は？　なぜなの？　ってね」

「子供というのは独特の勇敢な哲学者だわ。そして勇敢な哲学者というのは、いつも決って子供なのよ。だから、まさしく子供のように、いつも、それから先は？　と訊かなきゃならないんだわ」

「それから先は何もない！　終りだ。全宇宙が均質になって、到る所、一面に……」

「なあるほど、到る所が均質にね！　それこそエントロピー、心理的エントロピーじゃないの。あなたは数学者のくせに分らないのかしら、差にこそ、温度差や、熱コントラストにこそ生命は宿るのよ。もしも全宇宙の到る所が同じように温かい、あるいは同じように冷たい物質で均《なら》されているとしたら……その物質を刺激して、火を、爆発を、地獄《ゲヘナ》を起させてやらなきゃ。だから私たちは刺激を与えるのよ」

「しかし、I、分ってくれよ、分ってくれ。われわれの祖先は二百年戦争時代に、まさにそれをやったんだよ……」

「そう、祖先は正しかった、千倍も正しかったわ。ただ一つだけ誤りがあった。つまり、その後、自分たちが最後の数であると信じたことね。そんなものは自然のなかにはありはしない。彼らの誤りはガリレイの誤りよ。地球が太陽のまわりを回っているというのは正しかったけれども、太陽系全体が更に別の中心点のまわりを回っていることを、ガリレイは知らなかったし、地球の軌道、相対的な軌道ではなくて真の軌道が、素朴な円とは全然違うものだということも知らなかった……」

「じゃ、きみたちは？」

「そう、私たちは今のところ、最後の数がないことを知っているわ。あるいは今に忘れるかもしれないけど。いえ、年をとればきっと忘れるでしょう。誰だって年をとることからは逃げられない。そうなったら必然的に私たちも没落する。ちょうど秋の木の葉が落ちるようにね。ちょうどあさってのあなた方が……いいえ、ちがう、あなたはちがうわ。あなたは仲間ですもの、私たちの仲間ですもの！」

頬を紅潮させ、目をきらきら光らせている、こんな彼女を見るのは初めてだった。彼女は一つの渦巻のように全身で私を抱擁した。私は消え失せた……

別れ際に、彼女は私の目をじっとのぞきこんだ。

「じゃ憶えていてね。十二時よ」

私は言った。

「うん、憶えておく」

彼女は去った。私は一人になった。青、赤、緑、ブロンズの黄、オレンジ色など、さまざまな声の荒々しい騒音のまんなかに……

そう、十二時……突然何か余分のものが顔にくっつき、それをどうしても払い落せないという、奇妙な感じに襲われた。出しぬけにきのうの朝の事件を思い出す。UがIに面とむかって叫んだこと……なぜだろう。なんと不条理な。

私は急ぎ足で外へ出た。早く帰ろう、一刻も早く……

背後のどこか、「緑の壁」の上のあたりに、甲高い鳥の啼き声が聞えた。前方には、深紅色の炎の結晶のような夕方の太陽の光の中に、丸屋根や、炎上したように見える巨大な立方体の建物や、空に凍りついた稲妻――蓄電塔の尖塔などが浮んでいた。こういうものをことごとく――こういう非の打ちどころない幾何学的な美しさを、私は果して自分から、自らの手で……ほかに方法はないのだろうか。ほかに逃げ道はないのか。

ある集会所（番号は憶えていない）の前を通った。中にはベンチが山のように積まれ、中央には雪のように白いガラス布に覆われた手術台が何台かあった。その白の上に血のような夕日の赤い光がこぼれていた。これらの光景には未知のあすという日が、未知なるがゆえに薄気味の悪い明日がひそんでいるようだった。考えたり見たりする能力をもつ生きものが、不規則性や未知数に囲まれて暮さねばならないとは、なんと不自然なことだろう。例えば目隠しをされて、つまずきながら手探りで歩くことを強制され、しかもすぐそばに断崖《だんがい》があることを知っているとしたら、どうだろう。一歩誤れば、圧《お》しひしゃげた肉の塊しか残らないのだ。今の私の状態はこれと同じことではないだろうか。

……だがもしも、ためらうことなく、自ら真逆さまに身を投げたらどうだろう。いっそのこと、これが、すべてを一どきに解決するただ一つの正しい道なのではあるまいか。

手記31

〔要約〕大手術。私はすべてを許した。列車の衝突。

救われた！　もうすがるべき何物もない、すべては終ったという気がした土壇場で……いってみれば、「慈愛の人」の恐ろしい「機械」へむかって段々を昇り、がちゃりという音とともにガラスの蓋をかぶせられたようなものだった。この世の名残りに、私はあわててむさぼるように青空を見つめる……

と突然、すべては「夢」だったと分る。太陽は薔薇色で楽しげで、壁は――そう、ぼんやりとした壁を手で撫でるのは、何という喜びだろう。そして枕。白い枕に自分の頭の残した窪みを心ゆくまで愛《め》でる……

これがおおよそのところ、今朝、『国営新聞』を読んだときに私が経験したことだった。恐ろしい夢は終った。それなのに私は、小心で疑い深い私は、もう自殺というわがままなことを考えていたのだ。きのうの手記の最後の部分は読み返すだに恥ずかしい。しかし、まあいいだろう。きのうの手記はそのままにしておこう。ひょっとしたはずみで起ったかもしれない途方もないことの思い出として。そんなことはもう起らないのだが……そう、決して起るまい！……

『国営新聞』の第一面に燦然《さんぜん》たる見出し。

《喜べ、

なぜなら今日以後、諸君は完全無欠だ！　今日まで諸君の生み出した機械装置は諸君よりも完全だった。

なぜか。

発電機の火花の一つ一つは純粋理性の火花であり、ピストンの運動の一つ一つは非の打ちどころない三段論法である。だが諸君の内部にあるものも誤りを知らぬ同じ理性ではないのか。

クレーンやプレスやポンプの哲学は、コンパスで描いた円のように完結した、明晰な哲学である。だが諸君の哲学は果してコンパスの円に劣るだろうか。

機械装置の美は、振子のように途絶えぬ正確なリズムにある。だが幼時からテーラー・システムによって育てられた諸君もまた、すでに振子のように正確ではないか。

ただ一つ、

機械装置には想像力がない。

諸君は見たことがあるか、仕事中のポンプのシリンダーの顔に、遠くを夢見るような無意味な微笑がひろがるのを。諸君は聞いたことがあるか、クレーンが夜な夜な、休息に充《あ》てられた時間に落ち着きなく寝返りを打ち、溜息をつくのを。

ない！

しかるに諸君の微笑や溜息は——赤面するがいい！　——守護官たちによって最近ますます頻繁に認められている。そして〈単一国〉の歴史学者たちは——目を覆うがいい——それらの恥ずべき出来事を記録したくないばかりに辞表を提出しようとしている。

だがこれは諸君の罪ではない。諸君は病気なのだ。その病名は想像力という。

これは諸君の額に黒ずんだ皺を噛み跡として残す毒虫だ。これは諸君を追い立てて絶えず彼方へと走らせる熱病だ。その「彼方」なるものは幸福の終る所から始まるのだが。これは幸福への道に残された最後のバリケードだ。

だが喜べ、バリケードは既に爆破された。

幸福への障害は取り除かれた。

単一国科学の最近の発見によれば、想像力の中枢はワロリーオ氏橋の部分にある一つの貧弱な脳神経節である。この神経節をエックス線によって三度焼けば、諸君は想像力の病を

永遠に免れる。

諸君は今や完全無欠であり、機械と同等の存在であり、こうして百パーセントの幸福への道は開かれた。急げ、老いも若きも全員が一刻も早く『大手術』を受けよ。『大手術』の行われる集会所へ急げ。『大手術』ばんざい！〈単一国〉ばんざい、〈慈愛の人〉ばんざい！》

もしも読者のみなさんがこの文章を、何か古代の気紛《きまぐ》れな小説とやらに似た私の手記の中ではない、別のところで読んだのなら――もしも今の私のように、あなた方の手の

中でまだ印刷インクの匂いのする新聞紙が震えているのなら――もしも私同様あなた方もこれが正真正銘の現実であることを、たとえ今日の現実ではないとしても明日の現実であることを知っているのなら――あなた方の受ける感銘は私の場合と全く同じなのではないだろうか。今の私と同じようにあなた方もめまいがするのではなかろうか。気味の悪い、しかも甘美な氷の針のようなものが、背中や両腕をかすめて走るのではないか。自分はアトラスのような巨人であり、背を伸ばせばきっとガラスの天井に頭がぶつかる、というふうに感じるのではないだろうか。

私は電話機を摑んだ。

「I三三〇号を……そうです、三三〇号」それから喘ぎ喘ぎ叫んだ。「ああ、留守じゃなかったね。読んだ？　今読んでいる？　こりゃ全く……凄《すご》いじゃないか！」

「そうね……」永い暗い沈黙。受話器は微かに唸り、彼女は何か考えていた……「今日ぜひお逢いしたいわ。ええ、私のところで、十六時すぎに。きっとよ」

愛らしい！　なんという愛らしさ！　「きっとよ」か……私は自分の顔が微笑に弛《ゆる》み、どうしても元へ戻らないのを感じた。この微笑をたずさえたまま通りを行こう。カンテラのように頭上高くかざして……

戸外では風が私に襲いかかってきた。渦を巻き、口笛を吹き、鞭で打つ。だが私はいっそう陽気になるだけだった。好きなだけわめくがいい、吠《ほ》えるがいい。もうお前には壁を倒すことはできないのだ。頭上に行き交う鉄色の雨雲も、好きなだけ乱れるがいい。きみらは日の光を遮《さえぎ》ることはできない。われらは太陽を鎖で永遠に天頂に縛りつけた。ヌンの子ヨシュアの一族《うから》なるわれらは。

街角では、ヌンの子ヨシュアの一族がぎっしりとかたまって、ガラスの壁におでこをくっつけていた。壁の内側では、白い眩い手術台の上に、既に一人の男が横たわっていた。白布の下から黄色く突出している裸の足の裏が見え、白衣の医者たちが枕元に屈みこみ、一つの白い手が何かの液を満たした注射器をもう一つの手にむかって差し出していた。

「あなた方はどうして中へ入らないのですか」と、誰にともなく、いや正確にいえば全員にむかって私は尋ねた。

「じゃ、あなたは」と、坊主頭が一つ、私の方を向いた。

「ぼくは、あとで。その前にちょっと用事が……」

少しまごつきながら、私は立ち去った。事実、その前に私はまずIに逢わなければならない。しかしなぜ「その前に」なのか、自分でもよく分らない……

造船台。積分号は青みを帯びた氷のように光り輝いていた。機関室では発電機が唸り、際限もなく一つの言葉を、何やら私のよく知っているような一つの言葉をやさしく繰り返していた。私は腰をかがめて、エンジンの長い冷たいパイプを撫でた。愛らしい……

なんという愛らしさ。あす、お前はよみがえるだろう。あす、熱い火のしぶきがお前の胎内を通り、お前は生れて初めて戦慄するだろう……

もしすべてがきのうのままだったとしたら、私はどんな目でこの力強いガラスの怪物を眺めていただろう。もしもあす十二時にこの怪物を裏切る……そう、裏切るのだと心を決めていたら……

誰かが後からそっと肘に触った。振り向くと、第二建造技師の平べったい皿のような顔があった。

「もう御存知ですね」と彼は言った。

「何を？　手術のことか？　そう、まったく凄いじゃないか。何もかもいっぺんに解決されて……」

「いや、そのことじゃなくて、試験飛行があさってに延期されたんです。みんなその手術のせいですよ……せっかくの突貫作業が無駄になっちまった……」

《みんな手術のせい》か……滑稽な、了見の狭い男だ。自分の皿みたいな顔から先のことは何一つ見えない。もし手術がなかったらどうなっていたか、この男には想像もつくまい。あすの十二時、ガラスの檻に閉じこめられて、のたうちまわり、壁をひっかいていたかもしれないのに……

私の部屋、十五時半。部屋に入ると、Uの姿が見えた。彼女は私の机にむかって坐っていた。骨ばった体、かたくなな姿勢。右の頬を手で支えている。きっともう永いこと待っていたのだろう。立ち上って私を迎えたとき、頬には五本の指の跡が残っていた。

一瞬、私の内部にあの不幸な朝の出来事がよみがえった。この同じ机のかたわらに、怒り狂ったこの女がIと並んで立っていた……だがその光景は一瞬間だけで、たちまち今日の光に洗い流された。よくあることだが、明るい昼間、部屋に入って、うっかりスイッチをひねると、電灯がつくけれども、まるでつかなかったのと同じことだ。それほど滑稽で、貧弱で、不必要な光……

私はためらうことなく女に手を差しのべ、すべてを許した。女は私の両手を摑み、痛いほど強く握りしめると、古代の装飾のように垂れ下った頬の肉を興奮のあまり震わせながら言った。

「お待ちしていたわ……すぐ帰ります……ただどうしても申し上げておきたかったの。ほんとによかった、私しあわせです！　だって、あすかあさってになれば、あなたは完全な健康体に戻るのですもの。新しく生れ変って……」

私は机の上の原稿を見た。きのうの手記の最後の二ページだ。ゆうべ置いたまま、そこにある。もしもその内容をこの女が読んだら……いや、読まれてもかまわない。今となってはただのお伽話《とぎばなし》だ。今となっては双眼鏡を逆さにのぞいたような、滑稽なほど遠いことだ……

「そう」と私は言った。「今、通りを歩いていたら、前を一人の男が歩いていて、男の影が舗装道路に落ちている。ところが、その影が光り輝いているんですね。ぼくの気持としては、いや、ぼくの信念としては、あすはどんな人にも物にも影というものが一切なくなって、太陽光線が万物をつらぬく……」

女はやさしく、しかも厳しく言った。

「あなたは空想家ね！　私の学校の子供たちには、そんな考え方は許さないところですけど……」

そして子供たちの話を始めた。すぐに全員を一まとめにして手術場へ連れて行ったこと、そのとき子供たちを縛りつけなければならなかったこと、「仮借なき愛こそ真の愛である」ということ、彼女の心もようやく決りかけていること……

女は膝の間の薄青色の布地の皺をのばし、何も言わずにすばやく微笑で私の全身をなめまわすと、出て行った。

幸い今日の太陽はまだ停止せずに走りつづけ、もう十六時だ。私はドアを叩く。胸の動悸《どうき》……

「どうぞ！」

彼女の椅子のかたわらの床にひざまずき、彼女の両脚を抱き、顔を上げて二つの目を一つずつ順番に見つめる。どちらの目の中にも私自身の姿が見える。すてきな囚《とら》われの身……

壁の外は嵐だ。雨雲の鉄色がますます濃くなる。ままよ！　頭の中には荒々しい言葉がぎっしり詰まり、縁を越えて溢れ出そうだ。そして私は声に出して言う、太陽とともにどこかへ飛んで行くのだと……いや、今やわれらはどこへ飛ぶかを知っている。私のあとに続くのは惑星たちだ。炎をほとばしらせる惑星。歌う炎の花々が棲《す》みついた惑星。そして理性ある石たちが組織社会に統合されている沈黙の青い惑星。私たちの地球と同じく、百パーセントの絶対的幸福という絶頂に到達した惑星……

突然、上からの声。

「組織社会に統合された石たちが、即ち絶対的幸福という絶頂なの？　まさかそう言いたいんじゃないでしょうね」

そして彼女の三角形は次第に険しくなり、暗くなる。

「幸福って……一体何かしら。だって欲望というのは苦しいものでしょう。だから明らかに幸福とは欲望が一切なくなった、きれいさっぱりなくなった状態のことね……私たちが今まで幸福にプラスの記号をつけていたのは、なんという間違い、なんという馬鹿げた偏見だろう。絶対的幸福にはもちろんマイナス記号をつけるべきよ。聖なるマイナスをね」

私はぼんやり呟いたのを憶えている。

「絶対零度はマイナス二百七十三度だ……」

「そう、マイナス二百七十三度。ちょっと涼しすぎるわね。でも、だからといって、私たちが絶頂に到達したとは証明できないわ」

いつか、だいぶ以前のときと同じように、彼女は私に代って、私の内側から喋りつづけ、私の思考を極限まで展開してくれるのだった。だがそれはなぜかひどく気味が悪く、私は我慢しきれなくなって、むりに自分の中から「ちがう」という言葉を引き出した。

「ちがう」と私は言った。「それは……冗談だろう……」

彼女はけたたましく笑い出した。あまりにもけたたましく。だがすぐに袋小路にぶつかったように笑いやめ、うつむいた……間があいた。

彼女は立ち上った。私の肩に両手をかけた。ゆっくりと、永いこと私を見つめた。それから私を引き寄せ——あとは彼女の鋭い熱い唇があるばかりだった。

「さようなら！」

この言葉はどこか遠い高い所からやって来て、私の耳に達するのに一分か、あるいは二分かかっただろうか。

「どういう意味、さようならって？」

「あなたは病気なのよ。私のせいで罪を犯した。よっぽど辛かったでしょうね。でももう手術があるから、私から逃げられる。だから、さようなら」

「いやだ」と私は叫んだ。

白い顔に浮びあがった、仮借なく鋭い、黒い三角形。

「あら。幸福が欲しいんじゃなかったの」

私の頭が猛烈に跳ねまわり始めた。二本の論理の列車が衝突し、重なり合い、大破し、音を立てて裂けた……

「いいわよ、待ってあげるわ、選びなさい。手術と百パーセントの幸福か、それとも……」

「《きみなしでは生きられない、きみなしでは駄目だ》」と、私は声に出して言ったのか、あるいは考えただけだったのか、分らない。だがIはこの言葉を聞きとった。

「ええ、分るわ」と彼女は答えた。それから依然として私の肩を両手で摑んだまま、私の目を見つめて言った。

「じゃ、あした。あすの十二時。憶えてるわね」

「いや、一日延期になったんだ……あさってだ……」

「そのほうが私たちも都合がいいわ。じゃ、あさっての十二時に……」

黄昏の街路を私は一人歩いて行った。風が私を紙切れのように追い立て、舞わせ、運び去ろうとした。鉄色の空の破片は飛びつづけていた。あと一、二日は無限の空間を飛んで行く運命だろう……行き交う人々のユニファが私に触れたけれども、私は一人歩いて行った。今や明らかである。すべての人は救われたが、私には救いはもうない。私は救いを望んではいない……

手記32

〔要約〕信じられない。トラクターの群。木端《こつぱ》人間。

あなた方は自分がやがて死ぬということを信じているだろうか。そう、人間は死すべき者であり、私は人間である、従って……いや、そういうことではない。そんなことならばあなた方は先刻御承知だろう。私が質問しているのは、あなた方がそれを信じたことがあるかどうかという点である。このページをめくっている指がいつかは黄色くなり、氷のようになるということを、最終的に信じたかどうか。頭ではなく体で信じたかどうか……

いや、もちろんあなた方は信じていない。だからこそ、いまだに十階から舗道めがけて跳び下りないのだ。信じていないからこそ、いまだに食べたり、ページをめくったり、髭《ひげ》を剃《そ》ったり、微笑したり、手紙を書いたりしている……

同じことが、そう、まったく同じことが今日の私についても言える。時計の文字盤の上で、この小さな黒い針がここから徐々に下って行き、真夜中にむかってふたたび少しずつ上って行って、ある一定の線を越えると、あすという途方もない日が来ること、これは頭では分っている。分ってはいるのだが、それでもなんだか信じられないのだ。あるいは二十四時間が二十四年であるかのような錯覚に陥っている。だからこそ、私はまだ何かをしたり、どこかへ急いだり、質問に答えたり、積分号のタラップを登ったりすることができるのだ。積分号が水の上で揺れているのをまだ感じることのできる私は、手摺につかまらねばと思い、すると冷たいガラスに手が触れるのを感じる。透明な生きたクレーンが鶴のような頸《くび》を曲げ、くちばしを伸ばして、注意深く、やさしく、エンジンに必要な恐ろしい爆発物の餌《えさ》を積分号に与えているのが、私の目に見える。そして眼下の青い川面《かわも》には、風が作った水の静脈や瘤《こぶ》がはっきりと見える。ところが、これらすべては私からひどく遠く、よそよそしく、平板で、一枚の紙に書かれた図面そっくりなのだ。その平板な図面の中の第二建造技師の顔が、突然こう話しかけてきたのは、まことに異様だった。

「さて、どうします。燃料をどれくらい持って行ったものかな。まず三時間……いや、三時間半と計算して……」

私の目の前には、依然として投影された図面のように、計数器を持った私の手があり、対数表示盤があり、十五という数字がある。

「十五トンか。しかし、いっそのこと……そうだな、百トンも持って行くか……」

これはやはり私が意識している証拠だろうか。あすという日を……

だが客観的に眺めれば、計数器を持つ私の手がほんのわずか震え始めている。

「百？　どうしてそんなにたくさん。一週間分じゃないですか。いや、一週間どころか、もっと保《も》つかな！」

「万一の場合にそなえてね……何が起るか分らない……」

「そりゃそうですが……」

風がひゅうひゅう鳴り、大気全体は最上層まで何か目に見えぬものをぎっしり詰めこまれている。息をするのも、歩くのも困難だ。大通りの外れでは、蓄電塔の時計の針が、やはり辛そうに、ゆっくりと、一秒たりとも休まずに這いつづけている。黒雲の中にぼんやりと青く見える塔の先端は、うつろに吠え、電気を吸いこんでいる。音楽工場の音管も吠えている。

いつもの通り四人ずつの隊列。だが隊列はなんだか不安定で、風のせいだろうか、揺れたり、曲ったりする。そして動揺は次第にひどくなる。おや、街角で何かにぶつかって、どっと後戻りしたかと思うと、群衆はたちまち密集し、凍りついたような、息づかいのせわしい一個の玉になった。誰もが鵞鳥《がちょう》のように頸をのばす。

「見ろ！　ちがう、あそこを見ろ、早く！」

「連中だ！　あの連中だ！」

「……おれは絶対にいやだぞ！　いやなこった。機械で首をちょん切られたほうがましだよ……」

「しいッ！　気でも狂ったの……」

街角の集会所の扉が大きく開き、そこからゆっくりと、重々しく、五十人ほどの隊列が出て来た。だがそれは「人間」などというものではない。足ではなくて、鍛造《たんぞう》された重い車輪、目に見えぬギアで動かされている車輪のようなものだ。人間ではなくて、人間のかたちをしたトラクターの群だ。彼らの頭上には、金色の太陽を縫いとりした白い旗が風にはためき、太陽の光線の部分にスローガンが書かれていた。《われらは一番乗り！　すでに手術を受けた者！　全員われらに続け！》

ゆっくりと、だが抑えがたい勢いで、彼らは群衆を押し分けて進んだ。前にあるものが私たちではなくて壁や樹や建物だったとしても、彼らは決して立ちどまらず、壁や樹や建物を押し分けて進んだに違いない。今や彼らは既に大通りのまんなかにまで進んだ。ねじ止めされたように腕を組み合って、鎖のように長く一列につながり、私たちに顔を向けた。私たちは緊張しきった一個の玉で、たくさんの頭を毛のように逆立てて、相手の出方を待つ。頸を鵞鳥のように伸ばして。黒雲。ひゅうひゅう鳴る風。

突然、鎖の左右両翼が私たちにむかって急速に閉じ始めた。山から転げ落ちる自動車のように刻々速度を増して、鎖の輪は私たちを締めつけてくる。あの開いた扉へ、集会所の内部へと……

誰かの金切声。

「追いこまれるぞ！　逃げろ！」

するとみんな走り出した。壁のすぐそばにもう一つ狭い自由な出入口があり、みんなそこへ頭から飛びこむように殺到した。頭は一瞬にして楔《くさび》のように鋭く尖り、肘や肋骨や肩や脇腹もたちまち鋭くなる。消火ホースに締めつけられていた水流のように、大勢の人が扇形にはじきとばされ、振りまわされる手足やユニファがあたりに散らばる。一刹那、どこからか、S字形に二度折れ曲った体と、透き通った翼のような耳が私の眼前に現れたと思う間もなく、地に潜ったかのようにたちまち掻き消え、散乱する手足の間を私は一人で走りつづける……

見知らぬ建物の入口で、背を扉にぴったりつけて一息つく。と、まるで風に吹き寄せられたように、小さな人間の木端が飛んできた。

「あなたのうしろに……ずっといたのよ……私いやなの――分るでしょう――私いやなの。だからあなたの言う通りに……」

ぽってりした小さな手が私の袖に置かれ、丸い青い目が私を見上げている。彼女だ。

Oだ。私と目があうと、全身が壁の面を滑るようにくずおれた。小さな塊のように体を丸めて冷たい石段にしゃがみこんだ彼女の頭を、私は撫でてやる。顔を撫でると、手が濡《ぬ》れた。こうしていると、私は何か非常に大きな存在で、彼女は反対にまったく小さな存在——私自身の一小部分であるかのような気分になる。これはIに対するのとはまったく異なった気持であり、今落ち着いて考えてみれば、古代人が私的な子供に対するときの関係に似ているのではないかと思う。

私の足元から、顔を覆った両手の間から、微かな声が聞える。

「私、毎晩のように……私いやなの、もし治療されたら……毎晩一人ぽっちで、暗闇の中で子供のことを考えるの……どうなるだろう、私は何をしてやれるだろう……この子を産めなかったら、生きていくあてがないわ、分るでしょう。だからあなたに……なんとかしてもらって……」

不合理な感情だが、そう、なんとかしてやらなければ、と私は心の底から思った。不合理というのは、この私の義務感はもう一つの犯罪にほかならないからである。白は同時に黒たり得ず、義務と犯罪とは合致し得ないからである。さもなければ、人生には白も黒も存在せず、色の区別はただ根本的な論理的前提のいかんによるということになろう。その前提が即ち、私が彼女に非合法的に子供を与えたことであるとすれば……

「よし、分った。泣いちゃいけない、泣かないで……」と私は言った。「いいかい、この前言ったように、きみをIの所へ連れて行かなきゃならない。そうすれば、彼女が……」

「ええ」（手で顔を覆ったまま、低い声で）

私は手を貸し、彼女を立たせた。それからお互いに自分のことを考えながら、あるいはおそらく二人とも同じことを考えながら、私たちは歩いて行った。暗い街路を、物言わぬ鉛色の建物の間を、厳しい風の鞭に打たれながら……

特に透き通った感じの、緊張感の漂う場所にさしかかったとき、風の唸りにまじって、聞き馴れた、水溜りを歩くような例の足音がきこえた。角を曲るとき振り返ると、薄汚れた道路の舗装ガラスに映って、逆さまに走っている黒雲の間に、Sの姿が見えた。とたんに、なんだか余分のものになった私の腕は、歩調に合せて振ることができなくなり、私はわざとらしい大声でOに喋り出した。あすは、そう、あすこそは積分号の試験飛行で、これは恐るべき未曽有の奇蹟になるだろう。

Oはびっくりして青い目を見張り、私の顔や、無意味に振りまわされる私の手を見つめた。だが私は彼女に喋る余裕を与えず、自分一人で喋りまくる。一方、私の内部では、ひとつの考えが熱に浮かされたようにぶんぶん騒いでいるのが、私だけに聞える。《いけない……なんとかして……あの男をIの所へ連れて行ってはいけない……》

左へ折れる代りに、私は右へ曲った。橋はその奴隷のように従順な背中を私たち三人に――私と、Oと、背後のあの男、Sに、差し出した。明るく照らされた向う岸の建物から光が水にこぼれ落ちて、熱に浮かされたようにはねまわり、狂暴な白い泡をふりかけられた数千の火花となって砕けた。どこか低い所に張られた低音弦の大綱のように、風が唸っていた。その低音にまじって背後からは絶えず……

　私の住む建物。入口でOは立ちどまり、口ごもりながら言いかけた。

「いやよ！　あなたが約束したのは……」

　だが私は終りまで言わせず、急いで彼女を中へ押しこんだ。私たちはロビーに入った。管理人の小机の上には、お馴染みの鰓《えら》の垂れ下った頬があり、鰓は興奮に震えていた。机のまわりには要員たちがぎっしり寄り集まって、何か言い争っていた。たくさんの頭が二階の手摺ごしにぶらさがり、階段を駆け下りて来る者もあった。しかし、そちらはあとにしよう……今は急いでOを反対側の隅へ連れて行き、壁に背を向けて坐ってから（壁の向うの歩道には、大きな頭をした黒い人影が滑るように行ったり来たりしているのが見える）手帳を取り出した。

　Oはゆっくりと肘掛椅子に腰を落した。まるでユニファの中の体は溶けて蒸発してしまい、あとには空っぽの服と、青い空《むな》しさを吸いこむ空っぽの目だけが残ったかのように。そして疲れた声で言った。

「なぜここへ連れて来たの。私を騙《だま》したの」

「ちがう……静かに！　あそこを見てごらん。壁の向うに、見えるだろう」

「ええ。人の影ね」

「あいつはいつもぼくを尾行しているんだ……まずいよ。分ってくれ、ぼくは行けない。今メモを書くから、これを持って、きみ一人で行ってくれ。あいつはきみは尾行しないだろうから」

ユニファの内側で、熟れた肉体がふたたび動き始めた。わずかに目立ち始めた腹部、微かに夜明けの色のさしそめた頬。

私は彼女の冷たい指にメモを掴ませ、その手を固く握りしめ、これを最後に青い目をのぞきこんだ。

「さようなら！　たぶん、また、いつか……」

彼女は手を引っこめた。肩を落してゆっくり歩き出し、二、三歩行ってから急に振り向いて、また私に近づく。唇が動いている。目で、唇で、全身で、同じことを、私には同じに聞えるただ一つの言葉を繰り返す。そしてなんという耐えがたい微笑、なんという苦痛……

それから肩を落した人間の木端が戸口を出て行き、壁の向うの小さな影となり、振り返りもせず、足早に、ますます足早に……

私はUの机に近寄った。興奮し、憤然と鰓をふくらませながら、Uは私に言った。

「まあ聴いて下さいな、みんな気が狂ったみたいなんですから！　この人が言うには、〈古代館〉の近くで変な人間を見たんですって。裸で、体中毛だらけの……」

集まった要員たちの頭の群から一つの声。

「そうさ！　何度でも言うよ、確かに見たんだから」

「あなた、それがよっぽど嬉しいらしいわね。まるで囈言《うわごと》みたいに！」

この「囈言」という言葉を彼女は猛烈な自信に満ちて発音したので、私は思わず自問した。《最近の私に起ったこと、私のまわりで起ったことは、ひょっとすると何もかも囈言にすぎないのだろうか》

だがそのとき自分の毛むくじゃらの手が目にとまり、いつかのIの言葉を思い出した。

《あなたの中にもきっと太陽と森の血が何滴か入っているんだわ。だからこそ、私はあなたを……》

いや、幸い、これは囈言ではない。そう、不幸なことに囈言ではない。

手記33

〔要約〕（取急ぎ要約なし、最後の手記）

その日がついに来た。

急いで新聞を掴む。ひょっとすると新聞に何か……目という道具を使って私は新聞を調べる（まさしくそんな感じなのだ。私の目は今や、手で掴んだり、手で触ったりできるペンや計算器のように、私とは離れた存在、一個の道具なのだ）。

第一面全部を占める大きな文字。

《幸福の敵は眠ってはいない。両の手で幸福をしっかりと掴め！　あす労働は中止、全国家要員は手術場へ出頭せよ。出頭せぬ者は〈慈愛の人〉の〈機械〉へ送られる》

あす！　あすなどという日があるのだろうか。あすという日が来るのだろうか。

日常の惰性で、私は手を（これも道具だ）本棚にのばし、金の飾りのある綴《と》じ込みに今日の新聞を収めようとして思った。

《なぜ。もうどうでもいいじゃないか。ここへは、この部屋へは、もう二度と帰って来ないのだから……》

新聞は手から床に落ちた。私は立ったまま部屋中を見まわし、急いで荷物を作ろうとする。ここに残しておくのは惜しい物を何から何まで、目に見えぬトランクへ、熱に浮かされたように詰めこむ。机。本。椅子。この椅子には、あのとき、Iが坐っていた。私はかたわらの床にひざまずき……ベッド……

それから一、二分、痴呆《ちほう》したように何かの奇蹟を待つ。もしかすると電話が鳴るかもしれない。もしかすると、彼女が新しい指令を伝えて来て……

いや。奇蹟はなかった。

私は出て行く、未知の中へと。これは私の最後の文章である。さようなら、見知らぬ読者。愛する読者よ、あなた方とともに、私はこれらのページを生きたのだった。魂という病にとりつかれた私は、自分のすべてをあなた方に見せた。こわれた小さなねじや、切れたぜんまいに至るまで……

私は出て行く。

手記34

〔要約〕解放奴隷。太陽の出ている夜。無線技師ワルキューレ。

ああ、もし本当に自分も他人もこなごなに破壊できるのだったら、もし本当に彼女と壁の外のどこかで、黄色い牙《きば》をむき出している獣たちにまじって暮せるのだったら、もし本当にここへはもう二度と帰らないのだったら、千倍も百万倍も気が休まるだろう。だが今はどうすればいいのか。出掛けて行って、あの女を絞め殺し……だがそれが何かの助けになるだろうか。

いけない、いけない！　自分を取り戻せ、D五〇三号。頑丈な論理の軸に自分を据えるのだ。たとえわずかの間でも全力を挙げて梃子《てこ》にしがみつき、古代の奴隷のように三段論法の挽臼《ひきうす》を回すのだ。出来事のすべてを記録し、考察するまでは……

私が積分号に乗りこんだとき、全乗組員はすでに集合し、配置につき、巨大なガラスの巣箱の全細胞はふさがっていた。ガラスの甲板を通して、通信装置や、発電機や、変圧器や、高度計や、さまざまなバルブ、スイッチ、モーター、ポンプ、チューブなどに群がっている蟻《あり》のような人々の姿が見えた。上級船員室で図表や器具をのぞきこんでいるのは、「学術局」から派遣されて来た連中だろう。その一行には二人の助手を従えた第二建造技師がついている。

三人とも亀のように頭を肩のあいだにひっこめ、顔は秋の灰色で、光がない。

「調子はどうだ」と私は尋ねた。

「ええ、まあ……ちょっと気味が悪いですね……」と、一人が光のない灰色の笑顔を見せた。「とんでもない所に不時着しないとも限らないし。どうも分らないことだらけで……」

彼らを見ているのは辛かった。一時間後には、私がこの手で彼らを、「時間律令板」の快適な数字の世界から永遠に追い出し、母なる「単一国」の胸から永遠に引き離すのである。彼らを見ていると「三人の解放奴隷」*の悲劇的な人間像が思い出される。これはわが国では小学生でも知っている話だ。三人の国家要員が実験的に一カ月間、労働から解放され、何でも好きなことをしろ、どこでも好きな所へ行け、と言われる。哀れな三人の要員は普段の仕事場の近くを徘徊《はいかい》し、飢えた目つきで仕事場をのぞきこんだり、広場に立ちどまって何時間も、もはや一日のうち一定時間はそうすることが自分らの肉体の要求となってしまった動きを繰り返したりした。つまり空気を鋸《のこぎり》で挽《ひ》いたり、空気に鉋《かんな》をかけたり、目に見えぬハンマーで目に見えぬ鉄塊を打ったりした。そして十日目にはとうとう我慢できなくなり、手に手をとって川の中へ入って行った。「単一国行進曲」の調べに合せてどんどん深い所へ入って行き、やがて川の水が彼らの苦しみに終止符を打った……

繰り返して言うが、私は三人の部下を見ているのが辛かったので、早々に退散しようとした。

「ちょっと機関室を調べてくる」と私は言った。「それから発進だ」

私はいろいろ質問された。エンジンの始動に電圧をどのくらいかけるか、船尾のタンクに水バラストはどれだけ必要か。私の内部の蓄音器はすべての質問にすばやく正確な答を返していたが、私自身はその間、自分の問題にかまけていたのだった。

だが突然、狭い通路で一つの出来事が私をゆすぶり起し、その瞬間からすべてが始まったのである。

狭い通路で灰色のユニファや灰色の顔が脇を通りすぎ、その中に一瞬、一つの顔が見えた。帽子を目深にかぶったように垂れている髪、庇《ひさし》のようにひそめた眉の下からのぞいている目――あの男だ。これで分った。あの連中はここに来ている。私はこの一件からどこへも逃げられない。残っているのは、あと数十分……私の全身で分子の細かい震えが始まった（それは最後まで止らなかったのである）。まるで私の体に巨大なエンジンが据えつけられ、そのエンジンに比べて私の体の構造はあまりにも弱いというように、すべての壁が、間仕切りが、ケーブルが、梁が、電灯が震えて……

彼女がここにいるかどうかは、まだ分らない。だがもう調べる暇はない。急いで上の司令室へ来るようにという連絡があった。もう発進の時刻……どこへむかって？

光のない灰色の顔々。下の水面には張りつめた青い静脈。重い鉄色の大気の層。私は鉄のように重い手を挙げて、司令室の送話管を摑む。

「上昇角、四十五度！」

うつろな爆発音――衝撃――船尾に狂ったような白緑色の水の盛り上り――デッキが

ゴムのように軟らかくなり足元から離れようとする——今や過去はすべて足の下に遠ざかり……何か漏斗《じょうご》のようなものの中へ一瞬すべてが落ちて行ったと思うと、風景のすべてが収縮した。青い氷で作った浮彫の模型のような町、シャボン玉のような丸屋根、一本の鉛の指のような蓄電塔。それから綿のような黒雲の幕をまたたく間に突き抜ければ、太陽と青空があった。数秒、数分、数マイルのうちに青色は急速に硬くなり、闇に満たされ、冷たい銀色の汗のしずくのように星々が姿を現し始める……

そして今や耐えがたいほど明るくて黒い、星々と太陽の出ている薄気味の悪い夜である。それは突然耳が聞えなくなったような感じだった。金管楽器が吠えているのはまだ見えるが、それは見えるだけで、金管楽器は啞であり、あたりは静かだ。今見える太陽も正しくそのような、啞の太陽なのである。

これは自然なことであり、もちろん予期して然《しか》るべきことだった。私たちは大気圏から離脱したのである。だがそれはあまりにも突然で急速だったから、まわりの者はみな怖《お》じ気づき、静かになってしまった。けれども私は、この幻想的な啞の太陽の下にいるほうが楽だという気がした。あたかも私は臨終の痙攣《けいれん》とともに不可避的な敷居をすでに越えてしまい、私の肉体は下界のどこかにいるのだが、私自体は新しい世界を飛んでいるかのように。その世界ではすべては現実世界と似ても似つかぬもの、逆さまのものであらねばならぬ……

「このままの角度で」と私は機関室にむかって叫んだ。それは私ではなくて、私の内部の蓄音器が叫んだのかもしれない。その蓄音器は蝶番《ちょうつがい》のついた機械の手で、第二建造技師に送話管を渡した。自分一人にだけその音が聞える微細な分子の震動に全身を包まれて、私は探しに下りて行った……

上級船員室の扉――あの扉だ。一時間後には、重々しい音を立てて閉鎖されるだろう……扉の脇には背の低い見知らぬ男がいた。群衆の中でたやすく発見できるような、ありふれた顔つきだが、手だけが異様に長く、膝まで届きそうだ。あわてて他の人間の手をうっかり取り付けてしまったような。

長い手の片方が突き出て、道をふさいだ。

「どちらへ」

明らかにこの男は、私が何もかも知っているということを知らないのだ。それもよかろう。知らんふりをする必要があるのかもしれない。私は小男を見下ろすようにして、わざと厳《いかめ》しい声で言った。

「私は積分号の建造技師だ。試験飛行の責任者だ。分ったかね」

長い手がひっこめられた。

上級船員室。器具や地図を覆いかくすように、灰色の強《こわ》い毛にふちどられた頭たち。黄色い頭、禿げた頭、熟れた頭。その連中を一瞥《いちべつ》で把握し、通路へ戻り、機関室へタラップを下りる。そこでは噴射のために灼熱したパイプから熱気と轟音が流れ出し、必死にコサックダンスを踊るぴかぴかのクランク、微かに震えながら一秒たりとも休まぬ計器の針……

ああ、やっとタコメーターの前にいる彼を見つけた。手帳に届きそうに額の垂れさがったあの男……

「教えて下さい……（騒音がひどいので耳に口を近づけてどならなければならない）彼女は来ていますか。どこにいます」

額の蔭に微笑が現れた。

「彼女ですか。向う。無線室に……」

私は無線室へ行った。そこには三人の人間がいた。三人とも、翼のようなものが付いたヘッドフォーンをかぶっている。彼女は普段よりも頭の分だけ背が高く見え、古代のワルキューレのように光り輝く翼で空中を飛んでいるかに見えた。高い所のアンテナから大きな青い火花が散るのは彼女ゆえではなかろうか。この部屋に稲妻のあとのオゾンが微かに匂うのも彼女のせいだろうか。

「誰かが……そう、あなたでもいい……」と私は（走って来たので）息を切らして言った。「下界に、造船台に連絡したいことがあるので……ちょっと来て下さい、口述しますから……」

無線室の隣に、箱のように小さな船室があった。机にむかって、並んで腰を下ろす。私は彼女の手を探りあて、固く握りしめる。

「ね、どうなった。これからどうなる」

「分らないわ。でもすてきだと思わない？　どこへ行くか分らずに飛ぶなんて……もうじき十二時、それなのに何が起るか分らない。そして夜になったら……今晩あなたと私はどこにいるのかしら。きっと草の上か、乾いた木の葉の上で……」

彼女から青い火花が飛び散り、稲妻の匂いがする。私の内部の震えはいっそう激しくなる。

「筆記して下さい」と私は大きな声で言い、（走って来たので）まだ喘ぎつづける。「時刻は十一時三十分。速度、六千八百……」

翼のついたヘッドフォーンの下から、用箋《ようせん》に目を注いだまま、彼女は小声で言う。

「……ゆうべ彼女が来たわ、あなたのメモを持って……ええ、分ってるのよ、ぜんぶ知ってるから何も言わないで。でも子供はあなたの子なの？　とにかく彼女は送り出したわ。もう〈緑の壁〉の向うにいる。向うで生きていくでしょう……」

私は司令室に戻った。ふたたび黒い星空に太陽がぎらぎら輝いている錯乱の夜。壁の時計の針はびっこを引きながら、一分また一分と、ゆっくり進んでいる。すべては霧に包まれたように、ごく細かい、（私一人に）それと認められる震えを帯びている。

もし事が起るなら、ここでではなく、もう少し地面に近い、低い所のほうがいい、と私はなぜか思った。

「ストップ」と私は機関室に叫んだ。

隋性でまだ前進は続いていたが、その速度は次第に落ちていく。やがて積分号は一瞬、髪の毛一筋にぶらさがって停止し、次の瞬間、髪の毛がぷつりと切れ、積分号は石のように徐々に速度を増しながら落下し始めた。こうして脈搏の音も聞えるような静寂の中で何分かが経ち、目の前の時計の針はますます十二時に近寄って行く。私は石で、Iは大地なのだ、と私は思った。誰かの手で投げられた石、それが私なのだ。石はどうしても落ちなければならない。落ちて大地に激突し、こなごなに砕ける……だがもしも……眼下には既に硬くて青い煙のような雲……だがもしも……

しかし私の内部の蓄音器は、蝶番の手で間違いなく送話管を摑み、「低速進行」と命じた。石は落下をやめた。船尾の二本、船首の二本、計四本のノズルが弱い噴射をつづけるだけで、積分号の重力は相殺され、こうして積分号はかすかに身震いしながら、錨《いかり》を下ろしたようにしっかりと、地上約千メートルの空中に停止した。

全員がどっと甲板に出て（もうじき十二時だ、食事のベルが鳴る）ガラスの船鍔《ガンネル》ごしに身を乗り出し、我勝ちに、むさぼるように、下界を、「緑の壁」の外の未知の世界を眺めた。琥珀《こはく》色、緑、青。秋の森、草原、湖。青い小皿のような湖のほとりに、黄色い骨ばった廃墟《はいきょ》があり、黄色い痩せた指が一本、威嚇《いかく》するように立っていた。きっと奇蹟的に破壊をまぬがれた古代の教会の尖塔だろう。

「見ろ、見ろ！　あそこ、もっと右！」

その緑の広野では、何やら急速に動く斑点が褐色の影のように飛んでいた。持っていた双眼鏡を機械的に目にあてがって見ると、胸までの高さの草の中を、尻尾をひるがえしながら、褐色の馬たちの一群が走っていた。馬たちの背には、あの栗毛《くりげ》や白毛や黒毛の人間たちが……

私の背後の声々。

「ほんとに顔が見えたってば」

「嘘をつけ！　でたらめばっかり！」

「じゃ、ほら、双眼鏡で見てみろよ……」

だがもう消えてしまった。果てしない緑の広野……

その広野全体に響きわたるように、甲高いベルが鳴った。私の全身に、すべての者の体に響きわたる。昼食だ、十二時一分前。

瞬間、世界はばらばらの破片に分解した。誰かの金色のバッジが階段に落ちて、けたたましい音を立て、私の踵《かかと》がそのバッジをばりっと踏んだが、そんなことはどうでもよかった。声、「ほんとに顔が見えたんだ！」黒い四角、上級船員室の開かれた扉。喰いしばった白い歯、その鋭い微笑み……

そして一打ちごとに息を殺して限りなくゆっくりと時計が時を打ち始め、先頭の列がもう動き出したとき、四角い扉の前で突然、あの不自然に長い二本の腕が交差した。

「とまれ!」

私の掌《てのひら》に指が喰いこんだ。それは私と並んでいたIだった。

「あれは誰。あなた知ってる?」

「いや……でもあれはきみの……」

男は誰かの肩の上に乗っていた。大勢の顔々の上に、彼のありふれた顔、しかも類のない顔が突出していた。

「守護官に代って諸君に告げる。すべての守護官はこの言葉を聞いている。よく聴け、われらはすべてを知っているのだ。諸君の要員番号はまだ分らないが、計画のすべては知れている。積分号は諸君に乗っ取られないだろう! 試験飛行は最後まで遂行される。もう絶体絶命の諸君が、諸君自らの手でそれを遂行するのだ。しかるのちに……いや、以上で終る……」

沈黙。足の下のガラスの床は綿のように軟らかく、私の足も綿のように軟らかい。並んでいる彼女は蒼白な微笑を浮べ、狂ったような青い火花を散らす。歯を喰いしばって、私の耳に囁く。

「あなたの仕業ね。業務を果したのね。結構なことよ……」

手が邪慳《じやけん》に私の手から振りほどかれ、ワルキューレ風の怒りの翼をもつヘッドフォーンは、どこかずっと前方へ行ってしまった。私は他の者と同じく凍りついたようになって、無言で上級船員室へ向う……

《しかしぼくじゃないんだ、ぼくじゃない！　この計画のことは誰にも話さなかった。あの白い、物言わぬ手記のページに書きこんだ以外は……》

心の中で、誰にも聞えぬ大声で、絶望的に、私は彼女にそう叫んだ。彼女は食卓の向いの席にいて、私には目もくれようとしない。彼女の隣には、誰かの熟れた黄色い禿げ頭。声が聞える（Ｉの声だ）。

「《気高さ》？　でも教授、その言葉を単純な文献学的見地から分析しただけでも、それが古代の、封建時代の偏見であり、残りかすであることは明らかですわ。一方、私たちは……」

私は自分が蒼ざめるのを感じた。今にもみんなに感づかれるかもしれない……だが私の中の蓄音器は、食物の一片につき法で定められた五十回の咀嚼を行い、私自身は己れの中に閉じこもった。古代の不透明な建物に閉じこもるように、戸口を石で塞《ふさ》ぎ、窓を幕で覆って……

やがて私の手には送話管が握られ、氷のような終末のわびしさの中を、氷のような星々と太陽の夜を、雲の群を突き抜けて、飛行が続いた。時は刻々と過ぎていく。この間、私の内側では私自身にも聞えぬ論理のモーターが、熱に浮かされたように全速力で動いていたらしい。というのも、青い空間の或る一点に突然私の仕事机が現れ、そこにかがみこんでいるUの鰓《えら》のような頰と、私が置きっ放しにした手記の原稿が見えたからである。これではっきりした。ほかならぬあの女の仕業なのだ。何もかも明らかだ……

ああ、早く、早く無線室へ……翼のついたヘッドフォーン、青い稲妻の匂い……記憶に残っているのは、私が大声で彼女に何か言い、彼女が透明人間のように私を眺め、よそよそしい声でこう言ったことだけだ。

「今忙しいわ、地上からの通信を受信中ですから。その女《ひと》に口述なさって下さい……」

箱のように小さな船室で、少し考えてから私は断乎として口述した。

「時刻、十四時四十分。降下せよ！　エンジン停止。飛行中止」

司令室。積分号の機械仕掛けの心臓は停止し、私たちは降下して行く。私の心臓は降下について行けず、ともすれば遅れがちで、喉の方へ上って来ようとする。雲を通り抜けると、遠くに緑色の斑点が見え、その緑がみるみる濃くなり明るくなり、つむじ風のように迫って来る……そら、もうすぐ……

第二建造技師の陶器のように白い、歪んだ顔。私を力いっぱい突き飛ばしたのは、たぶん彼だったのだろう。私は何かに頭をぶつけて、たちまち目の前が暗くなり、昏倒《こんとう》するとき、遠い声が聞えた。

「船尾ノズル、全開！」

がくんと船は上を向き……あとは何も覚えていない。

手記35

〔要約〕箍《たが》をはめられて。人参《にんじん》。殺し。


夜っぴて眠れなかった。夜っぴて一つのことばかり考えつづけ……

きのう以来、私の頭には包帯が固く巻かれている。いや、これは包帯ではなくて箍だ。特殊ガラスでできた情容赦のない箍が私の頭に鋲《びょう》でとめられ、Uを殺さなければという鉄の輪のような考えの中で私は堂々めぐりをしている。Uを殺して、それから彼女の所へ行って、「さあ、これで信じてくれるね」と言おう。一番いやなのは、殺すということがなんとなく不潔、かつ古めかしいやり方であることだ。何かを使って人間の頭を叩き割るということを考えると、何やらいやな甘みが口の中にひろがるような奇妙な感じに襲われ、唾液《だえき》を呑みこむこともできず、絶えずハンカチの中に唾を吐くので、口がからからになる。

私の戸棚には鋳造のあとで破損した重いピストン棒が一本しまってある（破損部分の断面を顕微鏡で観察しなければならなかった）。私は手記の原稿を筒のように巻き（私の内面の記録を最後の一字まで読みとられようとかまうものか）、その筒の中にピストン棒の破片を隠して、階下へ行った。果てしのない階段はなんだか滑りやすく、じめじめしている。私はひっきりなしにハンカチで口を拭い……

下りた。心臓の動悸が速まる。私は立ちどまり、ピストン棒を取り出し、管理人の小机にむかって……

だがUはそこにいなかった。がらんとして冷たい机。私は思い出した。今日は労働は休みだった。全員が手術を受けに行かなければならない。だからあの女がここに詰めている理由もない……

通りへ出る。風。空は飛び交う鉄色の板でいっぱいだ。これはきのう一瞬間だけ垣間見た世界そのままである。世界全体が打ち砕かれて個々ばらばらの鋭い破片となり、その破片の一つ一つがまっしぐらに落ちて行きながら一刹那停止し、私の目の前の空間に浮遊する。と思う間もなく、跡をも残さずに蒸発してしまう。

それは言ってみれば、このページの黒い正確な文字の群が突然動き出し、あたふたとめいめい勝手な方向に走り出して、あとには一つの言葉も残らず、例えば「あたふたとめいめい勝手な方向に走り出して」は「たふたとめ…手な方…に走…して」といった無意味なたわごとになってしまうようなものだ。今、街路では、そのようにばらばらの、もはや隊列を組まぬ人々が右往左往し、徘徊彷徨《ほうこう》していた。

やがて人影はすっかり消えた。私は一目散に走り出したが、突然立ちすくんだ。目の前の建物の二階、空中に釣り下げられたガラスの檻のような部屋の中で、男と女が立ったままキスしている。女の体は、折れそうなほど反りかえって。永遠の別れ、最後の接吻……

ある街角では人々の頭が刺草《いらくさ》の茂みのように揺れていた。頭上には旗とスローガンが空中に浮んでいた。《処刑機械をこわせ！　手術をやめろ！》私はその旗のように、一瞬、自分自身から浮遊して思った。《苦しみを吐き出すために心臓までも一緒に引き抜かねばならないのは、みんなの宿命なのだろうか。破局の前夜に何事かなさずにはいられないのも……》そしてしばしの間、この世から私の獣じみた手以外のものは消えてしまった。重いピストン棒を摑んだ私の手……

次に、少年が現れた。転げるように走っている。下唇の蔭が黒ずんでいる。下唇はまくり上げた袖口の折返しのように裏返しになっていて、顔全体もめくれたような表情で、少年は泣きわめいている。誰かから逃げようと懸命に走り、それを追う足音が……

少年の姿から、ふと思いついた。《そう、Uは今頃学校にいるに違いない。急がなければ》私は最寄りの地下鉄の入口へ走った。

入口では誰かが駆け抜けながら叫んだ。

「動いてないよ！　今日は電車は動いてない。入ったって駄目だ……」

私は下りて行った。そこはまったくの悪夢の世界だった。無数の切子ガラスの太陽のきらめき。びっしりと人間の頭で突き固められたようなプラットホーム。誰も乗っていない凍りついた車輛《しやりよう》。

そして静けさの中に声が聞える。彼女の姿は見えないが、私には分る。あの鞭のようにしなやかで厳しい声はすぐ分る。この群衆のどこかに、こめかみに釣り上った両の眉、あの鋭角三角形があるのだろう……私は叫んだ。

「通してくれ！　そこへ行かせてくれ！　ぼくはどうしても……」

だが人々の鋏《やつとこ》のような手が、私の腕や肩を押えつけて動かさない。静けさの中に声が響きわたる。

「……いいえ、早く上に出なさい！　上ではあなた方は治療され、口あたりのいい幸福をたっぷり食べさせられ、満腹になったあなた方は安らかに眠り、組織的に規律正しく鼾《いびき》をかくのです。鼾の一大シンフォニーが聞えませんか。本当に滑稽です。蛆《うじ》のようにのたうちまわり、蛆のようにしつこくつきまとう疑問符のかずかずから、あなた方は解放されようとしている。それなのに、なぜここで私の話なんか聴いているのですか。

早く上に出て、偉大な手術とやらをお受けなさい！　私が一人ここに残るとしても、あなた方とは関係ないわ。そう、あなた方とどんな関係がありますか、私が他人に自分の欲望を決めてもらうのはいやだ、自分の欲望は自分で決めたいと言い、不可能なことを望んだとしても……」

緩慢で重苦しい、もう一つの声。

「なるほど。不可能なことをね。それはつまり、馬鹿げた空想を追っかけるということかね。空想はおとなしく尻尾を振ってくれるかね。いいや、やっぱり空想というやつは、尻尾を摑んで有無をいわさず引き据えなきゃ……」

「それから、たらふく食べて鼾ですか。目が醒めたらまた新しい尻尾が必要ね。古代には驢馬《ろば》という動物がいたそうです。この驢馬を絶えず歩かせるために、鼻先の梶棒《かじぼう》の、驢馬に届かない所に人参を結びつけておいた。届けば、すぐがつがつと食べてしまって……」

突然、鋏《やつとこ》が私を放し、私はIが喋っている人ごみの中央へ飛び出して行った。と、その瞬間、人垣が崩れ、押し合いになった。背後に叫び声、「来るぞ、奴らがこっちへ来る！」誰かが電線を切ったのだろう、あかりがゆらめいて消えた。雪崩《なだれ》のような人波、金切声、嗄《しわが》れ声、無数の頭と指……

そんな状態で地下道をどれだけのあいだ走っていただろう。やがて階段にぶつかり、薄闇が次第に明るくなり、ふたたび通りに出た私たちは、さまざまな方角へ扇状に散って……

また一人になった。頭にくっつきそうに低く垂れた灰色の黄昏。濡れた舗装ガラスの非常に深いところに、街灯や、建物の壁や、歩行者の姿が、逆さまに映っている。私の手の中の信じられぬほど重い荷物は、その深みへ、どん底へと私を引きずりこむようだ。

階下の小机の前には依然としてUの姿はなく、彼女の部屋も空っぽで暗かった。

私は自分の部屋へ上り、あかりをつけた。きつい箍のせいでこめかみはずきずき痛み、依然として同じ鉄の輪のような考えの中を私は歩きまわった。机、机の上の白い紙筒、ベッド、ドア、机、白い紙筒……部屋の左手の壁にはブラインドが下りている。右隣の部屋では、でこぼこの禿げ頭が本を読んでいる。その額は巨大な黄色い放物線で、額の皺は判読不可能な黄色い文章だ。ときどき私たちの視線が合い、そのたびに私は思う。あの黄色い文章は私のことを語っているのではなかろうか。

……事は二十一時ちょうどに起った。U自身が来たのである。記憶にはっきり残っているのは一つのことだけだ。つまり私の呼吸の音がひどく大きく聞え、それをなんとか小さくしようとしてもできなかったということ。

彼女は腰を下ろし、膝のあたりのユニファの皺をのばした。薔薇色がかった褐色の鰓が揺れた。

「ああ、あなた、やっぱり本当だったのね、お怪我《けが》なさったのは。そう聞いたので、すぐ飛んで来たのよ……」

ピストン棒は目の前の机の上にある。いっそう大きな呼吸の音を響かせながら、私は立ち上った。彼女は私の呼吸の音に気づいて言葉を途中で切り、なぜかやはり立ち上った。私は相手の頭のその一点を見つめ、いやな甘みが口の中にひろがって……ハンカチがないので床に唾を吐いた。

右隣の部屋の男が私を見ている。執拗な黄色い皺。見られないようにしなければ。奴に見られていると事態はいっそう悪くなる。私はボタンを押した。その権利はないのだが今となってはかまうものか。ブラインドが下りた。

私の意図を感じとったのだろう、彼女はドアへ逃げようとした。だが私は立ちふさがった。荒い息を吐きながら、目は一瞬たりとも相手の頭のその一点から離さない……

「あなた……気でも狂ったの！　まさか、そんな……」彼女は後退《あとじさ》りをして、ベッドに腰かけた、というより、ベッドに尻餅《しりもち》をついた。そして震えながら、掌《てのひら》を組み合せた両腕を膝と膝の間に押しこんだ。そんな相手を視線でしっかりと繋ぎとめながら、全身をばねのように緊張させて、私はゆっくりと机に手を伸ばし（動いているのは手だけだった）ピストン棒を摑んだ。

「お願い！　一日、一日だけ待って！　あすは、あすは必ず、手続きをすませてから……」

この女、何の話をしているのだろう。私は手を振り上げ……

ここで私は女を殺したのだと思う。そう、未知の読者諸君よ、あなた方には私を人殺しと呼ぶ権利がある。私は間違いなく女の頭にピストン棒を振り下ろしただろう、もしもそのとき女がこう叫ばなかったならば。

「後生よ……お願い……分ったわ、いいわ……ちょっと待って」

震える手で女はユニファを脱ぎ捨て、広大な、黄色い、たるんだ肉体がベッドの上で仰向けになった……ここで初めて私は分った。女は誤解したのだ。私がブラインドを下ろしたのは、つまり、私が彼女の肉体を……

これはあまりにも思いがけない、あまりにも馬鹿げたことだったので、私はげらげら笑い出した。とたんに全身のばねがゆるみ、手から力が抜け、ピストン棒が大きな音を立てて床に落ちた。笑いが最高に恐ろしい武器だということを、ここで私は個人的な体験を通して知ったのである。笑いによって、すべてを殺すことができる。殺人行為すら殺してしまうことができる。

私は机にむかって腰を下ろし、絶望的な笑い、絶体絶命の笑いを笑いつづけたが、この不合理な状況からどう脱け出したらよいのか皆目分らなかった。事がごく自然に運んだとして、結局はどうなっていたかは不明というほかないが、ここで突然外側から新たに解決の手が差しのべられたのである。即ち電話が鳴り出した。

私は飛んで行って、受話器を取り上げた。ひょっとするとIからの電話か。受話器から聞き馴れぬ声。

「少々お待ち下さい」

悩ましい、果てしない空白の唸り。遠くから重い足音が近づいて来る。異様に反響する鉄の足音。そして……

「D五〇三号か？　ああ、こちらは〈慈愛の人〉。ただちに出頭せよ！」

がちゃり、と電話が切れた。

Uはまだベッドに横たわり、目を閉じ、二つの鰓は微笑に大きく押し分けられていた。私は床から女の服を掻き集め、それを女めがけて投げつけると、口の中で呟いた。

「さあ、早く、早く！」

女は片肘を突いて起き上った。両の乳房が片側に垂れ、目は大きく見開かれ、全身は蠟《ろう》のように白い。

「どうして」

「いいから、早く服を着なさい！」

女は体を縮めて服を摑むと、小声で言った。

「あっちを向いて……」

私は向きを変え、ガラスに額を押しつけた。黒い湿った鏡の中で、あかりが、人影が、火花が震えていた。いや、それは私だ、私の内部の光景なのだ……なぜ「慈愛の人」が私を呼ぶのだろう。もう彼女のことも、私のことも、何もかも知られてしまったのだろうか。

着終ったUはドアの前に立っていた。私は大股に近づき、女の腕を強く摑んだ。その腕から必要な情報を搾《しぼ》り出そうとでもいうように。

「いいか……彼女の名前を——誰のことかは分るね——彼女の名前を密告したんだね。そうじゃないのか？　本当のことを言ってくれ、どうしても聞きたいんだ……ぼくにはもうどうでもいいことだが、とにかく本当のことを教えてくれ……」

「密告しなかったわ」

「しなかった？　しかしそれならなぜ……一度は出かけて行って報告したのに……」

女の下唇が突然あの少年のように裏返しになり、涙が頰を伝って流れ落ちた……

「だって私……こわかったわ、もし密告したら……あなたはもう絶対に……愛してくれないだろうと……ああ、だから、できなかったのよ！」

それは本当のことだと私は悟った。不合理な、滑稽な、人間的な真実！　私はドアを開けた。

手記36

〔要約〕空白のページ。キリスト教の神。私の母について。

ここで不思議なのは、私の頭の中にまっしろな空白の一ページがあり、どのようにしてそこへ行ったか、どんなふうに待っていたのか（待っていたことは間違いないのだ）を一切憶えていないのである。一つの音も、一つの顔も、一つの身振りも記憶に残っていない。まるで私と世界を結ぶ電線がすべて切断されたかのように。

ふと我に返ると、私はもうその人の前に立っていた。目を上げるのは恐ろしく、その人の膝に置かれた巨大な鋼鉄の手が見えるばかりである。その手はその人自身を圧迫し、膝にめりこんでいた。手の指がゆっくりと動いた。顔はどこか高い所、霧の中にあり、その高みから降りて来るためだろう、その人の声は雷のように鳴り響かず、私の耳を聾することもなく、普通の人間の声に似ていた。

「さて、きみなのか。きみが積分号の建造技師か。偉大な征服者《コンキスタドール》たるべく運命づけられた男、〈単一国〉の歴史に新たなる輝かしい一章を開くべき名前のもちぬし……それがきみなのか」

血が私の頭と頬に上り、ふたたびまっしろなページがあった。ただこめかみが脈打ち、頭上で声が響き渡ったが、言葉はまったく聞きとれない。その人が沈黙したとき、私は初めて我に返り、数千キロの手がゆっくりと動いて、一本の指が私を差すのに気づいた。

「どうした。なぜ黙っている。そう思うのか思わぬのか。死刑執行者と？」

「はい」と私はおとなしく答えた。

「よかろう。その言葉を私が恐れていると思うか。その言葉の殻を割って中をのぞいてみたことはないか。なければ今見せよう。するともいと以下の言葉は一つ一つはっきりと聞えた。ある者らは丘の上で血しぶきを浴びながら一つの肉体を十字架に釘《くぎ》付けにしている。またある者らは丘の下で涙に濡れながらそれを眺めている。この場合、丘の上にいる者らの役割のほうがより困難な、より重要な役割だと、きみは思わないか。もしも彼らがいなければ、この壮大な悲劇は果して演じられただろうか。彼らは無知な群衆に口笛でやじられたが、そのためにも、この悲劇の作者である神は彼らにいっそう高価な報酬を与えねばなるまい。そもそもキリスト教の神というもの、すべての不服従の輩《やから》を地獄の火でゆっくりと焼く慈悲深い神というものからして、ほかならぬ死刑執行者ではないか。キリスト教徒が火焙《ひあぶ》りにした者の数は、火焙りにされたキリスト教徒の数より少ないだろうか。にもかかわらず、分るかね、にもかかわらず数世紀にわたってこの神が愛の神として讃えられていた。不合理だと思うか。いや、逆だ。これぞ根絶しがたい人間の分別というものを認める、血で書かれた免許証である。当時の人間、未開で毛むくじゃらの人間すらが、人類への真の愛、代数学的な愛は必然的に非人間的になること、真理の不可欠な特徴はその残酷さであることを理解していた。例えば火だ。火に不可欠な特徴とはそれが物を焼くということではないか。物を焼かない火というものがあったら見せて欲しい。さあ、今度はきみが論証し、議論する番だ！」

　どうして私に議論ができよう。これが私の（以前の）考えそのままだとすれば、どうして議論できよう。ただ私はこの考えにこれほど鍛えられた光り輝く鎧《よろい》を着せることは決してできなかったのだが。私は沈黙を守った……

「きみの沈黙が同意のしるしならば、子供の時間はもう終った。大人同士の話をしようではないか。とことんまで。まずきみに訊ねよう。人は幼い頃から何を祈り、何を夢み、何に苦しむのだろう。何者かが現れて幸福の最終的な定義を下し、しかるのちに鎖でその幸福に人々を繋ぎとめてくれることを、ではないか。われらが現在為しつつあるのは、正しくそのことにほかならぬ。天国にまつわる古来の夢……思い出してみるがいい。天国では人はもはや願望というものを知らず、憐れみを知らず、愛を知らず、そこには想像力の剔出《てきしゆつ》手術を受けた仕合せな（手術を受けたからこそ仕合せな）天使たちが、神に仕える奴隷たちがいる……そのような仕合せに、われらは既に追いつき、仕合せをこうしてこの手に摑み（――その人は手を握りしめた。もし石を摑んでいたら、石から汁がほとばしり出ただろう――）あとは獲物の皮を剝ぎ臓物《わた》を抜き肉を分配するだけとなった折も折――その折も折――きみという人は……」

鉄の反響がふいに消えた。槌《つち》が振り下ろされるのを待つ鉄敷《かなしき》の上の鉄塊のように、私は全身真赤になった。槌は頭上で沈黙し、待つことは身の毛のよだつような……

突然、

「きみはいくつだ」

「三十二歳です」

「ちょうどその半分だ。きみは十六歳の少年のように世間知らずだ！　いいかね、一体きみは本当に一度も考えてみなかったのか。連中に――連中の名前はまだ分らないが、きみから聞き出せるものと信じる――連中には積分号の建造技師としてのきみが必要だっただけなのだ。ただ単にきみを利用して……」

「やめてくれ！　やめてくれ」と私は叫んだ。

……まるで両の手で顔を覆い、飛んで来る弾丸に叫ぶようなものだ。自分の滑稽な「やめてくれ」という言葉を言い終らぬうちに、弾丸はすでに体を焼きつくし、体は床に倒れて痙攣《けいれん》するだろう。

そう、その通り、積分号の建造技師……そう、その通りだ……と、煉瓦色の鰓《えら》をひきつらせて怒り狂うUの顔が浮んだ。二人の女が私の部屋で鉢合せした、あの朝……

次の瞬間のことは忘れもしない。私は笑い出し、目を上げた。私の前に坐っていたのはソクラテスふうに頭の禿げた男だった。禿げ頭に細かい汗のしずくが光っていた。すべてはなんと単純なのだろう。雄大なほど俗悪で、滑稽なほど単純だ。笑いが私の息をつまらせ、幾つかの塊になって喉から飛び出た。私は口を掌《てのひら》でふさぎ、一目散に逃げ出した。

階段、風、揺れる湿った灯火や顔の破片。走りながら私は思った。《いや！　彼女に会うんだ！　もう一度だけ会いたい！》

ここでふたたび空白のまっしろなページ。記憶に残っているのは足だけだ。人間ではなくて足。雑然と行き来する足、どこか上の方から舗装道路に落ちて来る数百の足、烈しい足の雨。そしてどこかしら陽気な、挑むような歌声。そして叫び声。私に叫んでいるのだろうか。「おおい！　おおい！　こっちで一緒にやらないか！」

それから人気のない広場。激しい風に満たされた広場。中央に重そうな威嚇的な巨体がぼんやりと見える。「慈愛の人」の「機械」だ。それが私の内部に思いもよらぬこだまを響かせた。眩しいほど白い枕。その枕の上に半ば目を閉じた一つの頭。鋭い、甘やかな歯並び……まったく不合理で恐ろしいことなのだが、それらすべてが「機械」とどこかしらで繋がっている。どのような繋がりかは分っているが、私はそれをまだ見たくはないし、その繋がりを言葉にしたくはないのだ。見たくない、したくない。

私は目を閉じて、頭上の「機械」に導く階《きざはし》に腰を下ろした。雨が降っているのだろう、私の顔は濡れている。どこか遠くで微かな叫び声。しかし誰も聞いていない。私の叫び声は誰も聞いていない。ここから私を救い出してくれ、助けてくれ!

もしも古代人のように私に母がいたならば。そう、私の母が。そして母にしてみれば、私は積分号の建造技師でもなければD五〇三号でもなく、「単一国」の一分子でもない、単なる人間のかけら、彼女自身から分れたかけら、踏みにじられ、押し潰され、捨てられたかけらであるとしたら……そして私が他人を釘付けにしようと、私が釘付けにされようと——たぶんどちらも同じことなのだ——母は誰も聞いていない私の叫びを聞き、その年老いた、癒着したような皺だらけの唇が……

手記37

〔要約〕滴虫類《てきちゆうるい》。世界の終焉《しゆうえん》。彼女の部屋。


朝、食堂で、左側に坐っていた男がぎょっとしたように私に囁いた。

「早くお食べなさい!　みんなが見てますよ!」

私は精一杯の努力をして微笑した。そして顔に亀裂《きれつ》が走ったように感じた。微笑しつづけていると、亀裂はますます拡がってゆき、私はますます苦しくなる……

そのあとがいけなかった。フォークで立方体の食物をようやく捕えたとたんに、私の手の中でフォークが震え、皿にぶつかって、がちゃんと音を立てた。と、テーブルも、壁も、食器も、食堂の空間全体が鳴動し始め、戸外では天まで届きそうな巨大な鉄のとどろきが輪になって人々の頭を越え、建物を越えて拡がり、水の上の波紋のように遥か彼方で消えた。

瞬間、脱色されたような顔、全速力で動いていて急停止した口、空中に凍りついたフォークが、私の目にとまった。

それから何もかもが縺れ、長年の軌道から脱線した。全員が（国歌も歌わずに）自分の席から立ち上り、拍子をとらずになんとか咀嚼し終えると、喉を詰まらせながら、お互いに手をとり合った。「何だ？　何が起ったんだ？　何事だ？」そしてかつては整然たる偉大な人間機械であったものは無秩序な断片の寄り集まりと化し、全員は階下へ駆け出した。エレベーターへ、階段へと、まるで風に千切れて舞い飛ぶ手紙の切れはしのように、足音と、きれぎれの言葉が……

近くの建物からも同じように人々が出て来て、大通りはたちまち顕微鏡でのぞいた水滴のような状態になった。ガラスのように透明な水滴に閉じこめられて、あわてふためき右往左往する滴虫類《てきちゅうるい》。

「ははあ」と、誰かの勝ち誇ったような声。目の前に一つの項があり、空に向けられた一本の指があった。黄色がかった薔薇色の爪《つめ》と、その爪の付根の、地平線から這い出て来る半月のような白い部分とが、はっきりと記憶に残っている。この指はまるで羅針盤のようだった。数百の目がこの指に従って空に向けられた。

空では何か目に見えぬ追跡から逃げるように、黒雲の群が走り、互いに押し合い、飛び越し合い、それらの黒雲にいろどられた守護官たちの黒ずんだアエロの群が、象の鼻のような黒い監視管を垂らし、もっと遠くの西の方では何かアエロに似たものが……

それが何なのか、初めは誰にも分らず、他の誰よりも（不幸にして）事情に通じているはずの私にも分らなかった。それは黒いアエロの大群に似ていた。どこか信じられぬほど高い所に動きの速い微かな点が群がっている。それが次第に近づいて来た。喉にからまる嗄《しわが》れた声が雨のように降ってくる。やがて鳥たちは私たちの頭上に来た。黒い、けたたましい、落下する鋭角三角形の群は空を満たし、嵐に追われて地上に下りると、丸屋根や、建物の屋上や、柱のてっぺんや、バルコニーに止った。

「ははあ」勝ち誇ったような項が振り返ると、あの庇《ひさし》のように額の垂れ下った男だった。だが今、かつてのこの男を偲《しの》ばせるものはただ「庇のような額」という言葉だけで、男はすでに庇のような額とはすっぱり手を切ったようであり、目や唇のあたりに産毛のような光を漂わせながら微笑していた。

「分りますか」と、風の唸りや鳥の羽音、啼き声に負けずに、男は叫んだ。「分りますか。壁が、〈緑の壁〉が爆破されたんです。わ・か・り・ま・す・か?」

どこか蔭のあたりで、通りすがりの人影が頸《くび》を伸ばして様子をうかがい、あわてて建物の中へ逃げこんだ。大通りの中央を、急ぎ足で、しかも一見のろのろと（動作が鈍重なので）手術を受けた連中の大群が、西にむかって行進して行く。

……唇や目のあたりに漂う産毛のような光。私は男の手を摑んだ。

「教えて下さい、彼女は、Iはどこです。〈緑の壁〉の向うですか、それとも……どうしても逢いたいのです、分りますか。今すぐ逢わないと、ぼくは……」

「ここにいますよ」と男は頑丈な黄色い歯を見せて、酔ったように陽気に叫んだ。「彼女はこの町で活動しています。そう、われわれはみんな活動しています!」

われわれとは誰のことだろう。私とは誰のことだろう。

男のまわりには似たような連中が五十人ほどいた。いずれも庇のような額や伏目がちの状態から脱け出た、声の大きな、頑丈な歯をもつ陽気な男たちである。開かれた口で嵐を呑みながら、一見平和的な電気銃（どこで手に入れたのだろう）を振りまわしながら、彼らもまた手術を受けた人々を追って西へ移動していた。ただし迂回《うかい》して、この通りと平行な四十八番通りを……

硬い太い綱のような風によろめきながら、私は彼女にむかって走り出した。何のために？　分らない。私は何度も躓《つまず》いた。がらんとした街路、よそよそしい野蛮な町、勝ち誇って啼きやまぬ鳥どもの声、世界の終焉。幾つかの建物のガラスの壁ごしに私は見た（記憶に刻みこまれた）——男女の要員たちが恥ずかしげもなく交接している。ブラインドも下ろさず、クーポンもなく、白昼公然と……

彼女の住む建物だ。扉は途方に暮れたように開け放されている。管理人の小机には誰もいない。エレベーターはシャフトの中途で止っている。私は息を弾ませながら無限に続く階段を駆け上る。廊下。部屋の番号が車輪の輻《や》のように急速に通りすぎる。三二〇、三二六、三三〇、……I三三〇、ここだ！

ガラスのドアからのぞきこむと、部屋中のものが撒き散らされ、揉みくちゃに荒らされている。あわてて引っくり返された椅子は四つ足を上げて、まるで死んだ家畜のようだ。ベッドはいかにも不合理なかたちに、壁から斜めに引き離されている。床には一面に薔薇色のクーポンが散らばり、踏みつけられた跡を残している。

私は屈みこんで、一枚、二枚、三枚と拾い上げた。どのクーポンにもD五〇三とされている。どのクーポンにも私がいた。私のしずくが、融《と》けて縁から溢れんばかりの私がいた。残されていたのはそれだけだった……

このまま床に散らかしておいて、人の足に踏まれるのはよくない、と私はなぜか思った。そこでクーポンをもう一握り拾い上げ、机の上に置き、注意深く皺をのばし、のぞきこんで……笑い出した。

以前の私は知らなかったが、今は知っている。諸君も御存知だろう。笑いにはさまざまな色があるのだ。笑いとは、あなた方の内部で起った爆発の遠いこだまにすぎない。それはお祭の赤や青や金の打上げ花火かもしれないし、ひょっとすると打ち上げられたのは人間の肉体の切れはしなのかもしれない……

クーポンに私のまったく知らない名前があった。番号は憶えていないが、Fという文字だけは記憶に残っている。私は机の上のクーポンを一挙動で床に払い落し、足で踏みにじった。よくも、よくも！　と叫びながら踵《かかと》で踏みにじり、外へ出た……

彼女の部屋の前の廊下で、窓の敷居に腰掛けて、私はぼんやりと、永いこと、何かを待ちつづけた。左手から引きずるような足音が聞えた。老人だ。顔は、穴を開けられ、中身を奪われ、皺だらけになった浮袋のようで、開けられた穴から、何か透明なものがまだ流れ出て、ゆっくりとしたたり落ちている。それが涙なのだとぼんやり悟るまでには、かなり時間がかかった。老人はすでに通りすぎ、私はあわてて呼びかけた。

「もしもし、もしもし、御存知ありませんか、国家要員I三三〇号は……」

老人は振り向き、絶望的に手を振り、びっこをひきながら遠ざかる……

黄昏の中を私は自分の部屋へ帰った。西の空は毎秒毎秒、薄青色の痙攣《けいれん》を繰り返し、その方角から何かに包まれたような鈍い轟《とどろ》きが伝わってきた。屋根には鳥たちが火の消えた黒い燃えさしのように点在していた。

ベッドに横たわるや否や、眠りが野獣のように襲いかかり、私を締め殺した……

手記38

〔要約〕（どう書いたらいいか。おそらく要約は一つで充分だ——投げ捨てられた煙草）

ふと気がつくと、明るい光が痛いほど眩しい。私は目を細めた。頭の中には何やらえがらっぽい青黒い煙が充満していて、何もかも霧がかかったようにはっきりしない。その霧の中で私は思った。
《しかしあかりをつけなかったのに、どうして……》
私は跳び起きた。机に向い、片手で顎を支え、嘲《あざけ》りの笑みを浮べて、Ｉが私を眺めていた……
その同じ机で、今これを書いている。ぜんまいのように残酷に巻き上げられていた緊張の十分ないし十五分は、すでに過ぎ去った。だが、彼女がドアを開けて出て行ったのはつい今し方のような気がする。追いついて手を握ることもまだできそうな……そんなことをしたら、彼女はきっと笑い出して……

Iが机にむかって坐っていたのだった。私は彼女のそばへ飛んで行った。

「きみか！　ぼくは行ったんだ……きみの部屋を見て……きみはきっと……」

だが言葉半ばで、睫毛の鋭い槍ぶすまにぶつかって、口をつぐんだ。私は思い出した。積分号の中でも彼女はこんなふうに私を眺めたのではなかったか。それならば今すぐ何もかも、なるべく短い時間のうちに話してしまわなければ。彼女の信頼を取り戻さなければ。でないと、もう二度とふたたび……

「聴いてくれ、I、ぼくはどうしても……きみにすべてを打ち明けて……いや、ちょっと待って、水を飲んでから……」

口の中は吸取紙を含んだように乾ききっていた。私はコップに水を注ごうとして、どうしても注げない。コップを机の上に置き、水差しを両手で懸命に摑んだ。

見れば青黒い煙は煙草の煙だったのである。彼女はシガレットを唇に持って行き、大きく息を吸いこんで、私が水を飲むのと同じように、むさぼるように煙を呑みこんだ。そして言った。

「いいのよ。何も言わないで。そんなことどうでもいい。何はともあれ、ごらんの通り、私ここへ来たわ。下で人が待ってるの。私たちの最後の時間を、あなたとしてはどんなふうに……」

彼女は煙草を床に投げ捨てると、肘掛椅子の腕から体を乗り出した（壁のボタンに届かなかったのである）。傾いた椅子の二本の足が床から浮き上ったのを、私は憶えている。まもなくブラインドが下りた。

近寄って来た彼女は、きつく私を抱きしめた。服の布地ごしに感じられる彼女の膝は、緩慢に効いてくるやさしい温かい毒、すべてを包みこんでしまう毒だった……と突然……よくあることだが、既に甘い暖かい眠りに浸りきっているとき、突如何かに全身を刺しつらぬかれるような気がして、身震いし、目はまたぱっちり開いてしまう……今の場合がそれだった。彼女の部屋の床に踏みにじられた薔薇色のクーポン。その一枚に文字Fと何やら数字があって……それらの光景は私の内部で一つの玉にからみ合い、それがどんな感情だったのかと訊かれても、いまだに答えられないのだが、とにかく私は彼女を力いっぱい抱きしめ、彼女は苦痛の叫び声を挙げた……

その十分ないし十五分も、残すところあと一分間。眩しい白い枕の上には、目を半ば閉じた仰向けの顔。鋭く、しかも甘美な歯並び。それが絶えず執拗に、不合理に、私を苦しめ、今考えてはいけないこと、考える必要もないことを私に思い出させようとする。そして私はますますやさしく、ますます残酷に彼女を抱きしめ、私の指のつくる青痣《あおあざ》はいっそう鮮明になり……

彼女は言った（目を閉じたまま――それが私は気になった）。

「きのう〈慈愛の人〉の所へ行ったんですって？　本当なの？」

「そう、本当だよ」

すると目がぱっと開いた。彼女の顔が急速に蒼ざめて、拭い取られるように消え、あとには目だけが残るのを見て、私は満足だった。

洗いざらい、私は彼女に語った。ただ、なぜかは分らないが……いや、嘘だ。分っている……一つのことだけは喋らなかった。「慈愛の人」が最後に言ったこと、つまり、私が彼らにとって必要なのは単に……

現像液に浸された写真のように、少しずつ彼女の顔が現れてきた。頬、白い歯並び、唇。彼女は立ち上り、衣裳箪笥の鏡に近寄った。

また口の中が乾いてしまった。私は水を注いだが、飲む気になれず、コップを机に置いて尋ねる。

「きみはそのために来たのか――それを探り出す必要があったから？」

鏡の中から、こめかみに釣り上った嘲笑的な眉の鋭角三角形が私を見ていた。彼女は何か言いたげに振り向いたが、何も言わなかった。

言わなくてもいい。もう分った。

別れの挨拶をしなければならないだろうか。私は他人のもののようになった足を動かした拍子に椅子にひっかかり、椅子は死体のように仰向けに倒れた。彼女の部屋にあった椅子そっくりに。彼女の唇は冷たかった。いつか、この部屋の、私のベッドの脇の床が似たような冷たさだったが。

彼女が出て行くと、私は床に腰を下ろし、彼女に投げ捨てられた煙草を拾おうと……これ以上書けない、もう書きたくない！

手記39

〔要約〕最後。

事態は、飽和溶液に投げこまれた塩の最後の一粒に似ていた。たちまち針のような結晶が形成され、凝固した。今の私には明らかだった。すべては決定され、あすの朝、私はそのことを実行しよう。それは自殺と同じことだが、しかし自殺すれば甦《よみがえ》ることもおそらく可能だろう。甦ることができるのは殺された者だけではないのか。

西の空は毎秒毎秒、青黒い痙攣《けいれん》を繰り返していた。私の頭は燃えるように熱く、ずきずき脈打った。そんな状態で一晩中坐り通し、眠りに落ちたのは朝の七時頃だった。暗闇はすでに引き下り、緑色に変り、屋根のあちこちに鳥の姿が見え始めていた……

目が醒めると、もう十時だった（今朝はベルが鳴らなかったらしい）。机の上には、きのうのまま、水のコップがあった。私はむさぼるように水を飲み干し、外へ走って出た。何もかもできるだけ早く、一刻も早くやってしまわなければならない。

空は嵐に食いつくされて、がらんと青かった。物の影の先端がとげとげしく、すべては秋の青い空気から切りとられたように繊細で、手を触れるのが恐ろしかった。触れるや否や音を立てて砕け、ガラスの粉となって飛び散りそうだ。私の内部も同じだった。考えてはいけない、考える必要はない、考えないこと、さもないと……

だから私は考えるということをせず、真剣に見るということすらせず、ただ記録するだけだった。例えば舗装道路に木の枝が散らばっていること。それらの枝に緑色、琥珀色、深紅色の葉が付いている。あるいは、鳥たちとアエロが上空を飛び交い、飛びまわっていること。それを見上げる人々の頭があり、開かれた口があり、枝を振りまわしている手がある。あとはたぶん、どなり声、鳥の啼き声、アエロの爆音……

それから何かの疫病に掃き出されたように人気のない街路があった。なんだか気味が悪いほどやわらかく、可塑性があり、しかも動かない何物かにぶつかって躓《つまず》いたのを憶えている。屈んでみると、死体だ。曲げた脚を女のように開いて、仰向けに横たわっている。その顔は……

黒人風の厚い唇、今にも笑いのしぶきをはねかけそうな歯に、私は気づいた。死体は細めた目で私に笑いかけていた。一瞬、私は死体をまたいで駆け出した。もう我慢できない。一刻も早く、そのことをしなければ。でないと、重みのかかりすぎたレールのように折れ曲ってしまいそう……

幸い、二十歩ほど先に標示があり、金文字で「守護局」とあった。入口で私は立ち止り、できるだけたくさん空気を吸いこんでから、入って行った。

内部の廊下には、書類や分厚い綴じ込みを持った国家要員たちが一列縦隊をつくって、果てしない鎖のように立っていた。その列はゆっくりと一、二歩進み、また立ち止るという動きを繰り返していた。

私はこの列に沿って走り、頭を下げ、要員たちの袖を摑んで哀願した。ちょうど病人が、一瞬の鋭い苦痛によってすべてを断ち切ることのできる薬をくれと哀願するように。

一人の女はユニファを革バンドでぴっちりと締め、目立って突出した臀部《でんぶ》の二つの半球を、まるで目玉か何かのように絶えず左右に動かしていたが、私にむかって乱暴な口調で言った。

「この人お腹《なか》が痛いんだとさ！　便所に連れてってやって。右の二番目のドアよ……」

笑い声が私に浴びせかけられた。その笑い声のせいで何かが喉にこみあげ、私は今にも大声で叫び出すか、それとも……

突然誰かが後ろから私の肘を摑んだ。私は振り向いた。透明な翼のような耳。だが耳はいつものように薔薇色ではなく、赤紫色だった。喉仏がぐりぐり動き、今にも喉の薄い袋が破けそうだ。

「なぜここにいるんです」と、すばやく視線のドリルを私にねじこみながら、彼は尋ねた。

私は男にすがりついた。

「早く、あなたの部屋へ行きましょう……何もかもお話しします。今すぐ！　ほかの人ではなく、あなたにお話しできてよかった……いや、それは恐ろしいことなのかもしれませんが、とにかくよかったです。よかった……」

この男も彼女を知っているということは、私にはいっそうの苦痛だが、この男だっておそらく話を聞けば身震いするだろう。そして殺しは二人でやることになるだろう。最後の瞬間に私は孤独にならずにすむ……

ドアがばたんと閉じた。ドアの下に何かの紙切れがはさまって床と擦れ合い、そのあと、真空の中に入ったような独特の静けさがまるでガラスの蓋のように覆いかぶさったのを、私は記憶している。男が何か一言、なんでもいい、どんな下らないことでも何か言ってくれれば、私は即座に話を始めただろう。だが男は黙っている。

まもなく緊張のあまり耳の中が唸り始め、私は（相手を見ずに）言った。

「初めて逢ったときから、私はずっとあの女を憎みつづけてきたのだと思います。私は戦いました……しかし……いや、私の言葉を信じないで下さい。私は自分を救えたのに救われることを望まなかった。私は滅亡を望んだ。それが何よりも価値あることで……つまり、滅亡するのではなくて、あの女が……そう、今でさえ、もうすべてを知った今ですら……一体あなたは御存知なのですか、私がなぜ〈慈愛の人〉に呼び出されたかを」

「ええ、知っています」

「しかし〈慈愛の人〉が私に言ったことは……とにかく分って下さい、いきなり足の下の床が取り払われたような感じなのです。机の上の書類やインクと一緒に墜落《ついらく》して……インクが飛び散って何もかもしみだらけ……」

「話を進めて下さい！　なるべく急いで。人を待たせてありますから」

そこで私は息を弾ませ、しどろもどろに、今までの一部始終を、この手記に書いたことのすべてを語った。本当の自分と毛むくじゃらの自分のこと、あの女が私の手についで言ったこと――そう、それが事の始まりだった――そして私があのとき自分の義務を果さず、自分をごまかし続けたこと、あの女が偽の証明書を手に入れたこと、私が日に日に錆びついていったこと、地下の回廊のこと、「緑の壁」の外側の世界のこと……

話はしばしばぶざまな塊や断片になり、言葉が足りなくなって私は噎《む》せるのだった。歪んだ、二度折れ曲った唇が、嘲りの笑みを浮べながら、必要な言葉を私に教えてくれた。私はありがたくそれを受けながら、ええ、そうです、と頷《うなず》いた……と、これはどうしたことだろう、もう相手が私の代りに喋りつづけ、私は相槌《あいづち》を打っているだけなのだ。「ええ、それから……ええ、まったくその通りでした、はい！」などと。

エーテルを塗られたように首筋がひんやりするのを感じながら、私は勇を鼓《こ》して尋ねる。

「でもどうして……そんなことは御存知のはずがないのに……」

男の嘲りの笑みが無言のうちにいっそう歪み……それから男は言った。

「ところであなたは二、三隠そうとしていますね。例えば〈緑の壁〉の外で見た連中の名前をあなたは列挙しましたが、一人だけ忘れておられる。忘れていないとおっしゃる？　じゃ憶えていないのですか。壁の向うで一瞬、ちらっと見たでしょう……私を？　そう、そうです、私をです」

間があいた。

と俄《にわか》に、頭の中で稲妻がひらめいたように、厚かましいほどあからさまになった。この男……この男もまたあの連中の一人……すると私のすべて、私の苦悩のすべて、私が疲労困憊《こんぱい》しながら最後の力をふりしぼって手柄顔にここへ持ち運んできたもの、それらすべては古代のアブラハムとイサクの話のように滑稽なものになってしまった。アブラハムは全身冷汗でぐっしょりになって、ナイフを振りかざし、息子を――己れの分身を刺そうとする。とたんに天から声がある、「やめなさい！　これは私の冗談だよ……」

ますます歪んでゆく嘲りの笑みから目を離さずに、私は机の端に手を突っ張り、ゆっくり、ゆっくりと椅子ごと机から離れ、それから突然、自分全体を引っ攫《さら》うような勢いで、叫び声、階段、人々の開いた口の間を駆け抜けた。

どこをどう通ったのか憶えていない。ふと気がつくと、そこは地下鉄の駅の公衆便所だった。地上ではすべてが亡《ほろ》び、史上最高の、最も合理的な文明が崩壊したというのに、ここでは、どういう皮肉なのだろう、何もかもが今まで通りの美しさを保っていた。これもまた命数が尽き、雑草に覆われ、あとには「神話」しか残らないのだろうか。とても考えられない……

私は大声で呻いた。そのとき、誰かがやさしく私の肩を撫でるのを感じた。

それは私の右隣の部屋の住人だった。額は禿げあがった巨大な放物線で、額に黄色い判読不可能な皺の文字が刻まれている、あの男だ。今、皺の文字は明らかに私のことを語っていた。

「あなたの気持は分る、実によく分る」と男は言った。「しかしとにかく落ち着きなさい。嘆くことはない。何もかも戻って来ます、不可避的に戻って来ます。肝心なのは、私の発見をみなが知ることだ。これはあなたに最初に話すのだが、私の計算の結果、無限は存在しないと分ったのです！」

私は茫然と男の顔を見た。

「そう、嘘ではない。無限は存在しない。もしも世界が無限ならば、その世界の物質の平均密度はゼロに等しくなければならない。ところがわれわれの知る通り、それはゼロではないから、従って宇宙は有限であり、球状であって、宇宙の半径をYとすれば、Y^2イコール平均密度、それに掛けるところの……あとは要するに係数を算出すれば……分りますか、すべては有限で、すべては単純で、すべては算出可能だ。これでこそわれわれは哲学的に勝利することができる……分りますね。ところであなたは立派な方だけれども、そんな大きな声で呻いたりして、私の計算作業の邪魔になる……」

男の発見そのものと、この黙示録的瞬間における男の落ち着き払った様子と、どちらに私はより多く感動したのかは分らない。ここで初めて気づいたのだが、男は手にノートと計算尺を持っていた。私は思った。たとえすべてが亡びるとしても、私の義務は（未知の愛する読者諸君、あなた方に対する義務は）自分の手記を完成したかたちで残すことだ。

そこで私は男に紙をわけてもらい、その場でこの最後の手記を書いた……

古代人が死体を投げこんだ穴の上に十字架を立てるように、私も終止符を打とうとした。だが突然、鉛筆が震え始め、私の指から落ちた……

「ちょっと待った」と私は男の袖を引っ張った。「ちょっと待って下さい！　これだけはどうしても、どうしても答えてもらわなきゃならない。あなたの有限の宇宙の終る所はどうなんです。その先には何があるんだ」

男が答えるより早く、階段を下りて来る足音が聞えた……

手記40

〔要約〕経過報告。「鐘」。私の信念。

正午。晴。気圧七百六十ミリ。

私D五〇三号は本当にこの何百ページもの手記を書いたのだろうか。かつて本当にこのようなことを感じた——あるいは感じたと思ったのだろうか。

筆跡は私の筆跡だ。その後も同じ筆跡だが、幸い、同じなのは筆跡だけである。もうたわごとはないし、馬鹿げた比喩や感傷もなく、あるのは事実だけだ。なぜなら私は健康であるから。私は全く健康、完璧に健康である。私は微笑する。頭の中から何か棘《とげ》のないわけにはいかない。より正確に言うならば、空ではなく、微笑を妨げるような余分のものが一つもないのだ（微笑とは正常な人間の正常な状態の謂《いい》である）。

経過報告をしよう。あの晩、宇宙が有限であることを発見した私の隣人と、私と、それに私たちと一緒にいたすべての人々が、「手術」の証明書を持っていなかったかどで逮捕され、最寄りの集会所へ連行された（集会所の番号はなぜか馴染みの一一二だった）。そこで私たちは手術台に縛りつけられ、「偉大な手術」を受けた。

次の日、私Ｄ五〇三号は「慈愛の人」のもとへ出頭し、幸福の敵どもについて知っていることを残らず話した。以前、これは話しにくいことだと思っていたのはなぜだろう。理解できない。唯一の解釈、私の昔の病気（魂）。

同じ日の夜、私は（初めて）有名なガス室に入り、「慈愛の人」と同じ机にむかって着席した。一人の女性が引き出された。彼女は私の面前で自白しなければならなかった。この女性は頑固に沈黙を守り、微笑していた。彼女が鋭い純白の歯のもちぬしであることと、それが美しいことを、私は心にとめた。

それから彼女は「鐘」の中に入れられた。彼女の顔は蒼白になり、その目は黒く大きかったので、それは非常に美しい光景だった。「鐘」の中の空気を抜き取り始めると、彼女は頭を反らし、目を半ば閉じ、唇を嚙みしめた。その様子を私は一度どこかで見たことがあるような気がする。彼女は椅子の腕をしっかりと摑み、私の顔を見つめつづけたが、やがて完全に目を閉じた。すると彼女は引き出され、電極の力で急激に意識を回復させられ、ふたたび「鐘」に入れられた。これを三度繰り返したが、彼女は依然として一言も口をきかなかった。この女性と一緒に引き出された他の連中はもっと正直だった。大部分の者は一度「鐘」に入れられただけで自白し始めた。あす彼らは全員、「慈愛の人」の「機械」に至る階《きざはし》を登るだろう。

延期はできない。なぜなら西部地区はまだ混沌たる状態だからである。死体があり、野獣が吠え、しかも遺憾《いかん》なことには、理性に背いた相当数の国家要員たちがいる。

しかし西部地区を遮る四十番通りでは、臨時の高圧電流の壁を建設することに成功した。われらの勝利は私の希望である。そればかりか、われらの勝利は私の信念である。理性の勝利は必定であるから。

原注

12 ユニファ　おそらく語源は「ユニフォーム」という古語だろう。

31 「パン」　現在この言葉は詩的比喩としてのみ残されている。この物質の化学的組成は不明。

57 律令……　むろん古代の律令のことではなく「単一国」の法律のことである。

65 風が花々をなぶっていた……　もちろん「植物館」から持ってきた花々である。私は個人的には花に少しも美を感じない。その昔「緑の壁」の向うに追放された未開世界に属する物一般に対しても同じこと。美しいのは合理的で有用な物だけである。機械、長靴、公式、食品、その他。

195 Sの微笑……　告白するが、この微笑の正確な意味が分ったのは、意外かつ奇怪きわまる事件がぎっしり詰った数日間を経て後のことであった。

254 三人の国家要員が……　これは「時間律令板」制定後第三世紀の出来事である。

訳者解説――ザミャーチン

小笠原豊樹

大波にさらわれて

　未来の超合理主義的・全体主義的な社会とそれにたいする反逆を扱った作品、いわゆる反ユートピア小説は、二十世紀の初め頃から、いろいろな国でいろいろな作家によって書かれた。オルダス・ハックスレーの『すばらしい新世界』、ジョージ・オーウェルの『一九八四年』、レイ・ブラッドベリの『華氏四五一度』、その他たくさんのSF小説……H・G・ウェルズの『神のごとき人間』や、ヴァレリー・ブリューソフの『南十字星共和国』や、A・トルストイの『アエリータ』や、カレル・チャペックの『山椒魚《さんしょううお》戦争』なども また、いくらか違った意味でこの系譜に属するといえるかもしれない。これらの作品の間にあって、芸術的価値と洞察性において際立っているのが、ゲオルク・カイザーの『ガス』三部作と、このザミャーチンの『われら』である。『われら』は各国語に翻訳され、ハックスレーやオーウェルの先駆的作品として広く知られているが、この作品を生み出した文学的経緯、すなわちザミャーチンの仕事全体については従来知る人は少なかった。モスクワでザミャーチンの作品集全四巻が出版されたのは一九二九年のことであり、次に西ドイツで全集が出はじめたのが一九七〇年、ロシア本国で一巻本の作品集が現れたのが一九八八年というわけで、実に四十年ないし六十年の空白期間がある。二十世紀の六十年といえば過去の数世紀にも相当する時間ではないだろうか。それほどの永い間、スターリニズムに毒された社会はこの作家を黙殺しつづけたのである。

しかし頑迷な力の干渉ということは、この作家の場合、死後の作品の運命に関するだけではなく、生前から、いや幼い頃から、ザミャーチンは強大な力に立ち向かわざるをえなかった、というより、立ち向かうことを自ら選んでいたふしがある。短い自伝(一九二二、二四、二八)によれば、中学時代、ザミャーチン少年は街路で狂犬に咬《か》まれ、すぐ帰宅して医学書にあたってみて、狂犬病の潜伏期が二週間であることを知るや、《運命の神と自分自身を試すために》(以下《 》は自伝の引用)この出来事をだれにも話さず、病院にも行かず、ひそかに日記をつけながら二週間をすごしたのだという。この独特な実験精神というか、自己鍛錬というか、大いなるものへの挑戦的態度は、その後も人生の節目節目でたびたび現れる。例えばペテルブルク工科大学の造船学科に進学したのは、数学がむしろ苦手だった自分を鍛え直すために《何はともあれ数学なしでは夜も日も明けない学科》を選んだのだし、やがて、一九〇五年の第一革命直前のペテルブルクでボリシェヴィキ党員になったのは、《当時はボリシェヴィキであることが最も抵抗の大きな路線だったから》だという。のちにソビエト文学界で批難攻撃の大合唱を浴びたとき、敢然と公開状を叩《たた》きつけて作家協会から自ら脱会し、直接スターリンに手紙を書いて亡命の許可を求めたのも、この「最も抵抗の大きな路線」の選択、最も困難な道をわざわざ選ぶ精神の表れでなくて何だろう。一九〇五年当時に戻れば、獄中から未来の妻に宛てた手紙の中で、革命が自分に生き甲斐を与えてくれたことを高揚した言葉で綴ったあとに、ザミャーチン青年はこんなことを書いている。「……そして今、監獄。ここはなんとすばらしいのだろう、どれだけすばらしいことを経験したことだろう！　何か大波のようなものにさらわれて、どこかへ急速に運ばれてゆく。もはや自分の意志はない。これはなんというすばらしさか！　こういう気持がわかってもらえるでしょうか。あなたは波打ち際で泳いだことがありませんか」

青年はまもなく首都から追放されて、生れ故郷へ戻る。そこは《古いロシアのどまんなか》、黒土地帯と呼ばれる中部ロシア地方で、ザミャーチンの生れ育ったドン河畔の田舎町レベジャニは《トルストイやツルゲーネフも書いている、いかさま博打《ばくち》の常連と、ジプシーと、馬市と、恐ろしく力強いロシア語とをもって鳴る町》である。《母がショパンを弾いているピアノの下にもぐりこみ》《四歳から本を読み》《ドストエフスキーの

『ネートチカ・ネズワーノワ』やツルゲーネフの『初恋』に戦慄《せんりつ》し、ゴーゴリを友とした》幼年時代の町から、ザミャーチン青年は再びペテルブルクへひそかに舞い戻り、恋人を伴ってヘルシンキへ出国する。だが程なく変装してロシアに再入国し、首都ペテルブルクへ帰って、半年に一度ずつの警察の呼び出しの際には別人を装いつづけ、そのたびに引越しを繰り返し、その間、工科大学を卒業し、助手として造船学科に残り、造船関係の雑誌に論文を発表したばかりか、ロシア国内の各地をまわって造船の実務にたずさわったというのだから、ソルジェニーツィンも『収容所群島』で書いていた通り、帝政時代の政治犯の生活はスターリン時代のそれと比べれば天国のようだといわなければなるまい。この時期はまたザミャーチンのいわゆる《両棲類《りょうせいるい》の生活》、つまり造船と文学の二股をかけた生活の始まりでもあった。若い造船技師はこの頃から短編を書き始める。そして造船の実務と同時に母校の教壇にも立つようになり、この教師生活は革命後も四、五年は続くのである。

『田舎町のこと』

しかし警察の目を盗んでの生活は一九一一年にとうとう破綻した。追放中の身分がばれて、ザミャーチンは再び首都からの追放を申し渡される。このたびの落ちた先はペテルブルクからさほど遠くないフィンランド国境近くの寂しい村で、そこの田舎家にこもって一一年から一二年にかけての冬、ザミャーチンは最初の中編『田舎町のこと』を書く。これはゴーリキー、レミゾフ、プリシヴィンらの先輩作家たちを瞠目《どうもく》させた、まことに輝かしい出世作である。……石をも噛み砕く四角い顎のもちぬし、爪弾《つまはじ》きされる劣等生アンフィム・バルィバは、学校からも父親の家からも逃げ出して、野良犬の集う廃屋に住みつき、隣家の未亡人、歩行困難なほど肥えた中年女に拾われて、寝室での相手を務める。やがてその家の女中に手を出して追い出され、逃げこんだ修道院では親切な修道僧の隠し金を盗み出し、町中の下宿屋に入って、下宿のおかみとねんごろになり、盗んだ金が尽きる頃、辣腕《らつわん》弁護士に雇われ、偽証専門の証人となり、最後には飲み仲間の仕立屋を偽証によって罪におとしいれ、その功績から警察に採用され、巡査になりあがる……これは一種の悪漢小説《ピカレスク》のようにも見えるが、読後の圧倒的な印象は、「見えざる町キーテジのように湖底に沈んだ町」、無感動と停滞の濁り水に覆われて外界の光が全く射しこまぬ「田舎町」のイメージであり、知性のかけらもない、食欲と性欲のかたまりのような主人公は、田舎町の集合体としての古きロシアの象徴、代表者なのである。これは十九世紀ロシア文学でいくたびか扱われた題材であるとしても、ザミャーチンは先輩作家たちの「人情」や「寓意」や「教訓」を徹底的に排除し、ほとんど臨床的な正確さと冷静さで、あの黒土地帯の「恐ろしく力強いロシア語」を駆使して、スピーディに点描し、構築する。これはいわば一歩先へ進んだチェーホフまたはレスコフであり、ゴーリキーやシチェードリンからは二歩も三歩も先へ進んでいた。

『田舎町のこと』の作風は、一九一三年、ロマノフ家三百周年の恩赦でようやく政治犯の身分から脱したザミャーチンが、浚渫《しゅんせつ》船の建造のために出張した先の黒海沿岸で書き上げた中編『僻地にて』でも、あるいは、一九一六年から一七年にかけて砕氷船の建造のために出張した先のイギリスで書いた中編『島の人々』でも、更に深化され、明確化された。きわめて豊富な比喩、音楽的なリズムの内在、現実的要素と幻想的要素の故意の混淆《こんこう》。これらの特徴を指して「装飾的文体」と呼んだ批評家もいたが、肝心なのはザミャーチンが現実の装飾をではなく、言葉による現実の様式化を、すなわち自立したもう一つの現実の創造を企てたということであろう。のちに、ザミャーチンの影響を受けた若手作家たちが「セラピオン兄弟」という文学グループを結成し、そのマニフェストには師ザミャーチンの文学的立場が謳《うた》われている。「われわれは文学的空想が一つの固有の現実をかたちづくることを信じ、実用主義を望まない。われわれはプロパガンダを行なうために書くのではない。芸術は生と同等に現実的である。そして生と同じく芸術には目的も理由もない。芸術は存在せずにはいられないから存在するのである……」とすれば、ザミャーチンの人物たちにいつも特定の比喩あるいは形容句が貼りついているのも、固有名詞の慣習の外側で新たに人物を命名したいという欲望の表れであり、これもまた「一つの固有の現実」なのだろう。人物の心理の揺れが、十九世紀作家たちの場合のように抽象名詞によってではなく、具体的な物体の動きや変化によって示されることもまた。更には、『田舎町のこと』の主人公バルィバが実は市民的な意味での「個人」ではなく、「類型」でもなく、単に状況の中の「個体」にすぎないように、ザミャーチンの人物たちはおしなべて「大波にさらわれ、どこかへ押し流されてゆく」存在だということがますますはっきりしてくる。この傾向の行き着く先が『われら』のD五〇三号やI三三〇号なのである。『僻地にて』の主人公、ポロヴェツ中尉は極東の駐屯地で、連隊長を始めとする将校たちの愚鈍と沈滞と荒廃にほとほと嫌気がさし、こいつらはみな狂人なのではないかとさえ考えるくせに、酒盛りでナンセンスな歌詞の合唱が始まると思わず唱和しそうになり、自殺した上官の追悼会ではとうとう自らコサックダンスを踊り出す。『島の人々』では、破産したイギリス貴族の御曹子、古き良きイギリスの残滓《ざんし》のようなケンブル青年が、踊り子ディディとの恋をきっかけとして市民社会に適応するかに見え、しかし結局は、英国国教の支配するコミュニティから「異物」のように排除される。この作品の中でうごめく人物群は『僻地にて』の将校連中よりもいっそうグロテスクであり、さまざまな日常の事物の間でほとんど溶解しかけているように見える。その背後に浮かびあがるのは、十九世紀ロシア文学の中の突出した存在、あの特異なニコライ・ゴーゴリの顔である。

『われら』

現実の大波が押し寄せ始めた一九一七年、イギリスの新聞で「皇帝退位」という見出しを見たザミャーチンは、《いたたまれなくなって》ペテルブルクに帰り、街頭の銃撃戦の音を聞きながらM・ゴーリキーと文学を語り合う。何よりもツァーリズムの軛から解放されたことを喜び、その意味でボリシェヴィキの政策に必ずしも反対ではなかった文学者たちは、ゴーリキーの許に結集して、例えば全百巻のロシア文学全集、あるいは全世界の古典作品を網羅した世界文学全集というような、途方もない壮大な企画を立てる。ザミャーチンもこの集まりに加わり、以後、一九二一、二年頃まで、工科大学造船学科で教鞭《きょうべん》をとるかたわら、ゲルツェン教育大学でロシア近代文学の講座を受け持ち、芸術会館の「文学スタジオ」で「芸術的散文の技術」を講義し（この時の教え子たちから前記の「セラピオン兄弟」グループが生れた）、さまざまな出版社の企画に参加あるいは助言する。今に残る当時の講義の草稿や、それに関連した文学論やエッセーは、いずれも簡潔にして要を得た、しかも精密な内容のものばかりで、この人の頭脳の明晰さをありありと示している。教育的活動以外に、この時期のザミャーチンは極度に短い掌編を数多く書いた。一口噺《ばなし》から普通の短編に近いものまで、微妙なニュアンスの違いを含むこれらの掌編には、革命前の主題やその後の作品の片鱗《へんりん》、あるいは『われら』に発展する要素などがちりばめられていて、たいそう興味深い。全体としては教訓ぬきの寓話、尖鋭な点描的小品とでも呼ぶべきだろうか。もちろん通常の短編の分野でも、『ドラゴン』『ママイ』『洞窟』など密度の高い作品群があり、この中で最も有名なのは、荒廃と窮乏と極寒のペテルブルクを巨大なマンモスがのし歩いているという、動かしがたい絶対的イメージをひらめかせた『洞窟』である。だが、なんといってもこの時期の最大の成果は、作者自身が《私の最大の冗談、最高に真剣な作品》と呼ぶ長編『われら』だった。

一九二〇年に書かれたこの作品を指して、かつてのソビエト公認の批評家たちは悪意に満ちた反ソ文書と言い、西欧の浅薄なジャーナリストはスターリニズムを予見した偉大な書と言う。どちらの場合も、問題は芸術家・対・ボリシェヴィキ政権という局面に限定されてしまう。その他に、この小説をめぐっての比較文学論的な、あるいは文明論的な意見は無数にあるが、ここでは作者自身の数少ない説明の一つに耳を傾けよう。一九三二年、亡命地のパリで、フレデリック・ルフェーヴルのインタビューに答えて、ザミャーチンは自分の病気――何者の前にも屈服せず、真実と思われることを遠慮なく書くという病気、について語り、これはもはや不治の病であり、この病気の発作の一つが『われら』だったのだと言う。

「近視眼的な批評家はこの作品に政治的パンフレット以上のものを見ようとしませんで

した。これはもちろん間違っています。この小説は人間を、人類をおびやかす危険、すなわち機械の力や国家権力（それがいかなる国家であろうと）の異常肥大に関する警報なのです。何年か前、この小説がニューヨークで出版されたとき、アメリカ人たちがいろいろ書いたものの中に、これはフォードの流れ作業方式を映す鏡であるというのがありましたが、この意見は中《あた》らずといえども遠からずです。面白いことに、ハックスレーは最近の作品でこの『われら』とほとんど同じアイデアを展開しましたが、これはもちろん偶然の一致だったようです。しかしこのような偶然の一致があったこと自体が、私たちの周囲に、私たちの呼吸している空気、嵐の接近を思わせるこの空気の中に、そのような危険が存在していることを証明しています」

いま私たち読者が『われら』を読むにあたって、この明快な作者の説明だけでほとんど事足りるのではないだろうか。『島の人々』の裏側にゴーゴリの顔が見えたように、『われら』の向うにはドストエフスキーの顔が見えるという意見は、たぶんあたっているのだろうが、「慈愛の人」の出現の場面（手記36）はむしろ「大審問官」の単なるパロディのように思われる。それよりも、この小説が部分的にサルトルの『嘔吐《おうと》』のトーンを先取りしているというコリン・ウィルソンの指摘は、ザミャーチンの強い個性的な文体、「どんな断片を見せられてもすぐザミャーチンだとわかる」と言われた独創性に関するものであるだけに、注目に値する。

迫害と亡命

『われら』の原稿は一九二〇年に完成して、あくる年、在ベルリンのロシア人出版者に送られたが、出版はなかなか実現しなかった。作者は仕方なく文学者たちの集まりでこの作品を朗読したりした。そうこうするうちに、一九二二年八月、ザミャーチンは突然逮捕され、同時に逮捕された百六十人の哲学関係、人文科学関係の学者や知識人と一緒に無期追放処分という判決を受け、驚いた友人たちの奔走により辛うじて処分を免れた。このとき、ザミャーチン本人は国外亡命をいったん決意し、まもなくその決意を翻したという。逮捕の理由を始めとして、この出来事には不明の点が多い。革命前、『僻地にて』は軍隊を誹謗《ひぼう》する書だとして告訴され、その裁判は長引いて、結局、革命と同時に無罪が確定したということがあったけれども、二二年のこの出来事はそれとは全く違う、何やら不吉な影がザミャーチンや他の文学者たちを包み始めたことを語っている。逮捕の直接の理由はともかく、迫害が始まるきっかけとなったのは、二一年、ある雑誌の創刊号に発表した短いエッセーだとザミャーチン本人は言う。「私は恐れる」と題したこのエッセーで、機敏に時勢に順応するプロレタリア作家や未来派を攻撃し（マヤコフスキー個人にザミャーチンは好意的だったが）、古いカトリシズム以上に異端を恐れる新たなカトリシズムの病がソビエトに発生していることを指摘して、ザミャーチンはこう締めくくる。「もしもそれが不治の病であるなら、ロシア文学にはただ一つの未来、すなわちその過去しか残らないのではあるまいかと私は恐れる」

迫害を躱《かわ》すかのように、一九二三年から二九年までの間にザミャーチンはわずか八篇《ぺん》の短編しか書かず（但しその八篇はいずれも円熟しきった逸品であり、『洪水』はその最後の傑作である）、代りに芝居の世界へ没入する。処女戯曲『聖ドミニクの炎』はスペインの異端審問時代の物語で、体制順応的な兄とルネッサンス的理想主義者の弟が一人の女性をめぐって争い、弟は最後に火刑台で死ぬ。これはチェーホフやモスクワ芸術座へのアンチテーゼを示すかのように、曖昧な所のない、太い線で描かれた明確な舞台作品である。同じ手法に推理劇的要素を加味して組み立てられたのが次作『金棒引き名士の会』で、これは中編『島の人々』のドラマ化である。レスコフの短編を自由に翻案した第三作『蚤《のみ》』は、男女三人の道化師が大勢の人物を演じ分けるロシア大道芝居の様式と、イタリアのコメディア・デラルテの様式とをミックスさせた、抱腹絶倒の大衆劇で、これは大当りをとり、画家アンネンコフの回想によれば、モスクワ、レニングラード、その他の都市で二四年以降数年間に三千回余りも上演されたという。次の『アフリカから来た客』も笑劇で、ゴーゴリの『検察官』のように、ソビエト時代の田舎町の俗物たちの前へ、突如、アフリカ類人猿共和国の代表、一頭のゴリラが出現する。

だが、最後の戯曲、侵略者アッチラ大王とローマ帝国の交流を描いた歴史劇『アッチラ』は、当局の干渉を受けてとうとう板にかからなかった。折も折、九年前に書かれた『われら』のロシア語版が（チェコ語訳からの反転翻訳で）白系の雑誌に載るというこ とが起り、作家協会はザミャーチン批難の大合唱を始めた。つまり、第二次大戦後のパステルナークの『ドクトル・ジバゴ』や、ソルジェニーツィンの諸作をめぐる騒ぎと同じことが起ったわけだが、一九二九年のザミャーチンはパステルナークやソルジェニーツィンより遥かに勇敢だった。自己批判を断乎として断り、作家協会から自発的に脱会し、『アッチラ』の上演不許可から説き起して国外亡命を願い出る手紙を、ザミャーチンはスターリンに書き送る。エレンブルグやピリニャークは外国に滞在または旅行することが許されているのに、なぜ私の出国が許されない？　といった徹頭徹尾理詰めの、乾いた手紙である。こうしてザミャーチンは一九三一年末「奇蹟的」にパリへ亡命する。以後、三七年に病死するまでの仕事は数篇のユーモア短編と、映画のシナリオと、戯曲『アッチラ』を小説に改作した長編『天誅《てんちゅう》大王』である。新境地を拓《ひら》くはずだったこの長編は遂に未完に終った。

「降参だよ。きみは正しい。科学技術は全知全能、至福の存在だ。今に万事がシステムと合理性だけの時代が来るだろうね。すべてが極度に単純化されて、建物はみんな立方体……子供らは同じ包装で売りに出されて……そんな時代の船に乗ったら、きみなんか三十分ともたずにゲーゲーやり出すだろうな……遊びの要素は全然ない。妙ちきりんな思いつきや、役にも立たぬ気まぐれや、偶然性は一切許されない。何から何までシステムと合理性ばっかり……」(アンネンコフ宛の手紙より)

〈「集英社ギャラリー［世界の文学］15　ロシアⅢ」(一九九〇)より〉

解説――『われら』の誘惑

中島京子

ザミャーチンの『われら』を初めて手に取ったのは、大学生のころだった。たしか、島田雅彦さんの小説の中に出てきたのを読んで、その名前を知ったのだった。

ふだんなら、ふうん、だけで済ますところだが、『われら』はそのとき我が家にあった。父が大学で教える傍《かたわ》ら翻訳を手掛けていたので、一九七六年から七九年にかけて刊行された「集英社版世界の文学　全38巻」が家にあったのだ。父は、その全集の第25巻にアラン・ロブ＝グリエの『嫉妬』といっしょに入っているミシェル・ビュトールの『段階』という小説を翻訳していた。エヴゲーニイ・ザミャーチンの『われら』は第4巻で、同巻に収められているのはミハイル・ブルガーコフの『巨匠とマルガリータ』だった。この「世界の文学」シリーズは、なんだかおもしろいのがいろいろ揃っていて、ジョイスもボルヘスもマラマッドもコルターサルもジョン・バースやアラン・シリトーも、その全集で初めて読んだ。たしか編集委員が丸谷才一、川村二郎、篠田一士、菅野昭正、原卓也といった方々だったのではなかったか。いま、ラインナップを見ても、その選書にはワクワクさせられる。

もちろん、全巻読んだわけではないし、ブルガーコフのほうはそのとき読んでいないのだけれど、ともかく『われら』は、そこにあったから、という幸運な理由で出会った。いまでもその傾向は無きにしもあらずだが、若いころはとくに、小説を「笑えるか笑えないか」という二分法で評価していた。そして『われら』は、そのころの私にとって、笑いのツボを刺激してくる作品だったのである。

小説は、「単一国」で暮らす数学者、D五〇三号の手記といった形をとる。世界を滅ぼさんばかりのたいへんな戦争だった「二百年戦争」の後、人間の住む社会は「緑の壁」によって遮断され、壁の内側は徹底した管理社会である「単一国」へと変貌し、すべての人が同じ服を着、同じ時間に起きて同じ時間に寝る生活を送っている。「慈愛の人」が頂点におり、社会の規律は「守護局」に勤務する「守護官」たちによって守られている。

ここで暮らす人々に、まったくプライバシーがないかというと、「個人時間」というのが一日に二回、一時間ずつ与えられていて、この二時間だけは、好きなことをしているらしい。好きなことといっても、「単一国」を賛美する手記を書いたりするわけだから、まったくの自由とも言い難い。強制されているわけではなくても、「個人時間」に人がすることは、国家によって推奨されていることでしかない。セックスはしっかり管理されているので、国家に許可された「性の日」にのみ、「ブラインド権」の証明書を発行してもらって、「ブラインドを下ろし」て、国家が許可した恋人（と呼んでいいのかどうか）とベッドインする。二十二時にブラインドを下ろし、「時間いっぱい、二十二時十五分まで」。たった十五分だ。あわただしいことこの上ない。

みんなで同じ格好をして、同じ時間に歯を磨いたり食事をしたりして、そしてそれぞれの「性の日」にのみ、十五分間ブラインドを下ろしてセックスする――。そういう、ちょっとばかばかしいような、「全体主義」のカリカチュアが可笑しいというだけでなく、手記の書き手D五〇三号が頭からその「単一国」のやり方を信奉していて、それを得意げに喧伝する書き方がまた笑いを誘う。

「慈愛の人」に支配され、個人ではなく「われら」の一細胞である生活にまったく疑いを持っていなかった彼に、動揺が訪れるのは、I三三〇号という女性に出会ってからだ。

D五〇三号はI三三〇号に翻弄されて、ちょっとずつ変になっていく。「よくない状態だ！　明らかに魂がかたちづくられたのです」と、「医薬局」では説明される。彼が恋に落ち、「われら」の生活からはみ出す「個人」の感情にとらわれていくのだと読み手にはわかるのだけれど、D五〇三号には、そこがはっきり意識されない。だから、イライラしたり、元々の恋人（というか、「性の日」に「ブラインド権」を行使し合う相手）だった〇九〇号に当たったりする。数学者なので、いちいち数学で説明しようとしたり、心を落ち着かせるために「古代の数学問題集を解いた」りするところも、なんだかしみじみ可笑しい。

今回、たぶん三十年ぶりくらいで読み直しても、やっぱり可笑しい。でも、三十年後の読者としては、それ以外にひっかかるところが多くて、笑ったはいいものの、腹の底にじわりと変な感じが残る。

「……このハンドルを回すだけの手間で、諸君の中の誰でも一時間に三曲までソナタを制作できます。」

これは、スピーカーから聞こえてくる「講師の声」が語る「われらの音楽」「数学的作曲」「最近発明された『音楽計』の詳細」だ。ハンドルを回さなくても、私たちには「作曲ソフト」がある。マウスとキーボードを使えば、あるいはスマホアプリでさえ、いま、作曲は可能となったのではなかったか。それから、こんな記述もある。

「最近、わたしは新型の『街頭振動膜』の曲率の計算をしたことがある（現在この振動膜は優雅に偽装されて方々の大通りに配置され、『守護局』のために街頭の会話を録音している）。」

街頭に録音機があるのかどうか知らないけれど、いま、監視カメラは至る所にある。

ザミャーチンが『われら』を書いた時代から約百年が経過しているから、科学技術は小説家の想像を超えて進歩した。幸いなことに、コンピュータで作曲ができるからといって作曲家が消滅したり、その存在を禁じられたりしてはいない。作家が想像した「音楽計」は、ふつうの人々に作曲という娯楽をもたらしたにすぎないようだ。監視カメラはもう少し、監視国家の怖さを想起させるものではあるが、私たちはふだん、その怖さよりも、たとえば犯罪被害に遭ったときの証拠映像を残してくれる便利なツールとして、頼りにしているところもある。

してみると、「音楽計」は、そんなに悪いものではなさそうだ。「街頭振動膜」も、悪用されなければいいのかもしれない。それは、それで、間違ってはいない気がする。でも、小説の中で多用される「……」のような、何かきっぱりと言い切れない感覚が残る。

それは、D五〇三号の、結局は最後まで捨てきれない全体主義への傾倒、信頼のようなものが、読み手の中にもあることに気づかされる感覚なのではないかと思う。

小説の重要な場面である、年に一度の選挙に関する記述も、なんだか胸をざわつかせる。

「もちろん、この行事は、無秩序かつ非組織的だった古代の選挙とは似ても似つかない。実に滑稽なことだが、古代の選挙ではその結果すらあらかじめ分っていなかったのである。」

と、D五〇三号は書く。選挙結果があらかじめわかっているなんて変だと、私たちのうちのどれくらいの人が思うのだろうか。小説の視点から見れば「古代」に生きている私たちのいくらか、いや、かなり多くの人々が、少なくとも日本という国においては、選挙の結果などあらかじめわかっているというのを理由に、投票に行かない。自分が投票しなくても通ってしまう議員が決める法律や税金や社会のあり方に、とくに文句もつけない。なんとかして違う議員を当選させれば、もう少し税金の負担が軽くなるのではとか、子供を預けて働きやすくなるのではとか、犯罪が少なくなるのではとか、そんなことは考えない。あと二十年もすれば、かなりの職業がＡＩなどにとって代わられると言われている。街には監視カメラが増えていく。パソコンも携帯電話も便利なツールだけれど、それらは人権侵害を可能にする監視ツールでもありうることなども、とくに問題視されていないようだ。

ひょっとして、多くの人々に、あらかじめわかった選挙結果と、「慈愛の人」が与えてくれる、個人であることを必要としない生活を、心地よいと思うところがあるのではないか。そうした感覚は、ある程度、誰の中にもあるものなのかもしれない。「個人」であること「自由」であることよりも、「われら」であること、「束縛」されることを、心地よい、もしくはラクだと思う感覚は、けっしてザミャーチンが作り出したフィクションではない。そのことに気づかされる。『われら』は、やはり怖い小説である。

私がこの作品でいちばん気になっているのは、Ｏ九〇号の運命だ。はっきりと書かれてはいないけれど、彼女こそが唯一、「われら」であることをやめて「私」としての未来を選択し、かつ生き延びる人物だと思われる。D五〇三号よりも早く「魂」を持ったに違いない彼女は、「緑の壁」の外に逃れて、毛むくじゃらの人々の中で子供を育てることができたのだろうか。このディストピア小説の中に残された、もう一つの未来を感じさせる逸話だと思う。

（なかじま・きょうこ　作家）

本書は一九七七年一月刊行の「集英社版世界の文学4 ザミャーチン／ブルガーコフ」に、九〇年十月刊行の「集英社ギャラリー［世界の文学］15 ロシアⅢ」に収録されたものです。

〈読者の皆様へ〉

本書は社会主義国家が形成される途上にあったロシアの時代的・政治的背景下で執筆、一九二七年に発表された作品であり、一九七七年発行の『集英社版世界の文学４』を底本にしました。本文中には「盲滅法」「唖」「気違い沙汰」「狂気」など障害者への差別表現や、「癲癇」を使った事実誤認と受け取られるような表現など、今日の人権意識に照らせば不適切と思われる表現や用語が含まれています。しかしながら、訳者が故人のため訳文を改変するのが困難であること、同じく故人である作家の独自の世界観や作品が発表された時代性を尊重するという観点から、原文のままとしました。

（集英社　文庫編集部）

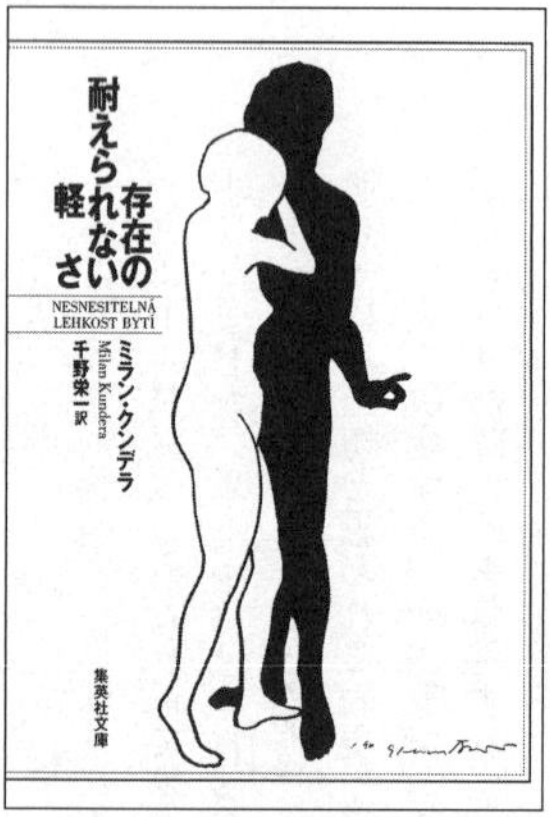
存在の耐えられない軽さ
NESNESITELNÁ LEHKOST BYTÍ
ミラン・クンデラ
Milan Kundera
千野栄一訳
集英社文庫

ラテンアメリカの文学
Jorge Luis Borges
ホルヘ・ルイス・ボルヘス
篠田一士【訳】
El libro de arena
砂の本
集英社文庫

集英社文庫

われら

2018年1月25日　第1刷　　定価はカバーに表示してあります。
2022年3月13日　第2刷

著　者　エヴゲーニイ・ザミャーチン
訳　者　小笠原豊樹《おがさわらとよき》
編　集　株式会社 集英社クリエイティブ
東京都千代田区神田神保町2-23-1　〒101-0051
電話　03-3239-3811
発行者　徳永　真
発行所　株式会社 集英社
東京都千代田区一ツ橋2-5-10　〒101-8050
電話　【編集部】03-3230-6095
【読者係】03-3230-6080
【販売部】03-3230-6393（書店専用）
印　刷　凸版印刷株式会社
製　本　凸版印刷株式会社

フォーマットデザイン　アリヤマデザインストア　　マークデザイン　居山浩二

ISBN978-4-08-760743-7 C0197